先知

朱大可带我们
重温那个文学与文学批评的巅峰

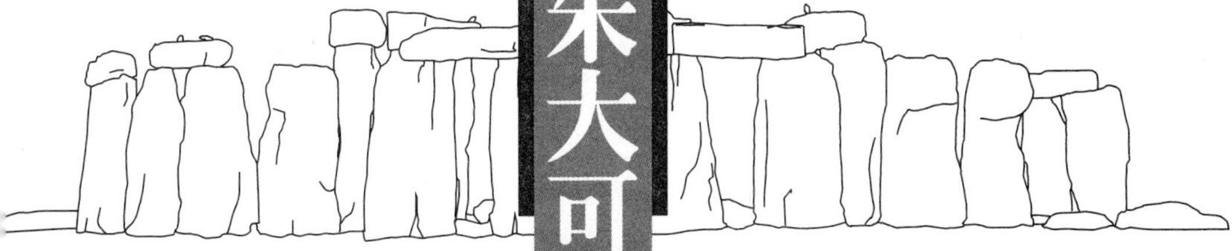

朱大可

東方出版社

图书在版编目（CIP）数据

先知／朱大可 著. —北京：东方出版社，2012.10
ISBN 978-7-5060-5915-2

Ⅰ.①先… Ⅱ.①朱… Ⅲ.①中国文学-当代文学-文学评论-文集 Ⅳ.①I206.7-53

中国版本图书馆CIP数据核字（2012）第282654号

先知
（XIANZHI）

作　　者：朱大可
责任编辑：黄晓玉　史　亮
出　　版：东方出版社
发　　行：人民东方出版传媒有限公司
地　　址：北京市东城区朝阳门内大街166号
邮政编码：100706
印　　刷：北京智力达印刷有限公司
版　　次：2013年3月第1版
印　　次：2013年3月第1次印刷
印　　数：1—8 000册
开　　本：710毫米×1000毫米　1/16
印　　张：16.25
字　　数：204千字
书　　号：ISBN 978-7-5060-5915-2
定　　价：36.00元
发行电话：（010）65210056　65210057　65210061

上篇　聒噪与倾听

中篇　燃烧与迷津

下篇　焦灼与渴望

上篇
聒噪与倾听

甜蜜的行旅

人们只需一种非常轻盈的哲思小语，像粉色的口红一样，涂抹在苍白失血的精神之唇上，以滋润营养不良的文化面颜。

文人和大众的新和解运动

品读余秋雨的历史散文，蔚然成了近年来中国大陆的时髦风气。如果我没有弄错，在革除了深度和力度的所谓的后文化时代，这是继汪国真之后在散文和历史交界处所发生的一个重要事件。显然，历史和文学正在制造出一些新的产品：历史利用文学获得美丽外观，而文学利用历史获得了精神深度。由此带来的文化狂喜，可以从该书的发行量上得到证实。

为了更好地说明问题，不妨让我们先回忆一下汪国真的诗歌（以下简称“汪诗”）尽管这是一件颇令人难堪的事情。

海子死了，汪国真诞生了，这是 1989 年 6 月以后中国文学所发生的最富戏剧性的变化。海子一举带走了农业时代的诗歌真理，并为汪诗的涌现开辟出血的道路。不合时宜的旧式精神使徒，最终让位给了一个肤浅的诗坛流行歌手。这正是历史的必然。海子的诗歌不过是少数校园理想主义者的圣经，而汪诗才是热爱生活的广大女学生的起居事典。在中国成为全球最大的市场之后，诗歌条码化的潮流势不可挡。

越过那些抨击者的痛心疾首的呐喊，汪诗在市场上茁壮发育，后者表达了后文化时代的“易拉罐文学”的主要特征：第一，高度通俗（彻底放弃原创性并对精英思想作简陋拷贝）；第二，用过即扔（彻底放弃经典性写作）。更为重要的是，在经历了海子式的“生命中不能承受之重”后，人们只需一种非常轻盈的哲思小语，像粉色的口红一样，涂抹在苍白失血的精神之唇上，以滋润营养不良的文化面颜。

这样一种“生命能够承受之轻”的诗歌口红，在一个高速消费的市场化图景中，无疑是非常和谐的物象。没有任何一种力量能够阻止它的涌现和受宠。在20世纪90年代上半期，汪诗的情形大致就是如此。而在90年代末，汪诗甚至和王朔、苏童及王小波的作品（后者情形或许有些不同）一起，发展为网络消费的主要对象。在那些文化网站和网上文化超市的货架上，这些物件早已经融入了日用品的亲切行列。

余秋雨的散文（以下简称“余文”）与之有非常类似的经历。一个富于戏剧性的例证是，据说在上海的一次“扫黄行动”中，警方从某妓女的手袋里查出了三件物品：口红、避孕套和《文化苦旅》。这个传闻在海内外文人圈子中流传甚广，并且在一次中港台文化研讨会上成为一个尖锐的话题（可以参见中国台湾的《中国时报》和新加坡《联合早报》当时的专题报导）。余文因而受到了人们的攻击，似乎其作品一旦成为性工作者的读物，就变得十分可疑起来。

这无疑是一个完全错误的理念。在我看来，即使这一捕风捉影的传闻属实，它也绝不能成为“媚俗”之类的道德化批评的借口。相反，它的重要意义被包含在它的隐喻性之中：在那个女人的个人视界里，《文化苦旅》就是她的“文化口红”和“文化避孕套”。它们是一组互相隐喻的同义语词，具有完全相同的日用品功能，被收藏在一个意识形态的手袋里。余文正是这样一种文化消费品，但却比汪诗更加耐用，因为它不仅是用以点缀生活的“文化口红”，而且还是“文化避孕套”，审慎规避着那些道德病毒。

后文化时代的特征是：精英不再引领大众，而是大众支配精英。这种结构倒置的后果就是精英的全面湮灭：这个曾经散发着思想香气的阶层，已经被大众与全球一体化市场与资讯洪流所吞没。只有少数人继续浮在水面。他们是市场的先锋，犀利地洞悉大众趣味的转移和文化的市场走向，并且利用这点对大众进行反操纵。他们通常受雇于国际（或区域）资本，借其专业特长为世界大亨效力，同时也利用国际资本实现其个人的文化野心。

我要援引电影《泰坦尼克号》导演詹姆斯·卡麦隆与国际传媒大亨梅铎的关系来表明这点。一个老套的好莱坞言情故事，在近似疯狂的高额制作之后，产生了巨大的商业回响。另一个例子是中国画家陈逸飞和美国犹太大亨哈默的关系。它们证明精英的信念早已过时。这个世界需要的绝不再是创造思想的精英，而是追踪公众趣味与理念的猎狗。他们不再向民众提供思想，他们仅仅发现和供应市场所需的模式。

改变精英命运的另一个动力是资讯的全球化。就在最近的两三年内，由于OCR技术（即对扫描的图像文件可以进行自由编辑）的发明，网络文字输入的困难已经消散，平面图书资源的利用变得轻而易举，网络杂志、文化专题网以及个人网页大规模涌现，网络文字总量（NET WORDS）在迅速增值，并为个人文化及区域文化的全球化传播开辟了阔大道路。个人电脑对于外部消息的筛选标准与消息的来源（是否出自精英）完全无关，它吁请着所有满足欲望的“小道新闻”。由于数码网络的全球化，任何一个无聊的的私密事件都有可能在一个瞬间里成为国际通报。美国独立检察官斯塔尔是利用这一资讯网络的先锋，尽管未能改变克林顿的政治命运，但他却纠正了国际互联网络的附庸地位。“数码文化”已经实现了其对“后现代主义”的全面推翻。

市场及资讯的全球化和全球的市场与资讯化，这个双向和双重的过程，彻底改变了中国文化的命运。老式艺术家正在走向衰亡，而新的文化制造工业已经发育完备：专栏撰稿人和网络作家取代了正统作家，传媒记者取代了职业批评家，行画手取代了画家，摇滚歌手取代了歌唱家，制片人取代了导演，等等。总之，文化白领取代了知识分子。在取媚大众和营造票房纪录方面，后者才是真正的主宰。

“媚俗”曾经是一个非常刺耳的术语，用来描述艺术家的从众主义立场，并且注定要遭到道德化的抨击。但在市场垄断一切的时代，“媚俗”已不再是一种罪恶，而是一种基本的文化策略，用以从大众的口袋里找回金钱和尊严。

“媚俗”的合理性正是这样被确认的，它吁请着中国知识阶层的妥协和蜕变。这方面的成功例子，当推王朔、崔健和苏童等。他们在进行文化的包装和推销方面，显示了某种天生的丽质：一方面反叛传统意识形态，一方面向群众大肆献媚。市场原则被严肃地建立了起来。

这是20世纪80年代艺术家走向市场化的先锋。而在他们背后，成千上万的文化推销员在90年代期间茁壮成长。这一蜕变，受到了出版界、影视界和演艺界“资本势力”的有力支持。而其结果是，中国文化领域出现了一个诸如“独立制片人”、“自由撰稿人”的“文化中产阶级”圈子，除了隶属于大众和金钱之外，他们获得了空前的自由和独立。这是20世纪90年代后期的一个重要景观。对此我没有什么异议。恰恰相反，正是市场交换策略避免了文化的最后崩溃。或者说，它维系了文化和大众的基本关系。经历了几千年的不屈不挠的战争之后，在一个“后资本主义”的世界性背景中，文人向大众趣味和资本势力妥协与合作的时刻终于降临。

在这个剧烈变化的时代，余秋雨所作出的努力是令人赞赏的。在文化（历史）的市场推销方面，他获得了令人惊异的成功。在我的记忆里，余文首先在上海的《收获》杂志连载，而后，在经过了市场的反复测试之后，才在出版社结集出版。而后是一个消费者的盛大晚宴。余文被不断连续地出版、转载、报导，成为中国各大城市的主要畅销图书，它甚至出现在几乎所有的中文网站或杂志上，与鲁迅和林语堂的作品一道成为现代散文的经典之作。一时间，大有“不读余文、羞谈文学”之风。在这期间，我们也能够听到一些愤愤不平的声音，似乎这种成功本身成为余的一个罪证：“他媚俗，因而他有罪。”愤怒的十字架竖立起来了，痛苦的战士手执锤子和铁钉，要在文学和史学的领域审判余文，吁请它的退出。余对此深感不平，1998 年他在新加坡的《联合早报》上连续发表短文，以一个权威人士的身份进行话语自卫。对批评的轻蔑和痛心跃然纸上。

这是一种好莱坞式的戏剧性景象：一方面作家在重构与大众的文本蜜月，一方面批评家在不停顿地控诉这种努力。在这场诉讼中显然只有一个裁决者，那就是大众。这个价值陪审团将运用市场原则，对这个作家的“生死”（用港台流行的术语说，就是“走红”还是“过气”）作出终极判决，而这一判决的结果已不言而喻。

煽情主义的话语策略

为了在阅读者那里引起必要的市场价值回响，选择恰当的话语策略，已经成为后资本主义时代言说者的一项基本技巧。这种策略包括：第一，确立具备市场价值的话语姿态（这个过程是内在的）；第二，寻找大众关注的文化（历史情结）母题；第三，寻找大众热爱的故事或（事件与人物）模式；第四，采纳高度煽情的叙述方式，等等。几乎没有任何当代畅销作品能够逾越这个市场策略框架。

在《文化苦旅》中，我们可以透彻地看到书写者所采用的话语策略。基本母题是经过历史鉴定而永垂不朽的，那就是一种浸透着知识分子忧患意识的传统爱国主义（也即民族主义，这正是该书发行时面临的一种流行思潮），而后在这一母题的引导下进入深度操作的层面。

第一篇《王道士》是一个奠定民族主义基调的重要篇章，它确立了整部书的话语（价值）姿态：这个道士以他的无知和贪婪出卖了中华文化的瑰宝敦煌石窟艺术珍品。这种道德化的母题和故事完全符合大众的民族主义走向。不仅如此，书写者还使用了一些煽情主义话语记号来强化这种戏剧性的效果。

这是一个巨大的民族悲剧。王道士只是这出悲剧中错步上前的小丑。一位年轻诗人写道，那天傍晚，当冒险家斯坦因装满箱子的一队牛车正要启程，他回头看了一眼西天凄艳的晚霞，那里，一个古老民族的伤口正在滴血……

（在王道士用石灰粉刷壁画和按一个农民的趣味“修改”雕塑之后）今天我走进这几个洞窟，对着惨白的墙壁、惨白的怪像，脑中也是一片惨白。我几乎不会言说，眼前直晃动着那些刷把和铁锤。“住手！”我在心底痛苦地呼喊，只见王道士转过脸来，满眼困惑不解。是啊，他在整理他的宅院，闲人何必喧哗？我甚至想向他跪下（朱案：“跪下”这个词用得耐人寻味），低声求他：“请等一等，等一等……”但是等什么呢？我脑中依然一片惨白。

偌大的中国，竟存不下几卷经文！比之于被官员大量糟踏的情景，我有时甚至想狠心说一句：宁肯存放在伦敦博物馆里！这句话终究说得不太舒心。被我拦住的车队究竟应该驶向哪里？这里也难那里也难，我只能让它停驻在沙漠里然后大哭一场。我好恨！……

“伤口”、“滴血”、“下跪”、“恳求”乃至“哭泣”，所有这些意象或独白都展示了一种露骨的煽情技巧。尽管它从文学技巧上看相当笨拙，但在中国的读者市场却是双重有效的，它既点燃了读者的历史怒气，又使之产生了对作品乃至书写者的无限钟爱。 这样的例子在余文中俯拾皆是。

审视余文的基本母题，从往事怀旧（对家乡、童年、老师、故人的缅怀）、历史文人和王朝（官吏）的恩怨关系，到百姓耳熟能详的民间传说，著名的风物掌故、地理，均已包含煽情的内在语法。 文人的怀古幽怨、现实感伤、古典雅趣和爱国胸怀，最终都汇入了大众的价值关怀的博大江河。 迷离的历史在这里被现实化和通俗化了，或者说，封闭的历史在新的诠释下重新向大众开放。 经过情感包装的技术处理，最终成为图书市场的畅销商品。

这种情形在台湾地区和香港特区已经有过相似的先例。 除了柏杨撰写的《中国通史》，还有一些古代典籍的现代诠释版，以及各种通俗的古代思想的简体字版或漫画版等。 但是，在许多人看来，这种市场化的策略还不够彻底，因为它们仍然存在着某种阅读障碍。 一个纯粹理性的历史文本，无论怎样利用现代大众话语，均难以彻底解决这一问题。

只有余文和少数几种文本击碎了这最后的壁垒。 只有他成功地利用历史随笔与情感化的叙述方式，引发了大众的阅读回响。 尽管人们并未从这些历史诠释中获得新的概念，但封存在历史中的传统价值和现代生活的断裂，获得了某种修复；旧式文人的理想、趣味和面容受到了大众之手的亲切抚摸；而最终，所有这些破碎的历史掌故的花瓣，均温柔地漂浮在民族主义的池沼之中，编织成了汪诗式的诗意图景。 那么，在一个所谓“建构大中华文化圈”的大汉民族主义思潮中，余文受到台湾地区、新加坡（香港特区有所例外）乃至世界各地华人知识分子读者的响应和鼓掌，便是十分自然的事情。

即便如此，据余秋雨在《文化苦旅》的后记中记载，仍然有出版商认为余文尚不够通俗和轻松，“很难成为在每个旅游点兜售的小册子”，故决定“大幅度删改”，幸而得到了及时拯救。我不认为这个插曲可以用来证实余文的不够通俗。相反，它只是一次市场消费定位方面的技术分岐而已：究竟是把它当作实用旅游指南，还是当作普遍适用的日常精神生活导引。毫无疑问，后者能够更好地在市场运作中实现余文的文化价值。我也不同意作者在这篇后记中之所言，此书的出版只是“一种侥幸”，恰恰相反，它充分表达了文化消费市场的热切愿望。

在苦难和甜蜜之间行走

但是，在给予余文的市场化以必要的赞扬之后，我还是要对其作出适度的批评，即它在市场化的包装上存在着“媚俗”过火的问题。它太过矫情。无论是《文化苦旅》还是《山居笔记》，均未摆脱这一情感和言说的双重矫饰。

再以《王道士》一文作为例子。由于爱“宝”心切，书写者竟打算给道士下跪，而为了敦煌经卷一次亏本的“出口贸易”，书写者想为此大哭一场。用如此的过激言说来进行煽情，尽管不免有做作之感，却颇能显示余文的风格。这种过度的煽情话语，在《苏东坡突围》中得到了进一步的延续：

贫瘠而愚昧的国土上，绳子捆扎着一个世界级的伟大诗人，一步步行进，苏东坡在示众。整个民族在丢脸。

这是动辄上升到民族高度进行煽情的范例。苏轼遭到告发和逮捕，这首先与贫瘠和愚昧无关（他无非是险恶的官僚政治斗争的牺牲品而已），其次与民族大义无关。试问：余文的“民族”究竟是一个什么样的概念？是宋代的汉民族，还是今天的所谓中华民族？苏的被捕究竟丢了谁的脸面？谁又在民族之外进行了文化或道德注视？或者说，民族的脸面又是怎样一种价值尺度？然而，毫无疑问的是，正是这一陈述所包含的道德力量，点燃了人们对“差官”以臆断昏君的仇恨。同时，旧式文人的尊严，在这个叙述和阅读中获得了短暂的实现。

小人牵着大师，大师牵着历史。小人顺手把绳索重重一抖，于是大师和历史全都成了罪孽的化身。

——《苏东坡突围》

这是动辄上升到历史高度的另一个例子。必须注意余文使用的“小人”概念。它是一个非常道德化的传统语词，其煽情级数在汉语文史上与“君子”和“良知”（后者是余文的另一个基本术语）完全一致。

如果“形而上”是余文所特有的煽情技巧之一，那么另外一种技巧更是屡见不鲜：

我是个文化人，我生命的主干属于文化，我活在世上的一项重要使命是接受文化和传递文化。因此，当我偶尔一个人默默省察自己的生命价值的时候，总会禁不住在心底轻轻呼唤：我的老师！我的学生！我就是你们！

——《千年庭院》

她们作为海南女性的目光，给森然的中国现代史带来了几多水气，几多温馨。

……猎物回头了，明眸皓齿，嫣然一笑。

嫣然一笑，天涯便成家乡。

嫣然一笑，女性的笑，家园的笑，海南的笑，问号便成句号。

——《天涯故事》

这些例子除了能够继续证明余文的煽情主义的话语姿态以外，还表达了一种过于软化的话语立场：似乎一旦煽情，就非得令整个言说变得甜蜜起来。这“嫣然一笑”，损害了一个被书写者早已设定了的苦楚的情感基调。行旅奔波的肉身苦痛，遭到精神欢娱和文化亲情的腐蚀。在我看来，这是比煽情本身更为致命的弱点，它削弱了余文进行人文主义沉思的力度，并且大步退行到了汪诗的级位。软体哲学在文学中又一次获得了意外的胜利。

《天涯故事》是处理历史中个人苦难的一个范例。被放逐的悲痛最终被转换成了一幕喜剧：荒蛮的流放地竟被描述成温柔宁静的家园，苦难被销融在女性的嫣然一笑之中。这正是我长期以来一直关注的所谓“亚细亚痛苦的消解模式”的又一证据。作者赞赏地看到，被贬谪海南的苏东坡一方面“衣食住行都遇到严重困难”，“忧伤常常爬上心头”，而另一方面却迅速把精神苦难转换成了“压抑不住的喜悦”。它令苏氏的苦旅最终变成了一次经典性的蜜行（这点我将在后面作进一步的阐释）。

在我看来，除了受控于传统的痛苦处理模式外，余的另一个矛盾在于，他一方面沉浸在老式的知识分子的忧患情感之中，一方面则试图向大众或市场寻求最大限度的认可，这两者最终发生了统一。没有任何一种统一比这一种看起来更为古怪。重要的是，民族话语弥合了两者的历史性破裂，并且赋予余文以某个甜蜜的笑貌。面对严酷的市场化景象，甜蜜话语就是人所能获得的最好的安慰。

民族话语和道德话语

民族主义（有人更喜欢使用“民粹主义”这个词），一个从世界各地涌现的20世纪末话语同盟，现已成为美国主义以外最重要的精神事件。越过所谓后资本主义或后冷战时代的风景，在耶路撒冷出生的哥伦比亚大学教授赛义德（Edward W. Said），以巴勒斯坦精神战士和伊斯兰民族主义先知的面貌奋然崛起，他的代表之作《东方主义》，已经成为包括极端民族主义者在内的整个新民族主义运动的最高指南（毫无疑问，张承志就是其中国区域的精神代理）。

此外，在拉丁和日尔曼语系范围，后现代主义、新马克思主义、新左派的批评家也展开了针对美国主义以及西方文化霸权的攻击；这种来自欧美内部的精神反省策动了亚细亚、非洲和南美洲的民族主义的全面复兴。

民族主义的兴起，是20世纪晚期全球意识形态的一个重大变化：权力的多极化和文化的多元化正在分解人类的版图；而另一方面，全球资本和经济的一体化，则企图重组被分裂了的世界。这就是我所指称的“弗格森景象”，它呈现为两个层面的互相逆反的强大脉动。全人类都为之受到震撼。

但“弗格森景象”并未如人们所期待的那样把世界引上繁荣的道路，恰恰相反，权力及文化的多极化，导致民族主义的走火入魔，恐怖主义和军事极权主义风起云涌。另一方面，市场的全球化导致严重的亚洲金融危机。而后者又反促了市场民族主义的崛起。结果，人类的运动都趋于同一个方向：民族主义对世界实施了有力占领。

中国的民族主义思潮不仅是对这一环球思潮的简单响应。经济复兴和中产阶级的形成、民间资本的迅速增长，制造了一个所谓“大中华”和“21世纪巨人”的壮丽图景。西方的左翼政客和学者也加入了这一合唱，后者正是中国20世纪90年代民族主义思潮的一个热烈基调。在西方“妖魔化”中国的同时，中国知识分子也已经“妖魔化”了西方。这场互相抹黑的运动为后冷战时代提供了新的新闻素材。

我并不想在此否认民族主义对于发展中国家的激励意义。我只想探究由此产生的民族话语在90年代中国所产生的反响。我们已经发现，任何样式的民族话语，总是建立在民族情感的基础之上，以道德话语和国家话语的面目涌现，并在宗教的界面上完成其终极追问的作业。而除了张承志和北村，绝大多数中国作家并未企及这一目标。他们仅仅驻扎在“民族-国家-人民”的三位一体的结构中，去题写“道德-情感-历史”的中间价值文本。余文（有时候，还应当包括贾平凹和张炜等）正是这方面的一个范例。在散文或随笔的情感（情操）性言说中，历史话语和道德话语受到了编码，从而形成一个亚古典的民族主义文本。

是的，如果我没有弄错，民族历史和民族地理，是余文所有母题之上的首席母题。在苦楚行旅的地理路线中，时间语法悄然展开，令读者倾听到了历史之爱的细弱回声。这回声缭绕着以往的保守而忠诚的气息。

这种民族主义气息在余文的那些海外之旅中获得了最直接的言说。在“漂泊者”和“华语情结”里，旅行者的异乡际遇成为民族自恋的一次证明过程。作者在新加坡观看华人组织的一场台湾相声剧演出，然后再去吃宵夜，这些细小的生活细节引发的竟是最赤裸的民族豪情。

理直气壮地用华语叫菜，今天晚上，这座城市的笑声属于中国人。

——《华语情结》

利用对海外华人的言说的转述，去点燃民族自恋的激情，这种宣传技巧现在又一次推进了民族之爱的燃烧，使之成为余文的一个基本话语标记，像固执的烙印那样，悄然遍及所有的言说过程。

让我们再次回到《王道士》——这个被放在“苦旅”之首的重要文本，它是用来打开全书密码的话语钥匙。我们已经注意到其中话语立场的某种古怪。敦煌的全部宝藏受到了“外国人”的“掠夺”，令作者深感大耻大辱。但正如作者所承认的那样，那些“外国人都是富有实干精神的学者”，而王道士却只是一个“太卑微、太渺小、太愚昧”的文化破坏者。根据这一简单的逻辑，斯坦因等人应当是拯救敦煌艺术的英雄。但他们却仍然是一些被钉在道德耻辱柱上的“外国”罪人，这取决于一个“极基本的前提”，那就是：“什么都成，就是不能这么悄悄地运走祖先给我们的遗赠”。

必须注意“外国人”这个词在余文中的重要价值：它是一个语义的简单界限，分野着两个截然对立的价值体系，中国与外国、中国人和外国人，等等。这一划分传统起始于明末清初汉族文人及前朝遗臣，而后便成为清朝政府抵抗西方文明的基本术语。我不想在这里详细回顾这一历史，我只想表明，在一个文化开放的时代，继续以如此幼稚的二元划分去维系一种狭隘的民族主义言说，只能令作者再度陷入历史话语的逻辑矛盾之中。

众所周知，印度是敦煌文化的主要策源地。敦煌艺术与其说是华夏中原文明的一个变异结果，不如说是印度佛教文明的一个北亚支流。就其艺术造型风格和宗教话语起源而言，它都是一个彻头彻尾的“外国进口货”。 余文在言说敦煌艺术的归属时，有意规避这些基本历史常识，其结果只对阅读者及其自身产生严重的话语误导。

余文里所沿用的上述民族主义理念，究竟是作者的真实立场，还是只是一种用以取悦读者的话语策略？这个问题是我关住的要点之一。 如果是前者，那么它是意识形态问题，如果是后者，那么它是言说问题。 而在我看来，它事实上是一个双效的话语按摩器：一方面慰抚大众的灵魂，一方面慰抚传统知识分子的“人格”和“良知”的自我面庞。 这种双重的话语功能是余文获得市场推广成效的原因。

人格结构与忧患意识

由于余文里到处分布着的人格语词，迫使我们不得不对这些构筑着民族主义圣殿的话语基石进行必要的审视。 我已经说过，余文的煽情功能正是在道德话语的层面上得以实现的。 余文中通常出现的是两类语词：描述性语词和界定性语词。 前者如“邪恶”、“高贵”（注意不是“高尚”）、“叹息”和“流泪”等。 后者如“人格”、“学问”、“民族”、“小人”和“文化良知”等。 这个语词谱系颇能显示余文的道德基调。

《山居笔记》中的“历史的暗角”一文，是这方面的一个范例。 这篇谈论小人的文章，是随笔和学术论文的混合物，或者说，是一篇在形式上完全失控和失败的散文，但在用道德话语代替历史话语方面，却显示了某种耐人寻味的特点。 把历史人物分为君子和小人两类，借此对中国政治制度进行界定，这种道德语法的干涉是对历史纯粹性的最大瓦解，但它却营造出散文生长的美学气氛：在某种意义上，文学才是道德力量的坚实容器。

由于道德话语的大肆介入，历史的真实面目变得可疑起来。从道德学的角度看，政治与卑鄙、肮脏与厚黑是天生的联盟。大多数政治伟人不能够回避阴谋运作。只要查一下清史就会发现，就连作者竭力赞扬的康熙，其执政手段同样布满小人和暴君的印迹，他所开创的“文字狱”，成为清朝最臭名昭著的国家劣行。幻想政治的“君子之治”，不过是传统中国知识分子的一厢情愿。在政治史的读解中引入“小人”概念，企图借此阐释历史，或者借古讽今，抨击周遭人事，只能引发双重标准下的价值混乱。这最终导致了余文在历史学范畴内的挫败。而越过小人的不道德的面容，那些有关人格结构和文化良知的道德语辞，在更为深切的层面操纵着言说的进行。

人格结构是一个非常古老的理学概念，它与心理学中的“个性”毫无干系，而是直指历史人物的所谓道德主体，并试图借此对历史景象进行全面阐释。而文化良知则是人格结构中最动人的一极，它显然指陈着传统知识分子进行自我内省和外在批判的力量。毫无疑问，在余文中“文化”只是作者的某种变通的用语，它不过是“政治”一词的某个意义更为暧昧的代词。文化良知，或者说得更确切些是政治良知，成为作者对苏轼（《苏东坡突围》）、朱熹（《千年庭院》）、黄宗羲（《乡关何处》）、阮籍和嵇康（《遥远的绝响》）进行历史鉴定的基本尺度，并由此派生出了“高贵”、“可爱”之类的道德评语。

而在所谓的政治或文化人格之外是某种“商业人格”（《抱愧山西》）。如果说传统道德信念在政治和文化领域还有一点意义的话，那么它在商业领域便显得更加软弱无力。作者盛赞晚清时期山西商人的信义和道义，并把山西商人海内最富景象的消失，归咎于从太平天国到民国初年的系列战乱。在作者看来，山西商人的商业信用就是他孜孜不倦地寻找的传统道义。但是，“道义”永远不是支持商业运作的主要动力，甚至连次要动力都不是。“信用”只是整个道义体系中最边缘和最细小的部分，它进入商业领域之后，便转换成游戏规则的一部分。它与道义毫无干系，只是一项规则而已。

这个例子也许能够表明道德话语在余文中被滥用的情形。这种滥用有时会产生言说的逻辑紊乱。《西湖梦》就是其中的一个例子。作者一方面企图赞美宋代名妓苏小小比茶花女活得更为潇洒，一方面又要急忙表白妓女生涯的不值得赞颂。这正是传统文人所固有的矛盾立场。但在另一方面，此类道德尺度的出现，却为历史进入文学开辟了昏暗的道路。正是这种对小人的怒气和对高贵的迷恋，点燃了人的道德情感，并把历史的理性回顾转换成了抒情式言说。如果没有这种道德中介，历史的言说或许会变得异常困难。

道德话语在余文中的重要地位，取决于作者忧患意识的导引，也就是取决于作者传统知识分子的基本话语立场。对此我没有什么太大的异议。我只想表明，由于这种忧患意识的导引，历史阐释出现了被损害的迹象。

根据人们对这种话语立场的基本了解，它就是中国传统知识分子和知识官僚的国家哲学，也就是熔铸着国家主义、民族主义和民生主义三项基本语法的人格结构。这个结构不仅奠定了一个面容忧戚的旧式文人形象，而且为余文的所有言说描绘了坚硬的价值边限。作者在这个限度内写作，令大部分历史阐释丧失了重写的契机。在我看来，余文中的历史仍然保持着原来的面貌，它的改变只发生在言说方式的层面上：历史尸骸被浸泡在了柔软的情感甜汁之中。

余文对苏轼和嵇康事迹的详尽回顾最能说明这点。我们可以透彻地看到，这两个人是如何因小人的攻击而落难或被杀的。

这些在历史上被谈论了无数次的陈旧观点经过文学包装之后，现在又一次落回到了人们的视野。这是历史因忧患文人的道德阐释而遭到程式化和图解化的一个新例。

作为中国传统文化的化身，苏轼总是扮演了一个受到冤屈却保持了对国家的忠诚，同时又擅长把政治痛苦（忧患意识）转换为文化欢娱的多重角色。但他实际上不过是一个政治官僚和中国文人理想人格的完美的混合体。他的魅力在于在每一个角色上都得体与适度：作为高层文官，他忠于国家（皇帝）却不失潇洒；而作为理想文人，他放达江湖却不失体统。他罕见地兼具了中国文人理想人格的各个主要侧面。这是一个由盛唐开始走向败落的种族提供出的一个生命策略样本，它照亮了文人（文官）处理个人仕途危机的前景。

是的，长期以来，有关苏轼的传说大大鼓舞了历代文人，尽管苏本人在文学成就上甚至不如同时代的陆游和辛弃疾，却成为人们保持与国家及其国家文化关系的卓越的文化榜样。余文并未试图改变这点。恰恰相反，它以固有的激情投入到了对苏轼的道德风范的集体赞美行列。正是这一立场引发了我的关切。

我注意到一个关键性的事实：如果说《文化苦旅》是一次以“王道士”为话语基调的民族主义言说，那么《山居笔记》就是以“一个王朝的背影”为基调的国家主义文本，它意在表达作者在文人与国家关系上的微妙立场。

与国家的和解

——一个王朝的背影

作为《山居笔记》中的话语核心，《一个王朝的背影》被投放在全书之首。这是作者在有意暗示它的引领作用。这篇散文试图向读者表达这样一种看法，即尽管康熙皇帝曾经以大兴“文字狱”而臭名昭著，但他竟然比明朝历代皇帝更热爱和精通汉族文化。由于这个缘故，作者惊喜地发现，就连中国当时最有抵触的汉族知识分子也开始与康熙和解了。这一戏剧性的和解，以与清廷不共戴天的李颙和黄宗羲的软化作为历史标记。曾以武装抗清闻名的黄天，居然因康熙的礼仪有加而改派儿子助皇帝修撰《明史》。

耐人寻味的不是黄宗羲的这种立场的转换，而是作者在陈述了这个故事之后的评判。作者写道：“这不是变节，也不是妥协，而是一种文化生态意义上的开始认同。”作者反诘道：“既然康熙对汉文化认同得那么诚恳，汉族文人为什么就完全不能与他认同呢。”

必须注意这个从民族主义向国家主义的话语飞跃。在文化的互相认同之后，国家主义便径直取代了民族主义，成为全部言说的重心所在。不仅如此，这篇文章还要为传统知识分子与国家的历史性和解进行悉心辩护。在这种和解进程的反面，是王国维的凄怨灵魂。在清帝国绝灭之后。这个前清的文化义士在前皇室领地颐和园投水自尽，向旧帝国的家园作了最后的回归。

晚清文人的问题在于：他一方面以自己的生命与旧国家进行了融合，一方面却与新国家（中华民国）产生了极度的文化失调。这种失调是如此深刻，以致唯有以个体（而非国家）的自我湮灭作为解决之道。

王国维的文化毁灭，是个体文人与国家关系破裂的一个著名例证。在余文中，他的死亡就是警示，象征着旧文人与新国家的对抗和疏离，所导致的悲剧性结局。王死时据说身无分文，他是靠着从同事处借来的钱购买了“门券”，才得以走入自杀地点。

王国维的这一故事与诗人海子之死有某种相似之处：在海子

于山海关卧轨自杀后，人们从他的胃袋里发现的只有两瓣腐烂的桔子。根据医学推断，他至少有两天以上颗米未进。

但是，在海子与王国维之间仍然存在着一道不可逾越的鸿沟，那就是王的皈依和海子的离弃。王对于国家以及中间价值的破碎信念，以及海子对于终极价值的赴死追问。这是发生在不同层面上的精神事件。在死亡的现场，我们可以目击到王国维所选择的那个最后的家园——柔软温存的湖水。水体话语在这里再次现身，代表湮灭的国家母体，向绝望者作窒息性一抱。王在这个精心选择的地点实现了他的道德回归。他是旧体制的最后一个弃儿。

正如人们早已经无数次做过的那样，余文埋怨了这个人的不识时务：未能及时同新国家及其文化建立新的和解。但在1927年，王没有任何理由向一个四分五裂、充满战乱的国家以及他完全不能理解的文化屈服。它们完全不符合王的内在理想。王痛不欲生地看见了这绝望的景象。他只是要终止这一景象而已。在国家主义的话语范围内，王的抗议没有任何可质疑的地方。相反，如果王的选择有什么问题，那么它同时也是作者的问题。

耐人寻味的是，尽管国家只是个人生活的某个母题而非全部，文人也并非一定要生活在国家的怀抱里才能得到灵魂的慰藉，但传统文人与国家的双边关系，却是中国历史的一个永恒焦点。招安与反叛、皈依与逃亡、忠忱与背弃、和解与对抗、亲密与疏隔，所有这些对立的正题和反题汇聚成了所谓的国家话语的核心，显然，国家就是这话语的基本主语，而文人（文官）则是一个宾语，它们吁请着文人的热切关怀（陈述）。

我们可以看到，王国维的“反题”（他本人对中华民国的肉体性离弃）受到了余文的“正题”（清初文人与康熙的精神性和解）的反诘。这是国家话语内部的一次自相缠绕，或者说，是主语和宾语之间的一次奇怪的互噬。如果王和新的政治及文化体制重建了蜜月，那么是否意味着王的进步呢？答案完全相反，只要国家以及文化在不断更替，王的这种选择将永无尽头。同时，在国家话语的变迁进程中，王必须永不停息地“自我改造”，其中任何一次失误，都将令其成为一个“被历史遗弃的罪人”。

这就是一个文人的孤寂背影所流露的全部悲剧性语义。令人惊讶的是，在探讨文人与国家的关系时，王国维不幸再次成为一个反面例子，被用以验证不能顺应潮流的悲情下场。国家话语的这种专断性，令我留下了深刻的印象。值得注意的是与王国维、梁启超和赵元任同为“清华四巨头”的陈寅恪的动向。作为受到新政府备加关照的一代名士，他在政治革命的洪流中选择了顺应而不是自杀或逃亡，但他为王所写的墓志铭却暴露了内在的心迹：“先生（指王国维）……自由之精神、独立之思想，可以垂之久远，与天地而共存，与三光而永光。”在陈的其后生涯中，王就是陈的最高楷模。为了保持文人的气节（所谓“知识分子的独立人格”），陈竟以数十年时间和两百万字的篇幅，写作关于明末江淮名妓柳如是的传记，赞美一个忠于前朝（明王朝）并蔑视现清朝廷的“依门小妇”。

陈晚年双眼失明。在肉体的无限黑暗之中，柳如是的幻象成为他生命中唯一的光亮。他依靠口述完成了这鸿篇巨制。这是进行话语抗战的一个罕见个案。按照余文的逻辑，它就是“不合作”的另一个反面例证。显然，陈所犯下的错误与王完全一致。他们间的唯一差别就是抵抗的不同级位：王选择了肉身，而陈选择了话语。

让我们再次回到黄宗羲的个案上来。即使这个人实现了与清廷的有限和解，他仍然没有真正介入新的文化创造。他派遣儿子修撰《明史》，显然有更为深远的谋虑。对于黄来说，在历经了无数次的无效反抗之后，还有什么比这更好的缅怀故主的方式吗？

任何一个明眼人都会发现，汉族文人参与编修明史，明为遵旨（合作），实为掌控历史话语（阐释）权，并利用这个时机让汉人王朝在历史文本中获得永生。另一方面，康熙提供的丰厚的国家资源（高额俸禄、研究经费和由皇室收藏或征集的大量图书资料），也委实令一些穷困潦倒的文人怦然心动。

擅长权术的康熙显然懂得这点。他洞察了汉族文人的这种双重心理，以“情”与“利”两种手段引诱他们修史，利用这种话语合作来获得历史经验，并塑造一个宽容大度的明君形象，为清王朝的未来社稷开辟道路。在这场演剧中，根本没有什么诚恳的君民之爱或满汉友谊，有的只是掩饰仇恨的虚情假意。

康熙与汉族文人的互相利用，是中国历史上统治者与文人关系的一个范例，它表明了政治话语在其题写过程中所能达到的矫饰程度。而令人奇怪的是，自民国以来，许多学者都异口同声地颂扬这一由康熙皇帝精心策划的文化奇迹，并且流露出重沐这一浩大皇恩的渴望。这构成了中国文人的一个极度脆弱的理想。无论怎样进行反思，文人似乎都难以摆脱国家话语的强大的支配力量。

家园景象和母亲话语

在中间价值体系的范围内，家园话语是民族话语和国家话语的最亲密的兄弟，家园从事物的另一个侧面暗示了人的皈依渴望和恋母情结。不妨回顾一下中国民间文学在历史中的漫长行迹，几乎所有的古典作品都指涉了家园母题。一个最明显的例子是《水浒传》：一群流氓被人从某个地洞（黑暗家园的一种代码）里释放出来，经过一场人间恶斗，最终又返回到了皇帝或国家（新家园的某个代码）的亲密怀抱。这种“家园-出走-返回家园”的“福达模式”（弗洛伊德用语），正是民间文学的话语根基。

在余文中，我们可以透彻地看到这一模式所拥有的力量。《乡关何处》是一篇纯粹的怀乡之作，它充满了一个游子对故土的无限依恋。其中的一些片段颇有值得回味之处。在余的所有随笔中，这些来自乡村的回忆和故事是最具魅力的，它们的价值远在其历史随笔之上。那些洋溢着家园之爱的抒情式记忆，一洗往昔的文人矫饰，显露了真切的本性。尽管那些急切地搜寻名人同乡的举动有些稚拙，但它对于白米饭和黑色梅干菜的描述，以及对于湖底大量细碎瓷片的叙述，均产生了动人的言说效果。

然而在另一方面，《乡关何处》仍然无法回避传统散文所固有的那些问题：沉浸于个人经验的乡愁离恨之中。只有《流放者的土地》和《天涯故事》企图向历史作奋然一跃，但其最终还是落入了“福达模式”的陈旧的言说框架。书名的变化便已充满了象征意味——苦楚的“行旅”（《文化苦旅》）最终无可避免地转换成了温甜的“山居”（《文化苦旅》续集《山居笔记》）。这是由流走状态返归到家园的一个微妙暗示。

《天涯故事》，一篇关于中国古代主要政治流放地海南岛的随笔，显然是用来陈述家园话语的代表性文本：一个“荒蛮偏僻”的南方孤岛，流放者受罚的悲剧性地点，经过著名文官李光（宋高宗时的副宰相）、胡铨（枢密院编修官）和苏轼的先后“过访”，一洗其瘴气袭人的恶名，成为柔丽平和之家。

我不想在这里谈论对于海南岛的评价，这不是本文的使命。我只想指出一个耐人寻味的话语事实，即“流放地”语义的戏剧性转换。这一向家园（母亲）的转换，引发了一系列的语义转换：放逐变作了回家，“天涯便成家乡”，流役犯成了归家的孩子，刑役转为旅游，痛苦化作了喜悦，中原的严酷政治气候成了南国的“天真未凿的自然生态”。

我已经说过，这是利用话语进行多重消解的一个新的个案。在亚细亚的历史进程中，这种消解是屡见不鲜的。它同时也是中国文化中最富魅力与争议的部分。仅以众所周知的“梁山伯与祝英台”的故事为例，悲剧已经被推进到了死亡的地步，但这一高潮仍然要屈从于“化蝶”的喜剧性终结。《天涯故事》并没有例外，它首先做出了对历史正义的消解，同时消解了放逐和流亡的形而上意义。它还消解生命个体的深切痛苦，并实施了对悲剧话语的消解。作为亚细亚历史上最常见的话语手术，它最终在“嫣然一笑”中切除了人和苦难的基本联系。

流亡者踉跄的脚步终止在亚细亚式的轻盈幸福面前。在作者看来，苏轼之流之所以遭到流放，完全是由于其“反常的思维模式和奋斗方式”。而令人庆幸的是，家园（母亲）拥抱了浪子，软化并溶解了一切痛苦、愤怒以及激越的反抗。家园也彻底改造了流亡者或正义战士，把他们变成“平静而实在的普通人”。

耐人寻味的是，在整个软化与消解过程中，导致痛苦的外在根源并未消除，或者说，流亡者继续面对着一个不公正、黑暗和充满腐败的国家政体，而唯一被清除的只是流亡者自身的沉痛意志。流亡者说：不必对万里流放生涯过于在意吧，这小溪边上自有呼风唤雨的土著民风（苏轼：“莫作天涯万里意，溪边自有舞雩风”）。这是家园语象带给一个失意文官的最好礼物。他的反抗性溶解在南方岛屿的迷梦之中。

我要在这里提及余文中所津津乐道援引的那则海南民间故事：一只被猎手追到悬崖上的母鹿，在濒临绝境之际，竟然化为美女，与年轻的猎手成婚。在我看来，这正是历史上中国文人经历的一个戏剧性隐喻：被他们的政治猎手逼到绝境，而后迅速从一个流亡者（逃鹿）转变成一个令人喜爱的角色（美女），并最终完成了向国家的献身。作者声称，鹿在悬崖上回首时镇住了猎手的眼神，甚至比海明威《乞力马扎罗的雪》中的那头冻僵的高山猎豹更加庄严。

这是一种完全不着边际的比较和评估。在西方视界中，海明威的猎豹是一个纯粹的死亡象征。在极度寒冷而高峻的地带，没有任何生物存在，但猎豹仍在孤独地攀登和行走着，寻找着人类所无法理解的事物，直至藉藉无名地死去。它没有规避死亡，没有化为美女，没有成婚，更没有升华为传奇和神话。这头海明威式的豹子也许冻结在一个庄严的表情上，但它与文化的庄严性没有什么干系，它只是没有对苦难与死亡进行任何消解而已。

在我看来，这正是海明威本人的一个冰冷的隐喻。在海氏的生命尽头，他遭到了他自己的严厉追击。他在家里用一支猎枪击碎了自己的头颅。他是他自己的最后的猎物和杀手。必须注意这里的某种摇撼人心的东西：海明威并没有向自己回首以及顾影自怜地一笑，他义无返顾地赴向了死亡。他的家园就是他的墓地。

有关他死亡回忆中的另一个细节是，当海明威在楼下客厅擦拭他的猎枪并向自己瞄准时，他的妻子——一个女人正在楼上。这个女人没有成为神话中的“母亲”或慈爱的象征，也没有成为最后的营救者。她只是一个事后的目击者，在一声尖锐的惊叫中结束了对死亡的追认。这显然是海明威最动人的一篇“小说”，其中完全没有人们所期待的那些事物。

我并不想在这里分析海明威的死因，也无意在此贬低中国民间话语的价值。关键不是民间话语的外在面貌，而是阐释者为它制造了一个怎样的语境和构筑了什么语义。在《天涯故事》里，我只能看到它所呈现的闹剧式的转变：猎物从逃亡者向皈依者一跃，并以婚姻的方式继续扮演猎物的角色。唯一改变的是死亡。预订的死刑被临时取消了，猎物变成了女人。而女人是不能杀死的，因为在海南（或者更确切地说是余文的世界里），女人成了最伟大的主宰。

母亲话语在余文中扮演着异常重要的角色。从黄道婆、冼夫人、宋氏三姐妹到满含水气与温馨的黎族丽人，这些女性构成了这个非凡家园的核心。家园话语最终与母体话语建立了同盟。它们是一对同义语象，响应着人对于终止流氓生涯的热切呼吁。加上出现在《老屋窗口》和《西湖梦》里的那些女人，柔软的意象海绵般充填着“文化大散文”的思想缝隙。

加入到这个联盟中来的的还有水体话语。在《夜雨诗意》中，雨是流亡者的大敌，“使无数旅行者顿生反悔，半途而归。”作者惊喜地发现，雨塑造了英雄和流亡者生涯的反面：

有多少乌云密布的雨夜，悄悄地改变了中国历史的步伐。将军舒眉了，谋士自悔了，君王息怒了，英豪冷静了，侠客止步了，战鼓停息了，骏马回槽了，刀刃入壳了，奏章中断了，敕令收回了，船楫下锚了（此句似有语病，楫桨非锚，何以下之？——朱案）酒气消退了，狂欢消解了，呼吸匀停了，心律平缓了。

这就是余文所孜孜不倦探求的东方式的“诗意”。雨水消解了所有的怒意、杀气、豪情、狂欢、进取心、出走计划和正义诉求。雨把人拉回到了无为和闭抑的状态。但作者却刻意回避了雨水的另外一种形态：暴戾、凶猛、杀人无数。正是雨水所制造的洪水，构成了人类话语记忆中最惨痛的经验。

毫无疑问，家园-母亲-水体的联合话语在这里所扮演的特殊角色是颇不寻常的，作为大市场原则所制造的产品，它显示了中国大陆当代文化在走向软化、平面化和轻快化方面所企及的程度。这种软性话语起始于邓丽君的一声娇媚浅唱，而后渐次转换为文人的婉转长吟。这是从过于坚硬的话语大步后退的结果。但由于这种后退，中国文化体系中的阴柔话语再次主宰了市场，并把当代散文进一步推向积弱状态。

不妨让我们看一下鲁迅的《野草》和《天涯故事》之间的悬殊差异。同样是关于行旅的言说，同样指涉了逃亡、绝地、死亡以及存在的意义，但前者所拥有的苦痛和绝望是罕见的，它的凄厉追问逼近了人的生存的最后底线。而在另一个端点，余文却呈现出一个轻快、轻忽、轻松和轻贱的“四轻”面貌，这是“生命中不能承受之重”和“生命中不能承受之轻”的一次极不协调的对峙。散文和散文之间的距离与价值竟是如此遥远。

当代散文的命运

与诗歌相比，中国散文在其历史进程中始终扮演了一个可悲的角色，散文是诗歌与小说的话语残渣，堆积在文学史的边缘，成为每个时代主流话语的底衬。在唐宋年间，它是诗词花瓣以外的枝叶，而在明清和近代，它是宫廷诗歌和民间小说的附庸。只有在民国的动乱时代，散文获得了翻身的契机。政权更替、军阀混战和白话文的诞生，推动了它的繁荣。

散文首先呈现出政治檄文的激越面貌，而后才在文人的亭子间（四合院）里发育为温柔敦厚或温软香侬的小品。胡适、林语堂和周作人（最后才是张爱玲）渐次开拓了散文进军书案和卧室的道路，晚间灯下的亲切“娓语”（林语堂语）成为散文主流。只有少数作家坚持了尖锐的写作姿态。鲁迅无疑是这方面的代表，他的《野草》不仅是其毕生最杰出的作品，而且也是现代散文最具魅力的文本。由于这个人的存在，“娓语”和“锐语”发生了长达大半个世纪的对峙。

鲁迅的早期“锐语”（以《野草》为范本），一方面保持了犀利、批判和愤怒的言说风格，一方面深蕴着生命幻象、爱语、对瑰丽事物的迷恋，以及在一个宗教缺席的语境中探求终极真理的渴望。越过黑暗的坟场，“过客”的绝地追问，超出了他自己的彷徨目光，成为回荡于20世纪早期的最凄厉的叫喊。

然而二十年以后，鲁迅竟变成了一个冷酷的话语杀手。“横眉冷对”着他所蔑视的世界。他的后期杂文（通常被认为是散文的一种）成为中国文化史上仇恨话语的极端代表，混合着反讽、刻毒的隐喻和尖酸的嘲笑。在中国历史上，还没有任何人能够像鲁迅那样，对“千夫”进行广泛而有效的话语杀戮，鲁迅是话语战争中最伟大的旗手和主将。

20世纪80年代后期，林语堂和周作人开始从书本中逐渐复活。这也就是“娓语”大规模复活的一个信号。作为鲁迅的兄弟，周作人提供了一种截然不同的话语经验。

稍后，一种由《新民晚报》等媒体推出的晚报语体悄然涌现，其中包括了所谓的“小女人散文”、“夜壶箱小品”、“厨房文学”以及各种“午夜耳语”和“豆腐干絮语”。这些南方式的话语“宵夜”，与北方（北京）式的胡同俚语（以小说和电视连续剧为主要样式）风格截然不同，却共同标志着文人与市民的和解运动揭开了序幕。在这场运动中，出版商获得了空前的利润。而散文本身的收获更是空前绝后：在中国文学史上，散文首次同小说一起成为话语时尚和主流。

然而，以小日子、小情趣、小思想和小笔触为基本特征的“小散文”，尽管获得城市市民的热烈鼓掌，其局限却是不言而喻的。对于一个充满着阔大意象的中国文化而言，它也许只能是某种日用文化缀品，或者说，它充其量只是家庭里的一个细小的摆件，汇入了由日历、草纸、钟表、硬币、钥匙环、打火机以及茶具聚集成的日常风景。

这就为所谓“大散文”诞生提供了一个有力的理由：散文需要长“大”，需要更为“大气”的构架和运作。正是基于在这一文化策略，上海的东方出版中心（原中国大百科全书出版社上海分社和知识出版社）推出了“文化大散文系列”，这是出版商以敏锐目光介入宏观话语建构的一个范例。而令人失望的是，作为这套丛书的首选之作，《文化苦旅》的商业价值却远在其文化价值之上。尽管余文具备了某些“大”的要素——悠远的历史、博大的地理，以及苦楚行走的文人豪情，但这些外在的话语时空，并未解决散文内在的话语力度问题。恰恰相反，它使这些问题变得更加尖锐。

但是，只要变换批评的视角就不难发现，余文所具有的优点是不言而喻的。在我看来，历史散文正是作者最为脆弱的部分，作者的才识和言说技巧难以支撑这一宏大的话语框架。但在另一方面，余文中的某些乡情散文或游踪散文，如《信客》、《酒公墓》和《庙宇》之类，却仍然流露着某种魅力：迷人的乡村故事行走在质朴言说的松软小路上，散发着没有矫饰的清淡气味。这是余文中最有价值的部分，它把余文还原到了“小散文”的级位。而后者才是余文所应是和应在的位置。事实上，公众在解读方面比评论家们更为正确：他们从未误解过余文的话语本性。

在我看来，余秋雨进入历史和政治话语领域是一个错误。他旅行于一个他完全不能驾驭的领域。并陷入了阔大的迷津。我们已经看到，余文所依据的所有政治、道德文化和历史“线索”（即人们通常所说的）都是相当可疑的，他们构成了迷津中最阴险的圈套，令急欲摆脱困境的苦旅者更深地迷失。而这才是最令人痛楚的话语事件。在一个精英已经崩溃的时代，任何企图扮演精英并渴望受到人民喝彩的行动，都已面临难以破解的困境。

而更令人担忧的是，余文所依托的那些陈旧的话语体制，正在这个大变革的时代里缓慢地崩溃。我痛切地看到，所有出现在这些怀旧书页中的言说都是一种挽歌，哀悼着所有正在随风而逝的政治、道德和文化传统。余文并未让历史向我们开放并成为我们生活的有效部分，恰恰相反，它显示了一个旧式文人的普通特征：屈从于陈旧的历史阐释和历史语法，同时又沉醉在一些细小的话语改造之中。而这样的文本无法成为新散文的方向。

散文应当从这思想的迷津中彻底解放出来。散文应当终止这种紧张的文化漫行，返回到伫立、安坐或躺的舒适状态。在一个高速运转的超级资讯时代，散文完全没有必要成为思想者的承重文本。“四轻”应当成为散文的常态，而“娓语”才是当代散文的主流。对此我不应有任何异议。在一个无需原创性的时代，散文作家应当放弃进行精英话语推销的使命，他们的工作现在已经变得非常轻松和简单：只需进行各种小型话语复制（克隆）：从历史和当下生活中拷贝一些感觉和话语碎片，然后把它们拼贴到“散文”文本里，借此维系住一个与公众充分和解的状态。流行散文的真正面貌就是如此。

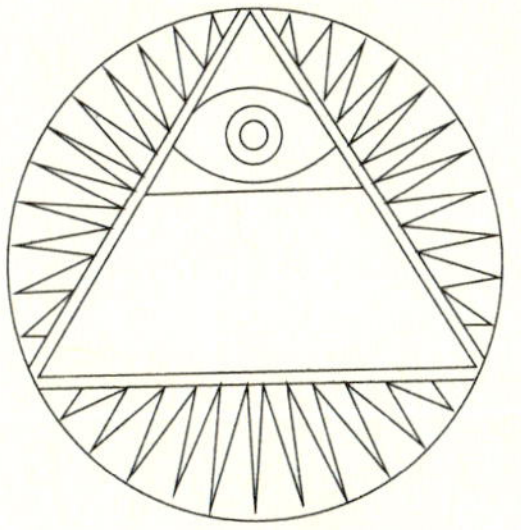

都市的老鼠

市民主义诞生于衰退的心灵和人格。这些心灵或人格，丧失了存在的激情和勇气，浑噩麻木地在世，为货币和一切被货币定义过的物品奋斗终生。

档案一

1. 陈洁,女,中国作家协会上海分会专业作家。作品:《大河》、《牌坊》等,曾被世人指望,后来又逐渐变得毫无指望。

2. 孙甘露,男,曾任邮局电报投递员。作品:《访问梦境》、《信使之函》等。语体玄奥。不安于本职工作,严重脱离人民大众。

3. 格非,男,本名刘勇,某大学中文系教师。作品:《褐色鸟群》、《大鸟》等。是哗众取宠的新派故事创作员,宜下放乡村讲师团予以改造。

4. 杰丁,女,本名丁丽英,某大学会计系学生,作品《阴性时间》(退稿)、《情天孽海》(退稿)、《帷幕》(退稿)。不务正业。无经济头脑。

一个由钢铁、人肉和简易工房构筑的圣城后来变得臭气熏天。一个伟大、光荣、正确的事物后来变得卑怯并充满谬误。一个洋溢着新文明活力的宇宙后来成为超级废墟和种族溃烂的标记。这是人对我所寄居的城市的一般看法。它的没落同它的繁荣一样迅不可及。为这样的城邦及其文学效力是悲怆的。

我们都无法逃遁,这就是为什么我充满涂改户籍的愿望,而最终又无法实施的原因。在这座喧嚣冷寂的圣城,唯一能做的就是追忆——追忆过去岁月里的繁华;追忆“兴业里”的知识分子血气方刚拟制革命纲领;追忆好汉们血雨腥风豪气冲天,以及亭子间的灿烂灯火。而现代文学光亮如洗,那些辉煌的姓氏曾经叱咤风云。我又想到,我的父辈曾在这样幸福的岁月里晒骨头、嗑瓜子儿、擤鼻涕、品读美文、进入仙家之境，等等。除了回忆和激动，我无所事事。

我的回忆起初散漫，以后逐渐集中于“租界”。这不是一个地域的名称，而是一个有力的概念，它同侵略和殖民主义无关。相反，租界以武力从一个恐惧自由的民族那里索取了自由，然后用这种自由租用了渴望自由的文人，租界是中立化的摇篮。它勉励所有的孩子好好学习，天天向上，写出更多的作品，以便向全人类致敬。租界为一切个体开放它的机遇和幸福，这样它就特别地成了老鼠的乐园和避难所。

现在我要谈论的是另一类型的事物，市民主义的软性夹子。在其他夹子陈旧和功能衰退之后，它依然警觉地守候着每一个思想者，肢解他们的灵魂，消蚀文人的创造活力，把他们挤压成低劣的庸人。这事实上是比政治谋杀更为有效的屠戮。市民主义的夹子温情脉脉，摧毁一切抵抗的意志，引诱作家自投罗网和自取灭亡。

市民主义诞生于衰退的心灵和人格。这些心灵或人格，丧失了存在的激情和勇气，浑噩麻木地在世，为货币和一切被货币定义过的物品奋斗终生。市民主义就是工具信仰，它只相信现实主义，相信过眼烟云和咫尺利益；市民主义藐视永恒和伟大的事物，嘲笑一切物外的想象，并抛弃了情感的热烈性和真诚性。市民主义就是存在的实用性，它号召人毫无保留地放逐精神以及所有与物性无关的东西。

市民就是物人。或者说，市民就是用“物”自我定义的人种。他的全部心智都遭到“物”的蚀害和替换，在一场针对贫困的疲惫的战争中，市民最终丢失了他们作为人的全部尊严和本质。市民，起初可能是一些居住在土筑之城（“城”的字面意义是指由土筑成）的人士。此后，他们的居所应该按金木水火土的五行规则转换。因此，城市之“城”，大约可以记作“铖”（由金筑成）、“械”（由木筑成）、“洓”（由水筑成）和“烕”（由火筑成）等，而市民之“民”，可分别叫作金人氏、木人氏、水人氏、土人代等。中国的市民因长期耽留在“城”里，便永为土人，永远散发着乡村和泥土的古老气味。在严格的意义上，“城”就是一片硕大无比的田野，人口是它的庄稼，马路是它的阡陌。它的唯一乐趣是对“铖”的想象，即指望于一个用黄金铺砌厕所的乌托邦世界。

土人是物人的最低级状态，它意味着一种光荣的贫困，物的极度匮乏和对物的极度渴望。这两者间的强大冲突还意味着对乡村社会的不可分离的亲密关系，意味着市民主义同村民主义的坚固同盟。那么最终，市民主义将既坚持村民干涉他人私密的习俗，又保留近代城市的冷漠和敌意。中国市民主义正是这两类文化弊端的恶毒的混合物。它在双方的压力下变态，成为藏垢纳污的精神容器。

我承认存在着两种市民。小市民丑陋，大市民优雅；小市民纯朴，大市民虚伪；小市民是十足的土偶，而大市民则是上过西洋釉彩的陶俑；小市民粗俗易近，大市民骄傲自满；小市民俗行恶语，大市民五讲四美；小市民无耻，大市民害羞。从一个市民比较学的角度，我能够发现各城市间的差异。例如，杭州以小市民著称，上海街头则出产着更多的大市民及其优雅风姿。而在最终的意义上。他们都必然被还原到土的原素，并在精神唾沫的洗礼中显露脆弱的原形。

我也承认，市民有过值得自豪的时代。他们一度是《诗经》的撰稿者；他们唱出了哀怨动人的古诗十九首；他们滋养了白居易及其市民主义文学的最初经典《琵琶行》；他们也哺育了关汉卿、冯梦龙、施耐庵和徐文长。正是这些杰出的市民作家创制出古典文学最动人的文本。甚至连西门庆与潘金莲的通奸，也是一种社会开放和市民富于活力的标记。

真正的不幸在于：上述业绩正被风雨无情地剥蚀，像瘫痪在远古壁画上的英雄传说，接受着来自不肖子孙的谦卑敬意。所有的价值都仅在于此。市民主义就其创造力而言已完全萎缩，但它将继续是某种阴沉黑暗的扼杀性力量，它在自我颂扬的同时，否决或吞噬着一切异己的事物，并自始至终维系着一种令人恐惧的气质。

与市民主义的强大形成尖锐对比的，是城市知识分子人格的极度衰弱。对于他们来说，写作就是改善生活现状的主要方式；就是用廉价的字句交换猪肉和住宅，购买一份来自市民的敬畏；就是企图与他的环境和解，向他所处的世界求爱。鉴于文学就其本质而言是一项反市民主义的清苦事业，它便最终打击了作家摇摇欲坠的信念，他们被一种可能出现的贫困前景吓得目瞪口呆，仓惶地从后门撤走。通常的情况是，夹子尚未启动，人已经作古。

这种与物人非常近似的品质，决定了某些作家（包括批评家）的基本面貌。市民作家，热爱物质生活，热爱市民（也就是热爱他的基础），他们的形而上沉思总是被肉体的痛苦所打断，而肉体的痛苦又总是被猪肉和住宅的获得所打断。这些作家是一些轻易就能唤起幸福感的好人。他们懂得幸福的来之不易，懂得珍惜那些鄙吝的赏赐。在这样的时刻，他们就终止写作游戏。或者，继续从事这项浅薄而快乐的事业。

这就注定了文学的颓废;注定了文学是商业主义活动的附庸;注定了文学最终要向企业家去求助，为那有限数量的货币而载歌载舞。上海文学领导中国文学走向实惠，并为“新时期”文学开辟了崭新的前景。在泛滥于整个国家的仿效运动中，我们满意地目睹着上海文坛的卓越贡献。

市民作家们所发动的这场革命的全部经济成果，都是建立在下列事实基础之上的。诗歌，经过了历时数年的城市化运动，已经变得销声匿迹，诗人四下溃散，所剩无几；小说，平庸而亲切，并且正因为其平庸而愈发亲切。小说家急剧增殖，并增殖着历史上空前数量的阅读垃圾；而批评，一二流的名声，三四流的文章，五六流的人格。一个滑稽的现象是：一方面是二三流批评家的机能衰退，一方面却是七八流批评者的机能亢进，他们以激烈的调子和低劣的文本敲打前者的户门，发出恫吓之声，企图跻身于批评家的庞大队列。这构成了寂廖文坛的热闹景观。

正因如此，从上述主流文化中游离出的某些不合时宜的人，是很合时宜的。陈洁、孙甘露、格非和杰丁，这四个人的某种共同气质打动了我们，并对他们的处境感到忧伤。他们就是我所谈论的老鼠。他们的抵抗必败无疑，但正是这种结局激发了我们的询问。

我不知道他们为什么要以那样的方式写作，保持一种孤芳自赏和红颜薄命的态度，与主流文化格格不入。尽管有时也会向外作短促的试探，但基本上自我抑闭，致力于自身的秘密天地，并从那里获得一种纯粹的精神性乐趣。这样做有什么必要？

后来我们才懂得，他们是一些敌视者，必须对境遇保持强烈的疑虑和恐惧，才能维系与市民阶层的距离。这取决于使仇恨的能量始终处在一个较高的水准，而它又取决于使小说家对市民主义的黑暗本性的洞悉。杰丁私下声称，市民与市民（或人与人），就是谋杀与被谋杀的关系。这的确显示了一种质朴的觉悟。

谋杀情节，以及环绕该情节运行的各种谋杀故事，构成了那些反主流小说的核心。杰丁的《情天孽海》想象了一场殉情的谋杀。《帷幕》则企图叙述出某种被谋杀者对于受害的内在企盼。格非的新政治小说进一步涉及谋杀的形而上意义。《迷舟》是一次家园（故乡和慈母）对游子的凶杀。《大年》是母亲和某个被认作父亲的男人对儿子的行刺。它们都向我暗示了杀子风俗的严历性。

也许只有陈洁，坚持以道德主义的方式处理人际谋杀事件。这是一种软性的杀戮，刺客系平凡而亲切的市民，他们携带道德习俗参与公共生活，向违禁者出示死刑判决书（《大河》）；另一方面，贞女牌坊高耸入云，永远不会圮塌，构成了道德专制主义的阴郁标记，它表明了传统法则的伟大胜利——这时它是黑色的纪念碑，同时也象征着反叛者的死亡——这时它就是壮丽的绞架与墓碑（《牌坊》）。这篇写于1986年的诔词以一种孤傲凄怨的调子，抗议了市民（种族）伦理中最阴暗的部分。

但在更多的情况下，我们注意到这种抗议和敌意的隐匿性，正如格非和杰丁。陈洁在其世俗生活方面是一个虚假的妥协者，当她内心坚守着对市民主义的厌恶时，她却必须维持着外表上的和解姿态，警醒于来自外部世界的叵测目光。拒绝成为猎手的猎物。而对于自我内在价值的执拗迷恋，又同时使她心力交瘁，永恒地疲惫与困倦着。

无疑，格非农民化的精明处世和杰丁的假模式，是他们活得更为轻松的原因。他们是真正的双重人格者，既热爱市民主义又失望于他们，既取宠于市民又时而拉开戏剧性的间距，既为市民生活牵肠挂肚，又不断打击它的弊病。那么，他们就既保持着成功的公共关系，又拥有批判这种关系的奇怪权利。这使他们的世界充满了暧昧的色彩，并因这种暧昧而神秘。

只有一种途径可以消灭人格的分裂，那就是做梦。永不停顿地从一个梦境转入另一个梦境。或者，在与市民的无休止的斡旋过程中，临时插入做梦的操作片断。这都是指认非市民主义作家的明显记号。一个真诚的做梦者坚信现存世界的虚拟性质，做梦帮助他从伪善的事物里逃遁，投奔真挚的宇宙。

做梦的意义就这样被确定了。但我们暂且还无法确定做梦者所采取的姿势的功能。躺，可能是诱导入梦的通用方式，这正是陈洁惯用的状态。她把存在的全部重量委托给了床。躺就是对床的信赖，就是对世俗压力的物理性解脱。在躺这一事件发生后，她开始变得适意慵懒起来，梦境接踵而至，交织着瑰丽之象和凶险之遇。在梦里，躺转换成了死亡的仪式。巨大的秃鹫肢解与瓜分了她的肉体，使她获得解脱的快感。可以肯定，没有什么比摆脱世俗肉体和市民事务更令人满意了。

格非是一个坐者。他与凳子的结盟，同陈洁与床的关系是非常相似的。他的类梦小说（《没有人看见草生长》和《褐色鸟群》），从一个坐姿开始，然后在另一个坐姿上结束。有个叫作“棋”的女人，梦幻中的固定影像总是飘然而至，邀请他对坐，滋养他的坐性。而“棋”这一名字已经陷喻了一种静坐游戏的永恒展开。坐的静止性使坐者获得了与时间对抗的权能。坐是一次紧张的企望。一把武士刀和它的武士主人给我们以这方面的启迪。武士的躯体大面积接触着地面，同时又保持着头颅的正直，这显示了存在的安详性和尊严性两个方面的意义。武士静观世界的进展和变幻，在他的坐姿里蕴蓄着行动攻击的无限可能。但格非的坐姿里没有杀气。他在谋杀时通常站着（这指他的新政治小说，如《迷舟》和《大年》），而当他坐时，他就是佛陀式的和平主义者，孤寂、平静、恬淡地赏玩着存在的模型，像一个彻悟的僧侣。褐色鸟群在他头上阴郁地盘旋，暗示了时间的轮回、梦的无限延宕。

那么，接着我们该把站的姿态分配给谁呢？我们想把它交给杰丁是合适的。杰丁，在躺的时候不常做梦；在坐的时候便打算和闲聊，疯疯癫癫，令人发笑；唯独在站的时候有了梦意，眼神也晃，说出女巫的呓语。站是一个脆弱的姿势。站着做梦，须冒被轻易打断和推翻的危险。这样，杰丁的小说就开始写得比较简短，抑或充满了间歇性与破碎性。在《帷幕》里，一个奇怪的侦探长久地行立于某幅画作面前，企图从简单的色块里辨认出凶杀的迹象。这同画家一样，永远疲惫地站立在画布前，向观众描述他梦中的经验，站抵抗了宇宙的引力和秩序系统。站是一次轻微的谋反。正是这种特性把它同凶杀、冲突、征服和阶级斗争联系在一起。

孙甘露是一个真正的信使，他的职业注定他以走的姿势在世。这就是说，对信函意象和递信情态的沉溺，最终决定了他必须通过走和“访问”的途径抵达梦境。走就是向语符世界的逃亡。尽管走之中布满了不可逆料的危难与惊骇，他仍然坚持以一个信使的身份进入小说，全然不顾信函的密封性和缄默性，不顾受信者的缺席。因为他就是消息和意义本身。他的步履和叩门声决定了孤苦的期待者的命运。

这就是信使的价值。信使是一份特殊的函件，信使在走动中展开他的寓言，把消息强加给每一个谛听之人。信使必然是聒噪者，他们永远饶舌，喋喋不休地说着相似的命题。不幸的是孙甘露格外自信于他的语言，于是他成为一个聒噪者就是不可避免的。他与其说是个做梦者，不如说是个释梦者。正是他的理性注解使梦变得冗长，如同邮差的工作路线。尽管他的梦和语言比任何人都更加优美纯净，我们仍然难以接受他疾走号叫的大嘴。

“我很想找一个人聊聊，即使是跟一个死去的人说几句不相干的废话。”孙甘露说道。

而我们所能做的，仅仅是从一个形而上的角度了解聒噪的理由。所有的聒噪都隐含着对沉默和孤独的惧怕。如果信使给他人带来好消息，那么谁将为信使带来福音？这个问题的答案是显而易见的：聒噪，基本上就是信使的自我交谈和自我验证。正是在自我倾听里他获得了必要的和杜撰的幸福。

于是梦的破裂和辍止便无可回避。走，运载着同时也颠覆着梦幻。在走的过程里人逐渐醒来，重新发现了现世的丑恶和毫无意义。这个醒的事件通常发生于小说之外，但陈洁却执意地把它变成小说的结局：那个在旅行中做过天葬之梦的女人复归到她的客房与被窝之中，“明天要回去了。她忍不住地打了个哈欠。回去结婚。”这个终局意味着做梦者将被残酷地推回到市民主义的怀抱，并再度同它和解与结缘。

诚然，我们不能指望一个反市民主义者永远藏身于杜撰的真实，正如我们不指望小说家都闭上聒噪之嘴一样。另有一种方式帮助人逃遁，那就是游戏。一个从事游戏的作者将获得真正的轻松，因为游戏的基本规则就是提供快乐。游戏只有输赢而没有噩梦；同时，游戏的按钮可以在任何时刻按动：打开、暂停、延长，乃至终止。

在梦无法企及的地带，游戏者茁壮成长。

游戏者是苦楚的人。只有这样，他们才能保持对细小快乐的敏感。但这并不构成识别市民与非市民的标记：市民也从事游戏，他们也时常为物质的匮乏而深感苦恼。市民的游戏通常附带着一种物性特征，麻将是这方面的卓越样板。麻将，质地坚硬、手感光滑，融之如金、闻之如玉、视之如象牙，在形态上隐喻着物性特性宇宙的重要品质，并足以诱激游戏者对珍宝的全部遐想；麻将的规则通俗易懂，而麻将游戏的变化却多端不测，令人乐此不疲；最后，麻将中暗藏着大量可以计钱赌博的密码（“百搭”、“花”、“自摸”、“七对子”等），这使它成为博取实利的优异工具。

用对麻将游戏的热衷程度去衡量一个作者的市民化深度，是恰如其分的。我们确信这些作者大都不能抗拒这种游戏的魅力。相反，他们经常吆三喝四乃至通宵达旦，据我所知，格非就是这样一个人物。他在牌桌上的激情可与情场媲美。他甚至把这种赌博提升到了语言的世界，结果其小说便有了一种高级麻将的韵味。在《迷舟》里，旅长萧、萧母、萧的勤务兵和他情人杏的丈夫三顺（杏是一宗隐秘的赌注），四个人的生命赌局缓缓推动运转，并以萧的“出冲”（死亡）和勤务兵的胜利告终。另一部麻将小说是《大年》，地主丁伯高、教书先生萧兼地下党员唐济尧、无产者豹子和他的母亲，四人的博弈很惊险地展开，赌注是丁的二姨太玫。在丁和豹子被相继谋杀之后，唐赢得了玫，带着她溜之大吉。

这是真的。用麻将游戏的规则制作小说，在作者可能仅是一次无意识的行动，但它却带来了一个重大的后果：小说功能的改造。让军官和马夫、地主和雇工参与到生命的赌博中来；让战争扮演骰子，让秀丽窈窕的女人充当赌注；让该赢的输掉、该输的赢掉，这正是对世俗麻将游戏的代偿。无疑，格非是现世牌桌上的赢家，但他却在语码游戏中继续赢得了新的价值。

杰丁不玩麻将。她干着一种更简单的钓鱼的勾当。我们要再度提及她的《帷幕》：画家是阴险的钓者，画是他的钓具；侦探则是机警的鱼。但小说开始时所造成的印象恰好相反：侦探是钓者，他嗅到了大鱼（画家）的气味。事实上双方都是钓者，只有在最后分出输赢的瞬间里，其中的输者才突变成钩上的猎物。这是一种双人的博弈。由于涉世未深，杰丁还无法编制更狡猾的程序，但她的心理分析仍然显示了一种洞悉的才能。

孙甘露的游戏没有机诈的成份。他在故事（包括整体象征）的层面上保持着形而上的严肃性，但在繁复意象的建构中成了一个搭积木的孩子，为游戏的进展而快活地聒噪，漂亮的字词像子弹一样轰击着读者的胸膛，将其逼入没有出口的通道。我们不知能否走出他的迷阵，我们没有这个把握，我们对所有的迷宫都充满畏惧。但《访问梦境》中的一架白色的玄想之梯使我们宽慰。当我们的意念向上行走时，一切都已了然。这点稍等一下再加以讨论。

那么，在四个人之中，只有陈洁洁身自好地拒绝了游戏，只有这个女人很慵懒地躺在游戏之外，用忧伤的目光注视着游戏的进程。这使陈洁看上去颇少“先锋”或“现代”的色彩。游戏是嬉皮士和雅皮士的标签，与这个标签分离，就是与一种无本质的存在方式分离，坚守着生活的真实性。游戏是骗局，它制造着存在的假象，用心欺骗我们的知性。游戏向脆弱的人格致意，帮助他们逃避存在的困境。如果一个小说家仅仅沉缅于这样的活动，那么他只能使人轻蔑。

小说是关于我们生存境遇的寓言，小说是一种迷离恍惚的镜像，描述着存在的苍凉轮廓。这是两个方面的功能。女人的小说是她纤敏的镜子，而男人的小说则是他的拳套。当陈洁醉生梦死于非常私人化的凄婉经验时，孙甘露则在从事艰难的形而上批判。他的小说是一组绝望主义的罕有文献。我尤其喜欢《仿佛》和尤其不喜欢《信使之函》（因为它的聒噪）。《仿佛》的主人公阿芒企图摆脱祖父的阴影，躲入《米酒之乡》的书本的宇宙。当他游历到这本书的尽头时，他便回到了他的出发点——一所他曾寄寓多年的平淡无奇的楼房。祖父的亡灵向他亲切地召唤，他的结局是沉入大地，像他的家族和祖先一样成为不朽的和毫无意义的“穴居人”。这正是一个中国套盒式的探寻进程；不断打开盒子和发现其中更小的盒子（希望），这样直至最后的盒子，而那里面是一个绝对的空无。

这种绝望的气氛，这种关于种族死亡的激烈寓言，掩蔽在大量的隐喻和代码之后。孙甘露审慎地把他的祖国纪事转换成了一些闪烁其义的语录。那些丰收神家族、橙子林、剪纸院落，镜子商店、睡意广场、耳语城、僧侣集市、驼鸟钱庄和天使营地，像古代诗篇中的典故一样，座落在小说的每一个角隅，足以吓退低智商的挑衅者。

这是一种非常文本的绝望。他提供的世界细节与现世生活相去遥远。它们来自语言本身，来自历史图书博物馆所拥有的全部字词的文献，以及一个制造字词的孤零零的头脑。就是凭借这种语言的超然性，他走遍了整个世界。

知识分子的颓废是孙甘露谴责的最初对象：为追逐一枚铜钱或一头发情的驴子而放弃了信念的诗人，或者那些怀古伤春的六指僧侣都是速朽和丑恶的阶层，但他们却成为占有历史的贵族。与此同时，他稍带地指斥了一下“耳语城”市民的卑琐和无耻。这都是为他访问种族的经历提供了证词。在所谓橙子林里，象征种族母体的丰收神翩然而至，引导他走过种族的各个领域，像但丁游历地狱一样瞻仰了历史亡灵的黑暗居所。他们占有最好的空间，而把活人挤到了世界之外。丰收神颓然老矣，暗示着这个种族的最后岁月的到来。这样的抨击在《仿佛》里达到了高峰：那个自称父亲的养鸽人很像是上帝的化身，他的鸽子代表了虚妄的幸福，他们都来自被叫作“天使营地”的伪劣天堂，为引诱人的堕落而游荡于世间。它表明了拯救神话的最后破灭。那么，在遍涉了知识分子、市民、种族和人类之后，孙甘露便以他自己的方式完成了末日的审判。

我们已经注意到孙甘露反神曲小说的迷宫情调。“从一个墓园走向另一个墓园。”这句话企图告诉我们什么是迷宫中央的事物。以坟场为内核构筑起来的文化迷宫是令人惊惧的，孙甘露一方面流露着他对这种迷宫的厌怕，一方面又显示了强烈的好奇和迷恋。他不仅进入一种迷宫，而且制造一种迷宫，这种矛盾无可消弥。这不仅因为他曾受益于博尔赫斯的训诫，也因为他的东方化的感知方式。他的迷宫意象是一些无限复杂的花园（代表空间），它们拥有季节（代表时间），却缺乏变化的节律。漏壶干涸，指标永远停顿在肃杀的秋天。这很像《红楼梦》和《金瓶梅》里的封闭型宇宙，它们的存在充满了迷人的和不可思议的死亡气质。从这样美丽而颓废的空间里是不能诞生未来的。

档案二

一种常见的迷宫图样

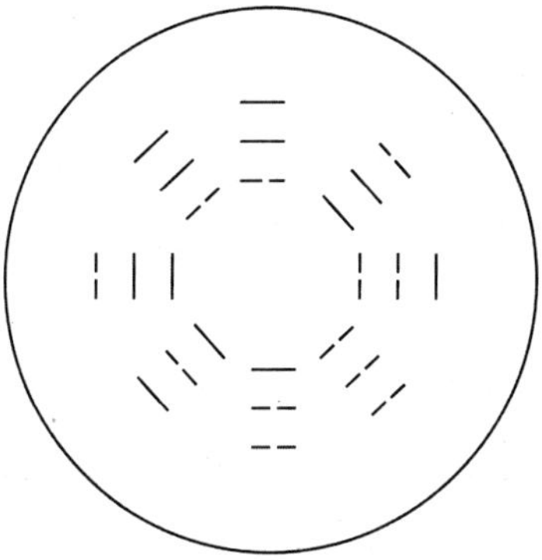

我们要询问：什么是迷宫意象的所指？ 或者我们这样询问：什么是迷宫这一隐喻背后的精神本体？

一棵树、一座村庄、一道山脉、一个神秘的过客，都不是迷宫，真正的迷宫是非感官的。 它可能是一种图腾、一个民族、一类文化和一部历史。 从根本的意义上说，迷宫就是中间价值体系，就是一切国家伦理所颂扬与捍卫的意识形态。

人以三种方式处置着自身与迷宫的关系。 第一，待在迷官的里面，如同待在母体之中，以回避与迷宫的直接冲突；第二，以粗暴的方式将其砸烂或焚毁，使我们永远失去在所和冲突的对象；第三，征服所有岔道和死巷，在走出迷宫的一刻里改变我与迷宫的关系——不是我在迷宫之中，而是让迷宫变成我的器官与产业，以及我的全部神性和力量的证据。

这样，掌握走出迷宫的方式和规则就是全部和事件的关键。让我们重新回到前面的论题，再度观察一下那架白色的舷梯。在孙甘露看来，它是一个精神骗局，正是它把人们从坚硬的物质大地送上了中间价值的虚伪高度。但在我们看来，舷梯的问题不是它提供了进入三度空间的契机，而在于它过于短小，以致我们无法借此超越迷宫的顶部。走出迷宫的秘密规则就是向上行走，它意味着我们应当越过舷梯的长度，真正升入终极价值的自由天空。

文学正是在这里遇到它的大限的。我们不想在此过多地指责上海作家的精神疲软。这已经没有必要。我们只想说，我们的这几位朋友已尽力而为。他们与强大的市民主义的抗争充满了英雄主义的色彩，这就够了。对于这些踽踽独行的背影，我们没有任何理由掩饰内在的同情或敬意。如果这篇文章不能成为有限的声援，那么它至少是一个见证。它将表明：他们曾经战斗过。他们尚未投降和成为价值的叛徒。

就是这样。

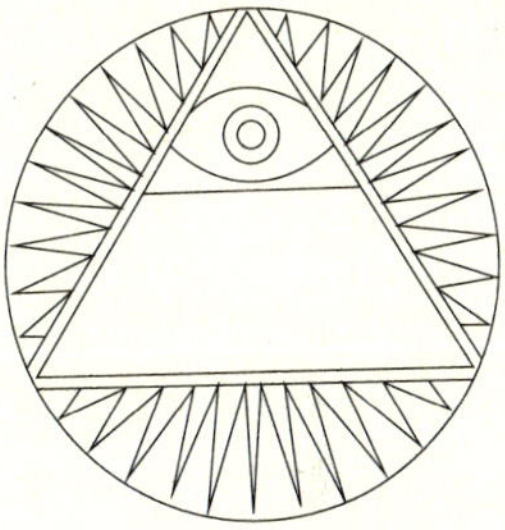

无边的聒噪

面对人的广泛的荒谬和无力的境况，也即面对所有操作都丧失意义的状态，舌头竟然成为唯一有效的器官，舌头和它的产业（话语）不断运动着，使我们能够在孤寂中聆听到来自自身的声音。

聒噪的背景

为北村写评论，这是我几年以来的一种隐忍的愿望，由于心境、健康和家庭的变故，我不能履行这种愿望，然而我一直努力倾听着这个人，就像倾听一种永无止境的聒噪，残酷而又真切，在南方海峡的侧岸滚动，敲打我的昏昏欲睡的灵魂。在某种意义上，他的话语方式正是他的姓名所限定了的——康洪，也就是健康而又洪亮。他的另一个别名叫作“阿震”，而第三种叫法是“爽声”。所有这些众所周知或鲜为人知的命名，都旨在描述这个人的存在模式，以及塑造着一个淹没在自己制造的话语中的聒噪者的激越面貌。

聒噪者，这个由北村自己择定的术语，最初源于我的论文《超越大限》和《燃烧的迷津》(这可能是我们之间互相倾听的一种证据)，它要对所有把聒噪当作在所的人进行识读。聒噪是其话语量超出了日常生活的平均值，是企图用话语取代其他生命操作以改变在所的意义，舌头（笔）在耳（纸）际恐惧地颤抖，吐出话语的泡沫，而这些话语泡沫则像墙垣一样构筑着人的新的家园与风景。

这是以话语为家的人的一种原始立场，它与缄默正好相反。缄默是对（外在）话语的终止，缄默者通过悬置他的舌头，悬置了他的声音，也就是悬置了用话语击打世界的可能性。聒噪者说：“我要审判。”在世纪的黄昏和末日里，他要用话语判定人的境遇与未来。这事实上已经超出了他自身的存在。聒噪者明晰地看到这点。话语扩大了他的边界，使之成为一个超然的存在，以便把整个世界掌握在手。 这是人对上帝的一种可笑的模仿。

我的眼前呈现着诸多聒噪者的阴郁容颜：庄子（聒噪领域：存在主义哲学）、圣保罗（聒噪领域：基督教原始教义）、莎士比亚（聒噪领域：被风灯环绕的昏暗舞台）、普鲁斯特（聒噪领域：世纪初的闭抑的法国书房），以及他们的聒噪物的明亮姓氏：哈姆雷特、堂吉诃德、罗亭和等待戈多的人，等等。 所有这些著名的聒噪者都受到文学史家的严重误读，也即用其他各种特征来掩盖他们的聒噪本质。

对于聒噪传统的识读，有助于我们了解这样一个重要事实，就是某种聒噪美学的存在。 这种美学企图在精神史范围内确立艺术话语对其他生存操作的僭替性。 面对人的广泛的荒谬和无力的境况，也即面对所有操作都丧失意义的状态，舌头竟然成为唯一有效的器官，舌头和它的产业（话语）不断运动着，使我们能够在孤寂中聆听到来自自身的声音。

不仅如此，聒噪美学还要扩大“话语”这个术语所指的，把它们推广到一切类话语（像话语那样与实体世界对立着）的生命操作上。 堂吉诃德先生的全部骑士行径证实了这点。 他对于与之脱节的世界的征服过程，可以描述为一个冗长的行为话语序列，这些话语是过剩和复沓的，或者说是聒噪的，它像言辞的话语那样不能改变残酷的实体世界（风车是该世界的古怪象征）。贝克特的戏剧更明澈地表达了这种美学，他的人物（戈戈与狄狄）的主要话语形态不是言辞，而是那些细碎琐杂的动作——反复地、无休止地脱靴子，倒着根本不存在的沙土，以及穿靴子等。 这正是“聒噪”所指寓的最深切的含义。

中国的聒噪美学，导源于庄周的汹涌言辞，而定型于汉代辞赋。 它是用大量无用的字词去颂扬宫廷或都市景观的一种谦卑努力，许多著名文人如贾谊和张衡都卷入这场持续数百年的聒噪运动。 正是从上述话语洪流中诞生了历史上最伟大的聒噪者司马相如，这个人超出了通用文学史所给出的估价。他的《子虚赋》和《上林赋》是用话语聒噪进行反讽的范例：所有的关于物象的铺陈辞藻，都旨在揭露它自身以及与它相关的靡艳生活的无意义性。司马相如借此指出了聒噪的内在本质：“子虚”与“乌有”。对于“聒噪”和“乌有性”的内在关联的揭发，表达了话语与实存世界的严重脱节，也就是话语丧失着它的全部所指，而成为一堆毫无意义的价值垃圾。这是一个两千年前的古典作家所能给出的最有力的判定。在某种意义上，它制止了聒噪美学的继续发育，并最终导致了一种反聒噪文体（诗词）的兴盛。

然而，司马相如并没有穷尽“聒噪”的内在意义，他仅仅开始了这种意义的追究。聒噪的本性不在于它的“乌有性”，而是在于它的实有性，或者说，在于聒噪的有用性，因为正是话语的聒噪制造了庞大的意义迷津，使人走失在他自己的话语建筑里。由聒噪引发的话语灾变，显示着包括文学在内的人类文化的最严重的退行：一方面是话语按几何级数的增殖和迷津的扩伸，一方面是人的真理知性的消解和迷妄性的增生，没有人能够制止这种精神衰退，甚至没有人能够直截了当地喊出对于聒噪的必要的惧怕。

正是在这点上我密切地注意并倾听了北村和他的小说，因为只有这个人紧紧抓住了聒噪：他既是永不停歇的聒噪者，同时又被聒噪的世界所惊骇。这种悖论式的存在图景，为一种新的聒噪美学奠定了基础：聒噪者的话语方法构成了小说的外在语式，而聒噪者所面对的聒噪世界则转换成了小说的内在母题。“小说”就其字面意义而言，是一种细小或卑微的聒噪，它蕴含着聒噪美学所要企求的最贴切的形式，而且它还要在近逾千年的生长中变“大”，也就是延伸话语的长度和深化它们的无用性。在20世纪末期，那个名叫北村的人，投入了这场精神与话语双重变乱的运动洪流。

聒噪的词根和语象

话语起源于一个单纯的字词，如同树起源于叶片，风起源于云，水起源于山石。聒噪者说：“我是一个聒噪者，这个话语起源于‘聒噪’（通常以为它起源于‘我’）。”在北村的话语集合里，我可以观察到一些轻微的起源：河流、山、石、树、路、房屋、群众、花与香气、木椅与火焰、纸与算盘，等等。这些寻常的物事构成了聒噪的全部对象。只消翻看一下《归乡者说》、《劫持者说》、《逃亡者说》和《聒噪者说》，人们将发现北村的话语的某种单纯性——它只有若干单调的词根，然后由它们的互相映射和自我重复，构成了一个庞大的、驳杂的话语迷津。它们是竖立在迷津中的语镜，在彼此眼神的交换中制造着虚假意义的影像。语镜的作用被北村运用得异常娴熟，它们能够旋转、交叉、对视、搏斗和隐逸。这些事物和它们的影像，为某种更重要的话语单位——语象奠定了基础。

有时，在一条河心中，能听到另一条河上浪花的声音。河道的弯曲使人不易走通两条河，以及观察到它们的习惯的波纹。

——《聒噪者说》

这样的陈述，仿佛是一些真正的废话，从“河”的词根向河心、浪花、河道和波纹扩散开去，像一种以“河”为中心的意义涟漪，消失在下一个陈述段落开始之前。只有波动后的字词，静止于陈述的表层，形成一个孤寂的语象，随之被冷静地悬置，等待阅读者在整体框架的范围内加以识读。

上述句段在北村的小说里触目皆是："山上有一座庙。 庙里有一个和尚"（《披甲者说》）；"在山的另一边，他看见了群众"（《聒噪者说》）。 北村喜欢这样简单的句子，它们有时像一种古旧的谣词，有时则充满了形而上的意味。"群众"，这个国家意识形态的基础话语，在北村的小说里是歧义的：它既是一个经验意象，描述着走动的人流；又是一项逻辑论证，陈述着对于人流的意识形态判断。

这就是北村风格的话语模式，它使这个人的作品布满了暧昧性，也就是沾满了理性和感性的双重特征。 他的经验、想象和梦幻，被压入了形而上的句槽，同时又继续闪烁出坚定的形而下的光辉。

北村制作词根和意象的能力是异乎寻常的，他的风景必然包含着大密度的事物、语象和事态，像一些细小而沉重的铁球，在小说的表层上闪烁、战栗和滚动，我尤其要提出它的滚动性，也就是从一个词根派生出大量附属的词语，互相碰撞着向前滚动，而在它成为静止的瞬间，新的词根又涌现了，并制造着新一轮的派生与滚动。

难道我们会从中忽略掉它们所流露出的那种深切的不安么？这些词语，被聒噪者的舌头或笔端推动着，显示出某种内在的急促，仿佛一个口吃者所发出的单调重复的音节。 这一点也许是至关重要的，因为这正是一个人企图说出事实和真相时的景象：舌头僵硬，表情痛楚。

然而声音、言辞、语象这些话语的基础单位，在陈述真相的同时，却掩蔽着真相，使之无法被直接、有力、纯粹、快捷地说出。 增殖的语词是永恒的泡沫，悬浮于意义的上空。 这通常取决于两方面的原因：要么是词不达意，要么是以辞饰意。 前者是技术问题，而后者是美学问题。

那么，我将再度返回聒噪美学的核心，并看到北村是如何企图利用字词的滚动性来消解它们的意义的。在一个句子诞生了以后，下一个句子接踵而至，但它们之间是不能互证的，也就是不能依靠邻近的句子证实这一句意的真实性，北村让我感到，它们都彼此存在着，却存在得极其不真实，仿佛所有话语都仅仅是时间序列中的一些细小的骗局。

对于我来说，死亡发生时，现场在百里之外。为了目击尸体死亡时的姿势，这必须驱车前往一个叫作樟阪的地方。如果我驱车前往，夜雾或者风沙会遮住我的双眼，在漫长的行车途中，那个叫作林展新的死者的尸体渐渐变得僵硬，失去了原来的形状。林展新是在对一个神学教授实施调查时猝死的。我们可以听说，他不是死在教授面前，而是死在自己的寓所里。

——《聒噪者说》

这种段落并不是北村美学的代表，我援引它的理由在于它比较容易被识读。这些字词："对于"、"叫作"、"如果"、"或者"、"会"、"可以听说"等，它们是消解意义的语刃，使陈述变得柔软、暧昧、模糊不清、模棱两可、亦此亦彼，充满虚拟和假定的意味。

阅读者的全部困惑都始于这些轻微的言辞，它构筑迷津的石砾、水流和草树。聒噪就是一次布置迷津的操作，它的作用正是要人们以为它没有意义，或者以为它有许多意义。而在一阵急促激烈的话语运动之后，迷津的格局已然成形。

故事的迷津

字词的迷津，坐落在北村小说的入口，它从一开始就迷惑了人们，让他们以为那仅仅是“新潮小说”的一种共同语式，就像马原的句子——“那个叫作马原的汉人”，诸如此类。

然而，尽管马原的句子充满歧义，却仍旧不是迷津。比起北村的营造，这些轻微的迷性是脆弱的。马原的意义在于他开始了对迷津风景的感知，而北村则把这种迷津尽其所能地推向极端，也就是在字词迷津的深部，继续构筑叙事和母题的迷津，使不同层面的二维迷津叠加起来，以开拓迷津的第三个维度。

叙事方式的问题，是小说革命的首要问题。清晰的陈述，线性的运作，逻辑的布局，经典小说要求人的正是这些制度。我不想在此回忆这种制度是如何在法国被颠覆，而后又在中国被摹仿的。我不想回忆。

有一个理由可以约略地表达我对于形式革命的疑虑：在话语被更改了之后，我们如何判定它不比更改前更坏？这个判定尺度不在形式自身，而将在它的外面，也就是在于话语的对象——看它是否有助于人企及存在的终极真相。

正是这个理由促使我反对所有把话语及其操作当作小说目的努力，并赞美一切通过改变话语方式来改进说出终极真相的个人能力。基于这样的立场，我能够惊讶地观测到北村的迥异他人的写作道路：不是为游戏或迷津自身制造迷津，而是要在聒噪中说出对人的存在格局的本体感受。这种内在的意图支配了北村小说的事件类型。大规模的动乱像野草一样迎风生长，充满不可思议的残酷性——

A. 死亡故事：屠杀（《披甲者说》），谋杀（《披甲者说》、《逃亡者说》、《聒噪者说》），捕杀（《劫持者说》），自杀（《劫持者说》、《陈守存冗长的一天》）。

B. 缉亡故事：逃亡（《逃亡者说》），缉捕（《逃亡者说》、《劫持者说》），劫持（《劫持者说》、《归乡者说》），反缉捕（《劫持者说》）。

C. 淫乱故事：强奸（《劫持者说》），通奸（《归乡者说》、《逃亡者说》、《陈守存冗长的一天》），乱伦（《归乡者说》、《逃亡者说》）。

在“新潮小说”的诸多文献中，只有北村把上述故事推向了它们的极致，也就是推向它们最残酷（而不是温存）的一面。无动于衷的杀戮、逃亡者的失败命运以及在奸淫中所呈现的阴沉力量，汇集成了这个故事编撰者的残酷美学的小说景象。

历史上曾有过几种美学的残酷：极度的凶险（爱伦·坡）、极度的诡异（蒲松龄）、极度的残忍（施耐庵）和极度的冷酷（莫泊桑）。北村小说的残酷性则开辟了一种新的道路——不是人性的残酷，而是事件的残酷，并且由那些广泛的残酷事件构成末日审判的罪恶前提。残酷，首先是对于人间罪恶总谱属性的一种确认，其次才是对残酷话语自身的快意发展。

我想在本文稍后一点的地方再来讨论“审判”的母题，我现在要做的仅仅是弄清楚这些残酷故事的结构。盛大的死亡、逃亡和奸淫，这些要素已经蕴含着最严重的疯狂和迷乱，而北村竟然还要利用结构来扩展它们。这样，越过残酷美学的玻璃，小说的迷津气质获得了更高层面的响应与激长。残酷，只是迷津的一种属性。

北村小说的结构类型，有力地显示了一种恍惚美学的特征：它们是不可确认、似是而非、令人狐疑的，正如他的字词和语象。在叙事结构的层面上，北村首先运用的是镜像技巧。这是恍惚的根源之一，从语象的层面升起，在叙事的层面获得充分的展现。

镜像结构，一种过于精致的事物，弥漫于北村小说的庞杂构架。它们乍一看是对称的，也就是从一个实在的事物中映射出它自身的对称性影像。在《逃亡者说》中：廉政公署成员（缉捕者）小康和通缉犯老康是父与子的对称；小康与大哥是弟与兄的对称；老康与姐姐、店主与女儿，是父与女的对称。故事的进程取决于一系列蹊跷的枪战，每一次枪击之后就有人消失。仿佛一面镜子的碎裂和一个镜像的消失。在结局那里，所有的镜子和镜像都碎裂和消失了，只有老康那个本初影像残留着，而他最终也要消逝在光线里，由于他仅仅是北村自己的一个形影相吊的镜像。

镜像的生长、繁殖和自我复制，是与它的消解过程截然相反的。这方面的例子是《劫持者说》。这个追捕罪犯的故事，开端于警察马林的搜索事务。马林，是一个本初镜像，从它那里映射出了罪犯牛二。这两者的对称性可以很轻易地发现：起初是马林追捕牛二，而后则成了牛二追捕马林，它意味着牛二正是马林自己的某个映像。接着出现的朱三，则是牛二的镜像这可以从它们的姓氏比较学中看见。最后，还有一个被称之为“老汉”的人，竟是朱三的镜像。除了后位镜像总是比前位镜像更模糊一些外，它们各自故事（遭际）的彼此相同，到了令人发指的程度。

水月镜花、烛光斧影，迷津的规模就是在这样的叙事圈套或骗局中获得发育的。但它只是北村技巧的一个极小的部分。还有一种叫作仿梦结构的东西，受到北村的酷爱。那就是不仅把叙事语气搞得迷迷糊糊，状若梦呓，而且采用了各种类似梦境的“跳接”、“杂耍蒙太奇”的技巧，除了《逃亡者说》、《归乡者说》、《劫持者说》和《陈守存冗长的一天》，都散发着梦魇的黑暗气息。

现在，站在哪一块石头上，能望见故乡呢？……刘义浑身流着水从墨河上岸，他一眼就看穿了梅林外面的一条路，……刘义想了想这条路的前方，经过石狮镇，再经过石码镇，就到了故乡。下弦月的时候，刘义的影子很长，长到一块石头上，刘义浑身流着水登上这块石头，好像上岸一样。他手搭凉篷，从这里能望到更远的路吗。

——《归乡者说》

这是一个囚徒对于家园的无望的思念的开始。我们很容易识别出它在暗示梦幻者的做梦姿态：越过现实的河流抵达彼岸，站在一块可笑的石头上，手搭凉篷，去眺望遥远的故地和通向它的精神道路。而后，在漫长的梦游中，这个囚徒遍涉家园的所有地带，以目击那些难以言喻的罪人及其罪行。凌乱的事件、错位的时空、恍惚的陈述、迷妄的线索，这些事物的总和构成了梦的形式，而在梦的深处，迷津像罪恶的稻菽一样生长。

迷津在生长。从无比阴郁的镜像与梦幻中，迷津的景象已历历在目。但这还只是北村所运用的一部分叙事技巧。也许更大量涌现和分布其中的，是那些同字词层面互相融渗的恍惚语式，也就是我所谓的迷途结构。

走路的经验，可以充当迷途结构的注释。在北村的小说里走动，起初是十分愉快的。有一种诡异而弥远的光辉引诱我们。尔后的经历则是难以启齿的。在话语的故事的门后，是细如蛛网的歧路、歧线、歧山、歧水、歧标和歧义。在《陈守存冗长的一天》里，这个基干民兵开枪自杀的故事时间就是这样被线索搞乱的。他在弹药库、池塘、菜地和庭院之间奔走，但叙述使我们无法分辨这个人在各个地点的真实时间序列。他开枪，然后在各处走动，这个倒转时间的骗局把我们引入歧途，以为它不过是一个杀人故事。而真实的序列应当这样：他在各处奔走，然后开枪。

没有打中要害。医生的语调十分平板。但在陈守存心里依然能唤起一种喜悦。

……陈守存独自一人坐在床前，雨后的清新空气在开了窗的病房里弥漫，他同情地看了看熟睡的病人的脸，想着世态的炎凉。

这个简短的结尾说出了最后的真相，但阅读的歧途已经构成，阅读的错误已经发生。而结局的真相不是要纠正这种错误，恰恰相反，结局消解和嘲笑了叙事的意义。这很可能是北村的一种机智的警告：在迷津里，一切获得真相的企图都必须付出严厉的代价。

这样的叙事陷阱和圈套，林立于北村小说的每一个句丛，阅读者必须是一种警醒的猎物，以避免随时涌现的危险。

陈守存垂着双手，长袖筒盖没了他的手，使之与断手相仿佛，并与事实有所出入。

写下以上句子的北村是仁慈的，因为他至少还竖立了标牌，并给阅读者以及时的告诫。但在更多的情形中，迷途的装置是难以察觉的。《劫持者说》是利用转述技巧制造混乱的范例：那个叫朱三的人对逃犯牛二转述了他的见闻，而那个“老汉”则向警察马林转述了他的阅历。正是这种话语转述改变了真相，并使警察与逃犯都迷失于此。逃犯，在某种意义上是历史上所有逃亡者的指代，他在客栈里的自杀，显示了话语迷津的不可逾越性。

迷津的突围，无疑是故事内在角色和外在阅读者所共同面临的难题。迷途结构的主要特征在于它的回旋性；当你以为已经远离突围的起点（囚室）时，事实却是，你在绕了一圈之后又返回到了原点。迷途，就是在奔走中丧失奔走的意义。

而作为结构技巧的回旋，我可以在《归乡者说》中确切地看到。这个由囚徒的梦游所构成的精神逃亡历程，正是一个巨大的时间镜像：前半部分从 A 地到 B 地，而后半部分又从 B 地回旋到了 A 地。这两个部分的故事或事件完全相同，只是在发生的时间顺序上互相颠倒而已。

包含着歧义、转述和回旋技巧的迷途结构，加之镜像结构和仿梦结构，所有这些叙事方式塑造了北村小说在所谓“新潮小说”中的极端面貌。难以识读的话语、凌乱恍惚的线索、阔大险恶的迷津，这些要素暗示着一个面对存在的迷津本体的人的内在困扰，不仅如此，它们还要为消除这种困扰开辟沉思的道路。

母题与话语的审判

我要在此重申聒噪与迷津的逻辑关系，也就是重申：聒噪和话语的无限增殖，是精神迷津形成的根源。聒噪者，有时是北村，有时是另一些人，开创着用小说迷津来描述人的存在迷津的崭新美学。这种美学通常是令人不快的，因为它不仅探查着阅读者的话语智力，而且用残酷的经验击打着那些脆弱的灵魂，使他们目瞪口呆，面无人色。这完全取决于蕴含在那些故事形式中的坚硬母题。北村说，我的母题是极其简单的。而由于它简单，它支配了我。

是的，支配北村小说的母题是简约而单纯的，它们不过是“逃亡-迷失-死亡”的三位一体序列。其中，逃亡是故事的开端，迷失是它们的发展，而死亡则支配了最后的结局。在这里，我们看到了各个母题在叙事结构中的固定位置。母题间的恒常关系，意味着一个基始结构的存在，正是从这个结构中派生出了北村的全部“者说”系列文本。

逃亡，这与其说是一个杀机四伏的故事的戏剧性的开端，不如说是人处理自身危机的一个中心话语。几乎所有最重要的神话与宗教典籍都萦绕着这点，而“洪水”与“方舟”则具体地暗示了它赖以发生的时代。在严格的意义上，逃亡正是某种神话或神学的永恒母题。由于逃亡以及对逃亡的关怀，神话的涌现势不可挡。

基于对逃亡的形而上关怀，我听取了古往今来无数贤哲和思想大师的箴言。我（或我们）被告知，逃亡是人对于在所的一次厌弃，而在这样的厌弃中包含着对新在所的热烈猜想。逃亡在这个范畴内成为乌托邦作家所颂扬的革命性运动，并为它的目击者展示了最明亮的可能空间。

然而，历史上一切逃亡者的悲剧性结局消解了它的意义。北村的智性使之及时洞悉了这点。而对死亡图景的相继诞生，北村说出了逃亡的限度。

这首先是内身性的死亡，也就是身体的某种消解。逃亡者的互戮与自杀，缉捕者对逃亡者的屠杀，导致了逃亡用具的丧失。身体或者说脚足，是逃亡运动的伟大载体，它奠定了逃亡的现实根基。由于这个缘故，肉身的死亡意味着逃亡事实的中断。缉捕者正是利用这点去拦截逃亡的。

然而，身体的悲剧仅仅是死亡的外在形式，北村的《聒噪者说》犀利地表明，逃亡者之死无非是某种心灵死亡的隐喻。在樟坂，也就是在一个北村的寓言空间里，聋哑学校校长（话语和意义拯救者）、神学教授和牧师（心灵指导者）不是死于非命，就是对死亡事件束手无措。北村企图向人们证实，这些心灵教师应该对灵魂的普遍死亡承担责任。

当“新潮小说家”们分享着西方文学的话语成就时，北村对于心灵问题的忧虑是异乎寻常的，它显示了一代作家所传达到的最深刻的关怀之所——像地狱一样深刻，同时又渴望着乌托邦的天堂。小说话语发生于这心灵的两极之间，并且要对所有的逃亡者及其事业进行审判。

什么是导致心灵动乱和死亡的原因，这个问题的解答通常是极其困难的。在“逃亡”与“死亡”之间有一个重要的环节，那就是“迷失”，这个母题占据了北村小说的绝大部分篇章：几乎所有的主人公、次主人公、陪伴角色、点缀人物，都不约而同地陷入狂乱的迷失状态之中，也就是陷入由歧途、死巷、陷阱、伪路标、互相反射的镜像和丧失真理容量的聒噪性话语所构成的庞大迷津。

迷津，或者说话语迷津，这个来自我的《燃烧的迷津》的哲学意象，在北村的笔下发展到连我都感到意外的地步。而它正是人类文化的一个灾难性后果。每一个时代都企图向穿越它的历史提供最大量的话语的文本，并影响未来历史的进程。应当承认这种影响每一次都是成功的——使后代更深地迷失于话语文本的迷津。这很可能就是博尔赫斯试图告诉我们的。在他的“六面体”的“图书馆”里，我们可以观察到一个庞大无边的书本的“迷宫”。所有的图书都发出了召唤和向读者出示真理，而这些互不相同的“真理”却把人推向选择的极端困境。

迷津的命题，除了一些与“迷宫”的相似之处外，还蕴含着某种特异的品质，也就是蕴含着渡越迷津的内在可能性，而它是由一个“津人”决定的。这个所谓的“津人”的词根指涉了导师、思想线索或迷失者自身的心灵光辉。 北村的痛楚恰恰在于他意识到了“津人”的不在场。 由于它的缺席，逃亡者与迷津搏斗的失败性结局是不可避免的。

……在这座空空如也的校园里,由于人迹罕至,所以无法明了它的格局,它像一个燃烧的迷津。我来了,因此我看到一个人在火中扑腾……

……在残火的热浪中,校舍的砖墙变得柔软、松动,烧松后的砖块开始脱落、溃散……那些课桌、黑板、秋千架和花圃是相继消失的,聋哑学校的必要设施不断减少,最后的残火把《哑语手册》烧成灰烬,风把这些灰烬吹走。还有什么东西,烧空了的校舍的原形,由松动的墙和脆弱的椽子搭成的空构,四面有最大的门(原有的门页、转枢和门骨已然不见)。风就是从这些门中吹进来的。风刚吹临,这座空构就像纸楼一样坍塌了。

——《聒噪者说》

除了北村，还没有其他任何小说家能够如此有力陈述一个迷津在燃烧中消解成废墟的过程，同时，也没有人能够如此确切地表达一个目击者洞悉和“记录这个事实的真相”的睿智立场。“我来了，因此我看到”，这样自信的句子令人想起恺撒的著名言辞（“我来了，我看见，我征服”）。 这显示了一个用话语来打击迷津及其迷津人格的审判者的坚定容貌。

死亡，不仅是目击者所面对的悲怆事实，而且是审判者所给出的一种话语判决。 这种话语审判正在指涉从神话、历史到日常生活的全部精神领域。 在某种意义上，话语审判就是在一个价值末日里清算所有的语义产业，并为心灵的未来复活做出安排。 正因为如此，审判呈现着聒噪的郁闷景象，但它同时也是激烈和明亮的。 在聒噪的反面，是游戏者的缄默与安详，而在审判的反面，是受审判者辗转反侧的痛楚。那么，在话语的审判里，就应当包含对于心灵的无限关怀与赞美。

北村已经走向他自己的末日，这是不容置疑的。沉浸在黑暗的结局里，说出对世界和自我的厌倦，仿佛一种极度的杀气，在聒噪的舌上一闪，去擦击出信念的火焰。在北村的尸骸上，北村正在复活。这说出了两个事实："新潮小说"的死亡和一种更接近灵魂的有力话语的诞生。

我是这一审判和事变的见证。

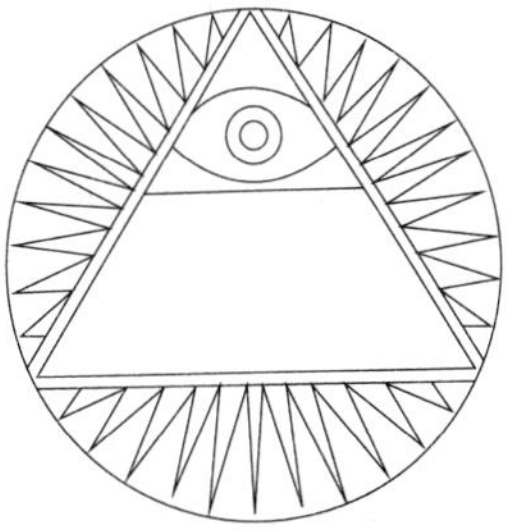

空心的文学

诗人和小说家像几百年前那样，固定在一个偶像的坐姿上。巨大的典籍庄严静穆，凛然披挂着圣洁的尘土。澄明之风吹来，一切便杳然无形……

只有一个值得认真谈论的事件:文学的死亡。

当代文学的圣殿正在塌陷下来,变成硕丽无比的大废墟,一个“杂种”和“垃圾”的世界。但是它依旧保持着完美的幻影。诗人和小说家像几百年前那样,固定在一个偶像的坐姿上。巨大的典籍庄严静穆,凛然披挂着圣洁的尘土。澄明之风吹来,一切便杳然无形……

寻根的冒险

寻根即撒娇。寻根就是将孤寂的自己托付给一个在我之前的先验实体,屈从于它的慈爱或恩宠。寻根就是找寻一个可以寄居的临时避难所,就是一次悲凄的怀乡运动,它旨在辨认与个体密切相关的种族的原始罪恶或原始幸福。

韩少功声称他发现了某个种族发展的白痴法则。在《爸爸爸》里,丙崽是不死的。他是愚昧之神。所有生命智慧的死亡并不妨碍他的神秘存活。他是进入黑色乌托邦(愚人国)的唯一通道,并构成了古老种族永生的根基。韩少功用两只眼睛(一只嘲笑着,另一只则在流泪),洞悉了这项原始罪恶。

我所以特别指出韩少功的智性,是因为唯独这个作家拥有对上述种族罪恶的敏感。而更多的寻根主义者则跌跌撞撞地掉进了原始幸福的老式陷阱。

贾平凹的新笔记小说,显示了用早已干枯的语体召回传统价值与原始幸福的复辟企图。这奠定了寻根运动的基本流向。

没有人比张承志更强烈地说出了寻找原始幸福的渴望。张承志是长满浓密毛发的粗大婴儿，他沿着文学这条脐带爬回子宫或育儿袋，这一冒险举动曾使多少女性读者兴奋得战栗。面对张承志的作品，必须学会使用耳朵而不是眼睛。只有这样才能倾听到分布在每一个句丛和字群里的啼哭。

张承志跃入了黄河。张承志俯身拥抱他的草原和牧场。张承志对着缄默无言的雪山下跪。张承志假托他的所有主人公向独裁的父亲或仁慈的母亲出示情结。他的小说结局都隐含了得救后的幸福感，因为每次他都使自己找到了一个摇篮的符号代用品，并利用这个代用品向自身发出事先准备好的安抚。

遍涉东方的古冢是威严的，它掠夺走所有的价值，却把死亡推给了我们。寻根者阅读到的只是墓碑上的残败铭文。这是一份诱人时间深渊的图引。原始幸福从来就不曾存在过。真正实存的只有原始罪恶，它匍匐在墓道深处，阴森地打量着未来的岁月。另一文化误解在于对性欲的界定。它最初被基督教会确认为一项基本的原始罪恶，以后又被劳伦斯和弗洛伊德确证为一项基本的原始幸福。然而，性欲既非原始幸福，也非原始罪恶。性欲是中性的，它坐落在罪恶的边界上，等待进入精神之门并从那里受洗。

寻根的第二语义于是就这样构成了，它包含着解放古老雄浑的本能的暧昧用意。但寻根主义者不敢直接用肉体享乐故事去结束苦行。他们似乎缺乏义无反顾的胆气，还不敢将精斑直接涂抹在文本上。因为他们缺乏将本能引渡为现代幸福的精神自信。张承志在本质上是害羞的。他的主人公跃入黄河时穿着短裤。他拒绝直接谈论性行为本身。他只是审慎地出示男人的第二性征：高大的躯体、强健的肌肉以及一堆令人生疑的毛发。

那么，张贤亮是一个真正的本能解放者吗？在那部叫作《男人的一半是女人》的小说里，张贤亮找回了曾经失落的“根”，但他随即又在道德忏悔的战栗中将其抛弃，进入纯粹精神的原野，作老托尔斯泰式的自我放逐。这样，张贤亮实现了两度被阉：第一次是他阉，第二次是自阉。张贤亮不是解放者，他的卑琐的有罪的灵魂，因对肉体的自虐而最终获得某种虚假的崇高性。在这个意义上，张贤亮是当代作家中最为不幸的说谎者。

而使所有道德民兵错愕的，是王安忆的《小城之恋》。这个由女人提供的文本充满了前所未有的无耻性，它打开了通往秘密经验的历险道路。这种沉迷性行为和感受的坦诚甚至使激进的批评家都感到困难。

但王安忆并不肯走到对性本能作热烈颂扬的地步。她坚持放弃价值评判的权利。当她的主人公参与到一场存在方式的赌博时，她自己却退身为一个局外人。最终，像所有寻根作家那样，她拒绝像劳伦斯那样对性作必要的误解——把它当作生存幸福的大根基。这已预设了寻根运动的失败终局。寻根作家，既不想承担离经叛道的重大责任，也不打算充当传统意识形态的代言人。他们小心翼翼地在两个陷阱之间搜寻价值，竭力保持自身形象的中庸性质，以致他们同时遭受来自激进与保守两个向度的攻击。

无底的棋盘

人什么时候才能学会正确地进入游戏和从游戏中全身而退?

饱受惊吓的中国作家，丧失了面对实存世界及其全部苦难的勇气。他们迅速蜕变成了一些可爱的游戏者。

游戏者是不可确认的人。他们在潇洒的游戏风度之后，藏匿起对公正、真诚、庄严与崇高的无名恐惧。游戏人格担心操作的结局，担心成为生活严谨的怪物。于是他们取消信仰，不相信事物的深刻意义，也不相信自身的力度。“玩玩而已”，这句著名的台词，消除了存在的全部严肃性，但它却帮助绝望者从空无的现世的城里体面地撤退。

游戏是一个骗局，一场经过伪饰的戏剧，是人扮演他所不是的东西。游戏者的举止再优雅，也仍然是滑稽的。因为他没有本质。游戏者是二维人，他就像无底的棋盘那样，与支撑他的第三度根基分离，成为一个悬浮在世界阴影里的孤单的面具。

在严格意义上，游戏者拒绝了实存。他判处自己以游戏的方式死亡，从不可抵抗的生存命运和痛苦中彻底解脱出来。命运的规则是恒定的，而游戏的规则是任意的。你可以随便指定一个故事的开头和结尾、一种叙述方式、一组隐喻意象……游戏使自我体验了自由，但它最终只是自由的代用品。游戏否决了实在生活的意义。这个发现使我觉察到马原的英雄主义气质。他像一个在大绞架下游戏的失意圣徒，向上帝掷出一枚古怪的骰子，骰子的每个面上都刻着神色阴郁的骷髅。

游戏人格是伟大的传统，进入这个人格，即进入了传统。这个传统是从一位微不足道的人物开始的，那就是帝尧之世的壤父。这个游戏的发明者当时站在道路上，用手中壤木投掷地上的那一块壤木。这个单纯的游戏包含了游戏的主要形而上性征：它企图在现世功利目标之外虚设一个伪目标来转移人的焦虑。击中伪标造成击中真标的假象，它代偿了人在真实世界里无法完成的复杂欲望。

游戏是一种虚假的生活想法，曾经激动了无数试图真实地生活下去的艺术家，庄周、陶渊明、刘伶、阮籍、嵇康、苏轼、徐渭、朱耷……这些姓氏代表了一种激动人心的游戏精神：利用游戏（策略）向世界抛出一副面具（伪在），同时守住自己的本性（真在）。这个传统告诉我们：真的游戏者正是那些从事假游戏的人。

只有小游戏者才向游戏出卖本质，也只有小游戏者才对其活动性质作自我揭露。大游戏者是缄默的，它首先用佯“戏”来掩饰本性，然后又用佯“不戏”来掩饰佯戏。这种双重的表演保证作家在一个特殊的境遇里能够坚定地守住内在的真实生活。

马原是饶舌的。他在小说里不断出示各种游戏标记，不断提醒读者注意小说的玩性。这正是一个小游戏者所具有的特点。马原同博尔赫斯的差异在于：前者把真的变成假的，而后者不仅把真的变成假的，而且把假的重新变回到真的。这个差异暴露了马原（也许还应包括旁人）的致命局限。

游戏应当在人之内，而不是人在游戏之中，以一种错误的方式卷入游戏，就必然导致错误的后果：当马原变小说为纯粹的假时，他自己也被游戏所抽空和吞没，成了一个虚无的存在。

尽管如此，马原的笑声仍然保持了一种恶毒的成分。他既嘲弄神明，也嘲弄读者。他的小说是个机诈的圈套。除非你识破所有法则，否则就会卷入一场无休止的智力消耗运动。马原的诡计通常是这样的：他拿出一枚古代钱币，将你引入迷宫，然后，钱币突然消失了，你赤裸而下贱地站着，惊恐地发现这个陌生的屋子压根儿没有出口。我拒绝阅读马原，是因为我拒绝成为马原的玩具。我是觉醒了的玩具吗？不，我只是那个洞悉了马原本性的人在一个更大的空间里，游戏者马原成了另一游戏者的玩具。这才是所有荒诞剧的真正序幕。

那只按动马原脑后开关的不怀好意的手是什么？是游戏拯救自身的可笑信念，还是某个神秘的女人，或一道来自先祖的森严训诫？……

在一个丧失所有信念的王国里，究竟谁玩了谁，这个问题是不可解答的。设想：马原被某个先验的游戏结构玩着；这个结构又被亚当和夏娃玩着；而亚当和夏娃则是上帝的玩偶；可能，上帝又是另一在者的玩具……一个无限（无底）的序列。最后的玩者是无名的，它玩遍了所有的存在者。

如果，游戏是世界的本质，那么马原是什么东西？

市民的庆典

“贵族气”，一种正在进入传说的文学罪恶，一个纯粹虚构的事件，却导致了真正的价值恐慌和骚乱。这些都是不可回避的。在很久以前，贵族就已经退出了历史。当代文坛的占领者是两类平民：农民与市民。他们曾经是杀死贵族的凶手，现在又宣判了贵族的复活。

这种风声鹤唳的架势，使我惘然回想了贵族时代的崇高与强大。一个诗人就是一个精神贵族，他凌踞众生之巅，洞悉着世俗的全部丑恶和苦难。他也是一个纯粹的“独在”，一个高傲的隐者，保持生命意识的全部澄明性和孤寂性。“千山鸟飞绝，万径人踪灭”，这两句偈语是对“鸟人”们的绝灭事实的一种宣喻。那个披戴蓑笠的“渔翁”是缄默的超人，他从世界抽取（“钓”）某种纯净和完美的质（所谓“孤舟蓑笠翁，独钓寒江雪”）。

我所悲哀的正是“渔翁”的死亡和“鸟人”们的丛生。那些鸟人像渔翁那样披蓑戴笠，钓取的却是各种利禄之鱼。他们杀死贵族，然后又冒充贵族，使文坛充斥着虚荣与自卑的混浊气息。

这就是所谓“优雅”风度的根源。几个城市资产者和中低级官僚的破落后裔，加上一些出身于棚户的地道平民，构成了优雅文学的主要阵营。他们不断回忆起祖先的光荣业绩，从箱底搜索出光辉黯淡的老式首饰或毛皮大衣，把胭粉涂遍布满皱纹的衰老的脸庞。优雅是一个空洞的姿势。它把不属于我的东西向世界面呈。“优雅”嘲讽了这个肮脏的城市，因为它只是一个巨人的价值荒漠，必须依靠各种装潢才能扮成偶像。但“优雅”总是深藏着被揭露的紧张，它使优雅者处于持续的恐惧之中。

小市民的文学革命企图从根本上消除这种紧张。它用城市消费者的日常经验和世俗趣味反叛优雅。把文学变成市民的可口快餐和柔软手纸。它的目的：使写作与生存趋于轻松；它的准则:粗鄙与无耻；它的口号：鸟人就是鸟人！

我曾经欣赏过这种市民人格的自我还原，因为在最初的时制，它拥有着存在的诚实性。但它随后就在摹仿的涌流中变质，退化为大堆低劣的文化垃圾。

“口语派”小说，特别是“口语派”诗歌的流行，显示了和可口可乐拉罐类似的现象学特征：第一，粗制滥造；第二，与大众口味彻底融合；第三，用过即扔；第四，对生命的在所构成污染。

什么是城市口语的意义？这个问题就像什么是粪便一样令人不快。

我们选择做梦。但我们被禁止做梦。口语，在某种隐喻的意义上，把城市的梦想转换成实在的触摸。到处是精神苦闷的挣动。战栗的欲望充分地肉体化了。从一个物质的嘴唇里跃出了有关物质消费的全部语言。

这是价值下降的运动。或者，反过来说，口语使最琐碎无聊的东西神圣化了。口语是一个和解的姿势。口语使诗人取消自身的特殊记号，像隐形人那样融化于城市公众无边无际的洪流之中，从而在商业主义的庞大背景下安全自在地生存下去。

口语是一种分币，它蓄意购买来自他人的好奇心或窥视欲。城市口语构筑着通往市民意识深处的走廊。“市民自白小说”、“隐私小说”、“大特写”和“报告文学”，从它的门洞里急切地涌出，使文学面临窘迫处境。

关于“第三者”、“同性恋”、“洋插队”，关于娼妓和月黑风高杀人放火……所有这些由秘密命题组成的消息碎片，描绘了一幅毫无秘密可言的透明图景。这里没有“私语”，只有“广告”。这正是爱好窥私的传统市民梦寐以求的庆典：它把城市变成了消费“报告”的乐园。

丧失了内在隐私性的人，是一个非人。他毫无人格可言。因为他的存在不再是私人性的。也就是说，他没有自我，也没有尊严。他被新闻闪光灯剥得一丝不挂。他在大众的传播媒体里、在公众的恶毒目光下遭到意淫和轮奸。

传播技术的暴力，很像某种特殊的十字架，它必须靠钉死几个殉难者来制造生命的戏剧，慰抚和救赎那些生活单调神色阴郁的城市生灵。这显示了一种令人毛骨悚然的人道主义。向人交还秘密，就意味着向人交还他的自由。意味着把个体的人从城市监控中释放出来。这样做的前提是缄默。秘密就是秘密，它不可探测，保持永恒的匿名性。然而缄默却将消除一切类型的生命通信，消除语言的法则，并判决文学在它之中死亡。这样的结局同样是无可救药的。

“现代主义”噩梦

中国文学的“现代主义”进程，正是从这个国家丧失现代性的地方开始的。

20 世纪的东方是一座巨大的废墟。在它的底层是古朽的龙凤尸骨和秦砖汉瓦。在它的上层则倾倒着来自欧美大陆的第二手文明垃圾。 东方的垃圾抗议西方的垃圾之压迫；西方的垃圾抱怨东方的垃圾之敌意。 这场垃圾间的对抗，充满了历史的严肃性。 垃圾的厄运在于它注定是一个过时的和受遗弃的实在。它被“现代”驱赶到过去的世界。 而在过去的世界，它又被进一步驱赶到价值领域以外的地带。

与垃圾共生，意味着人正受困于无意义的事物，被虚妄的文化括号所悬置和隔离，在现代世界的座椅里永久地缺席。 这样，即便人从垃圾中探头，向世界伸出友好的手，仍然与现代性无关。 美国总统和他的人权宣言，只是一个电视事件，人注视它的原因在于它根本无法企及。

这是种族孤独的全部根源，也是产生焦虑和愤怒的根源之一。 人被他渴望进入的文明所拒绝，他只能像饥肠辘辘的狗一样在那所美丽的大玻璃房子外面游走号叫。

然而，当代作家为自身的非现代性所激怒。 他试图在个别意念上提前进入未来，以致身躯无比古老，而头颅却噩梦般在天上笨拙地飞行。 这揭示了一种精神分裂的征兆。

那么，文学陷入一种表演的哲学，就是不可避免的了。“现代主义”作家是僭越者，他租用一个激进的面具，企图成为他所不是的那个东西。 从此，他只存在于别人的目光里。

中国人是世界上最伟大的演员，他的存在开始于某个“让梨”的表演细节。 还在很幼小的时候，他就被告知必须对他人的眼神始终保持内在的警惕。 那个孔融的台词里压抑着欲望，而“现代主义”者的台词里则无限地夸张了欲望。 这两者都是为了诱使他人的认知发生错误。

把王蒙的《春之声》到《活动变人形》当作文学现代化的重大开端，这可能是批评界较大的失误之一。 王蒙的作品起初只是某些精致的仿作，表达把士大夫的忧乐意识充填到现代主义的技法之壳的企图，尽管它从一开始就背离了卡夫卡的传统，但它还是洋溢着某些对生命的感动。《活动变人形》则是精神和语言动乱的标志，充满各种用以掩饰自我人格的努力。 这样，王蒙就以一个特殊的身份，显示了中国伪现代主义魅力的彻底消解。

在现代主义的旗帜下抽搐着大量可疑的脸庞。 他们痛苦是因为他们的头脑觉得应该痛苦，他们嚎叫是因为别人在这之前已经动听地嚎叫过了。 当中国作家敬畏地谛听自己的痛苦嚎叫时，他的确捕捉住了能够用以自证的唯一的声音。

尽管如此，我仍然坚持把文学的不真诚性看成一种难以宽宥的罪孽，一次自我受难和对存在的虚幻特征的虚假估量。 批评必须充当一把剃刀，去清除现代派作家脸上的全部装饰性毛发，使他们还原到一个真实的状态。 批评应当让一切作伪者完蛋。

我不否认，在仿现代主义的文学运动中也包含了某些真诚性。 有的作家拒绝屈从于他所隶属的文化。 他反复谈论荒谬、孤独和死亡，是因为他触及了最可怕的生命事实。 这种抗议文化由于现代主义而获得反叛的契机，并从此拥有一个类现代主义的悲怆面貌。

真正的现代主义从未成为事实，它只存在于一个语词的深部。 现代主义并不是一个可以把各类反异化文化随意倾倒进去的袋囊。 这是个严厉的概念，一座硕大的精神纪念碑，它显示了文学对人类技术文明及其灾难性后果的空前绝望的沉思。

在严格的意义上，中国的现代主义只是某种近代主义，当代文学已经再度返回“五四”的起点，重历生命解放和精神自由的进程，卷入文学进化的第二度循环。 当代文学的现代主义化，指望于时间的这种无限延宕。

想象力的危机

我们是一个用记忆支撑起来的种族。我们活在记忆的宇宙里，宛如一片过去时代的模糊的倒影。

种族记忆越出了钟表时间的界域，它是生命从垂死的一端向初生的一端的精神贪恋。它胆怯地躲进过去经验的阴影，拒绝承担死亡的义务。

阿Q基本上是个记忆的人格。他的箴言是：我们家从前比你阔多啦。记忆把他引向一个虚假的历史深度，使之获得一份卑贱的荣耀。阿Q仅仅在意识到死亡的贴近和不可回避之后，才开始设想未来的图景："二十年后又是一条好汉！"但这声英雄叫喊的原有语义早已萎缩。它仅仅在无人响应的静寂世界里空洞地回荡了片刻，便再度落回到种族记忆的黑洞中去了。

在所有的记忆人格中，阿Q无疑是一条好汉，他对记忆的背叛仅限于死亡的时刻。死亡使一切躲入记忆以抗拒时间的企图破灭。死亡严重摇撼了他的信念，死亡强迫濒死者面对一个正在逼近的未来，并说出最后的企望。

一个由记忆人格支配的种族是没有未来的。它已丧失企望。回忆用传统压迫我们，把我们囚禁于一个湮灭了的世界。回忆滋养了一切已经死亡和枯朽的形式，使它们以传统的名义复活。这就是《诺朗日》、《小鲍庄》、《棋王》和《古船》的全部意义。历史主义文学细致地陈述了各种种族的生存经验和策略，它们从不违背关于记忆的绝对指令。莫言是一个极端的例子，他用"我爷爷"和"我奶奶"的叙述语体所说出的陈旧故事，使记忆美学充满了重返母体的粗暴激情。

让我来看一下西藏母题。那座充满神秘性的高原从来就没有实存过。在马原的文本里，它是缄默、无名、不可知和意义含混的过去世界的象征。它超越了单纯记忆的限度进入想象空间。但马原所提供的经验仍然是历史性的。那个由麻风病人、盗贼、小偷和野汉构成的群落，还不至于使人误解为一个真正的乌托邦。

这并不是说记忆与想象无关。恰恰相反，在某种意义上，记忆就是对传统和风俗的想象。作为风俗大师，加西亚·马尔克斯的风俗想象为中国当代文学垂死的想象力注入了生机。马尔克斯的风俗想象类似于种族记忆，它的全部意象都来自过去的乡村世界素材。这无疑对中国的乡村式作家提供了伟大的范本。

与此同时，我们又彻底丧失了技术想象——针对城市社会未来图像的玄想。当代文学不存在"科幻小说"。对技术社会前景，我们既没有信念，也没有绝望。在绝大多数情况下，风俗的想象是种族想象，而技术想象是人类想象。这意味着中国作家从未改变过狭隘的种族主义者的卑微形象。他们的想象力只有在文明的边缘及其衰减地带才能悄然生长。

一方面是对乌托邦的轻蔑，一方面是对所谓"现实主义"（现世主义）的热爱，这构成了当代文学操作的一个基本法则。但它甚至不能像小市民那样真正生存于瞬态的"今天"，并对现世作真诚的关怀。"现实主义"掩盖了未来想象力和现世批判力的同时衰退。它的"现实"容器仅仅贮藏了逝去的岁月。

想象力的危机导源于无数次沉重的挫败。中国农民对生存图景的线性夸张，曾经是支撑其苦难地活着的脆弱根基。在那些多子多福、吉庆有余的年画主题中，包含了无数现代人的热烈憧憬。这些图式也反映了文学想象力的运动方向。

想象不是骗局。想象重组了经验，并勾勒出自我在未来的存在轮廓。它把人从种族的黑暗深度中解放出来，或者说，想象提供了一条逃亡到新大陆的路径。它带着全部难以言说的幸福与战栗向人开放。

重建乌托邦，就是重建一种可能空间，一种指涉未来的真正宗教。这种宗教必须拥有某个启示录式的序言，它直言不讳地出示那个毁灭的唯一终局。但正是这种面对种族死亡的勇气，使卑贱个体在自身中找到伟大的神性，以推开厚重的传统，让一个文学的国降临到现世之城。

在一个没有“圣经”的种族里，文学就是“圣经”的代用品，这一点不容置疑。但犹太教或基督教圣经仅仅是一部无限庞大的神谕之书的开端。坚持文学的崇高性，即坚持文学有权对人之未来处境进行玄想；有权用再生福音续写“圣经”；有权把人召回到对未来命运的绝对信念中来。当代文学的所有征兆都已表明：它正在背离这个第一义的使命，它用拒绝猜想未来的方式拒绝了未来。这不仅使文学自身封闭在它的静止性里，而且使之不断趋近于一个垂死状态。只有老者才是回忆的动物，他用文学爪子攀住时间的稻草，企图脱离死亡之潭，但这种记忆的挣动却只能加速他向那个危潭深处滑落。

语言的搏斗

我们正在与语言搏斗。

我们已卷入与语言的搏斗之中。

这是维特根斯坦在1931年发现的一个基本人类事实。这一事实的边界现在已扩大到东方腹地。

1987 年之后，我注意到了某些批评家是如何打开语言经典向作家们布道的，我也注意到那些可怜的作家是如何敬畏地倾听这一文学还原的奇异传说的。

在形式语言的信仰之中，隐匿着对“文以载道”的工具性恐惧。这种观念受到了卡西尔主义的有力声援。“人是符号的动物”——一个充满异化色彩的定律，微妙地推助了当代文学的变化，以致还原主义的果子尚未熟透，就急不可待地向大地坠落，变成一堆芬芳的秽物。

指望通过重建新形式语言来重建文学和人类精神结构，这个老式梦想正在爬上中国先锋诗人的硕大反骨。非非主义——一个唯一值得我关注的语言无政府主义学派声称：他们已经找到了能够超越文化或语义的“语晕”。这种由语符发出的神秘光辉，烛照了文化以外的隐秘价值区域。更为奇异的是，所谓“语晕生成试验”，不仅能够“给这个世界注入新的语言机制”，而且必然地涉及“要给我们人类带来新的思维机制”（蓝马：《语言革命——超文化》），但这种不可思议的“语晕”，甚至不能使非非三义者的诗意变得更明亮一些。一旦何小竹在诗歌中把“太阳”意象还原到对“太”字的纯粹语义分析，这个玄想的孩子就被干枯的字词“非非”地谋杀了。

语言实验中的著名自杀者是杨炼，他的《自在者说》笨拙地摹仿了《易经》的结构和语言，像座由字词垃圾堆成的圣塔，在它的顶部，露出一个走火入魔的语言圣僧的阴郁背影。导致这个悲壮场面的原因在于：《易经》以终极性的方式贮藏了宇宙的全部密码，它在本质上是非通信和不可复制的，并使一切包括杨炼在内的有限智慧瓦解。这样，《自在者说》便无可挽回地说出了用汉语重建诗歌元语言之梦想的破灭。

语言的悖谬在于，那些拥有各种精致的叙事结构或语体的作品是最不能叙事的，如马原和孙甘露的小说。它们由一些非常私人化的言语系统组成。这堆上了锁的密码使大部分读者丢失了破译的信心。

这是我对语言的意义产生疑虑的原因，语言的意义就在于它得有意义。语言的本性是沉默的，或者说，只有沉默才能对语言作出规定。正如在人之外才能说出人的本质，在宇宙之外才能描述宇宙一样，在语言之外才能获得一个认知语言的真正契机。

然而人又不得不进入语言这个叵测的在所，并面对它所具有的一切非人特征。语言用残败的字形音符干扰人对其生命之血的伟大响应。语言的线性阅读原则使人成为一维的动物，丧失了对文本以外的真实空间的占有性。进入语言，就是进入一个慢性绞肉机，接受它的绞杀。

历史上所有作家的命运是同一的：被语言所抽空。生命力由自我之中向外喷射，凝结成僵硬的字词，这个生命转贮过程最终掏光了人的全部价值。也许，只有海明威觉察到自我的这种精神死亡。他的自杀不过是针对肉体的最后一道手续而已。

在更普遍的意念中，人始终坚持着对语言的信仰，相信只要字词活着，人便能在字词中永存。“敬惜字纸”这个古老的种族传统，包含着对文本的无限敬畏，并赋予“自古英雄谁无死，留取丹心照汗青”之类的生命以崇高的意义。芸芸众生对“经典文学”和空洞的赞颂，为语言献祭运动提供了声援。

“语言是文学的本体”，这个形式主义者最热衷的命题，已道出某种冷酷的事实。语言的悖谬是终极的悖谬。消灭语言，意味着人必须终止文学操作，从一切形式游戏和通信模式中告退。这正是禅宗所洞悉的真理。“禅”就其本义而言，就是号召人尽可能脱卸掉那件唯一的语言单衣，以赤裸和本原的方式在世。

但人最后还是被判处了与语言的同存。人注定是一种饶舌的动物，他必须把语言作为造化所赐与的悲惨礼物接受下来，就像我必须用语言来表达对语言的不信任一样。和语言搏斗的结果早已被残酷地预定了的——向语言屈膝投降，在吵吵嚷嚷之中等待那个最后静默时刻的降临。

“主体”的神话

刘再复，一个拥有老式信仰的先知和博爱论者，他的人道主义勇气已赢得来自知识分子阶层的广泛敬意。在某种意义上，刘再复是“自由”的象征，他关于人类尊严的呼喊，穿越了中国世纪末最阴沉的山谷。

尽管如此，在探究“主体中心论”（某种启蒙主义与古典仁爱精神的混合教义）的主要论点之后，我还是注意到这个价值体系的暧昧和自我冲突性。

在刘再复那里，拥戴主体就是拥戴一个形而上的“人”，拥戴一个关于“人”的绝对律令。但刘又不具备真正的哲学还原能力。他的“人道主义”必须下降到经验伦理学的层次才能展开。它导致了一个道德二元论的产生：“人道主义”=个体（个性主义）+群体（集体主义）的二重组合。

这正是双重人格在理论文本中的映射。一方面是对个性解放的赞颂，一方面是对群体性责任和使命的执著。在这两种对抗的道德价值之间斡旋，这就使刘再复要成为尴尬性的人物。只消某个外部力量就足以迫使刘再复放弃他的中立化的姿态，求助于他的内在压抑之源——集体主义“良知”。

在贴近和追随大众的过程里包含了另一类实在的幸福经验，它足以诱惑所有“良知”不泯的士者。至少，把文学与爱一同交给“人民”，就是企图把私人的欲望和罪孽藏匿到它的宽大身影之后，以换取更为博大丰厚的关怀与庇佑。这种道德贸易显露了从众主义的卑怯性征。从众者是一个低能的意志，他必须靠寄生于母体而苟延残喘。

对上述受惠结构作某个小小的修改，人便轻易获得了一种新的施惠地位。所谓“使命”和“责任”就是暗示“人民”的呼救性，并试图借助拯救运动将人推入受惠和报答的境地。这种支配他人的社会暴力，是“人道主义”向苦难世界呈献的最残忍的善行。

文学与读者间所发生的趣味冲突，实质上就是艺术家针对“人民”的前卫之战。先锋诗人率先放弃对“人民”的迷信，给予大众文化以适度的失望和蔑视。诗的语言之墙分隔着人间，阅读的障碍成为生命障碍的高大象征，它像狗一样守护了文学的自由。但在根本的意义上，文学无法抵抗大众的暴力入侵。文学的策略是，抛出低劣的伪本，掩护自身退向精神丛林的深处，与那个所谓的“源泉”诀别。这一赌博注定了纯粹的文学要受到“人民”的仇视和攻击，也注定了它要被各种流行的伪文学所僭替，从公共世界里隐身。

文学的第二类接触

龙具有空前的丑陋性。在现存的世界图腾谱表里，没有谁比这个怪物拥有更多的反人本主义特征：它的凶狠和贪婪，它的各种嗜血习性，以及对人类面貌与器官的审慎回避，等等。它一方面是找不到任何实在对象的空洞标号，一方面却停栖于东方，像永恒的梦魇，在种族的黑夜里飞进飞出，说出死亡的咒语……

在某种意义上，龙是同性恋者。龙没有性别，龙也不能生育和传继香火。这就意味着龙注定要死亡。事实上，龙在进入传统以前就已湮灭，带着它对这个种族的全部高傲和轻蔑。龙之所以成为记忆，是因为它曾经显示了对大地的反叛，以及对空间自由的渴望。这是龙受到赞赏的唯一理由。

即便如此，龙还是注定要被现代世界所废黜。因为死亡之龙不可能离开雕栏画栋和朱户玉牖。龙在死后就只剩下它徒有其表的恫吓性和僵硬性。

对龙的失望促使我反思了龙的原始意义，并看到这种反叛大地的原始意义正在获得新的证实。

20 世纪最大规模的移民运动暗示了“马踏飞燕”式的上古精神的复归。人子乘舟远遁，从贫瘠的土地上逃亡，搜寻新的大陆和乐园。

这是精神朝觐的肉体化过程。大迁徙表达了对外部世界的新的迷信。后工业社会像一个天堂的现世副本，召唤所有困窘的生命前往享用。

换一角度谈论这个事件，那些邻族将惊愕地看见黄种人正在君临世界的一切角隅，侵入它们的街区，掳掠它们的财富、文化和女人。人以逃亡的方式履行了弱者的远征，让全球笼罩在负性殖民主义的温柔恐怖之中，仿佛一次成吉思汗子孙的幽默复仇。

所有这些居住空间的根本性变化，对于文学来说是至关重要的。作家携带仅有的家私，以自由公民的身份在新地游吟，与机遇之流会合。游吟是一种征集文学生存可能性的活动，它把文字从过去的悲剧性中释放出来，赋予它一个无限开放的品格。

游吟显示了文学真正优良的传统。这不仅包括荷马在希腊半岛上的旅行，李白在中国山区的游历，而且还包括浮士德式的全球历险。游吟使作家把时间自由转换为空间自由。

最初的游吟者是一种自由主义诗人，如严力和张枣，此后是觊觎诺贝尔奖的北岛和顾城……这个迹象预示了大陆文科中心的瓦解和转移时分的最后到来。

当代文学的自我流放进程，须追溯到聂华苓和韩素音等。那些作家具有侨民亚文化的一切平庸特征：狭隘视界、幽闭心境、向母语文化和宗主国文化谦卑地表示双重敬意的骑墙态度……

如果精英之流的涌出，能够同时拯救侨民文学和大陆文学，那么这个意向是不可指斥的。作家移民的使命，就是把文学的慧种从废墟里带走，植入更年轻健康的文明。当我用马克思的语言说出“全世界作家联合起来”的口号时，我发现一种经典哲学的反叛传统和神秘活力正在得到恢复。

犹太和苏联文学支持了这一国际主义看法。我要特别指出索尔·贝娄和索尔仁尼琴，他们的个人冒险和生存勇气，为世界移民作家提供了见证。他们置身文化冲突的边界，却进入到母族的意识核心，从那里倾听人类的浩大叹息。

但这肯定是充满羞辱和内疚的道德过程。作家必须学会皮厚与无耻，学会在恩主的施予之檐下低头，接受神明式的目光的俯察和嘲笑。

这还仅仅是全部困境的开端，我要询问：在切断了与种族根基的联系之后，移民将依靠什么信念在一个陌生的世界里爬行或飞翔？

从某次对种族的厌烦出发，经历了无数次来自邻族的羞辱，在痛切的负疚中重返祖祠，再度求助于他明知虚妄的母体的关怀，这几乎是所有知识分子移民的精神历程。那么，两手空空的移民文学，就被注销了它的全部意义。只有若干肉体性愿望的满足，只有对风俗、礼仪和神话的商业性图展。移民运动成了一次针对爱国主义的戏剧性检验。奇迹刚刚接近，就从身边狡猾地溜走。什么都未发生，一切依然如故。这个痛苦的景象是不可避免的。移民作家最终不能通过搬迁进入终极关怀的乐园。东方是个骗局，西方同样是个骗局。从这一骗局向另一骗局的进军，塑造了文学哥伦布的虚假英雄，他们靠屈从于谎言来获得食物与自由，获得一份衣锦还乡的英雄。移民，就是以迂回方式向母族表达敬意的孝廉。他们最终将在祖先的墓地里为自己选择一个狭窄的棺位。

终极信仰的失落

身陷一个没有终极信仰或充斥大量伪信仰的时代，此系一切文学性焦虑的根源。人要么被各种中间信仰（种族传统、西方文明、家园、土地、英雄、上帝、语言等）撕成碎片，要么在某种领悟中意识到它们的伪在和空无性。这两者都把我推入永恒的迷乱之中。

一个终极价值的丧失，引起了所有价值的错位。

中间价值是拥有感性标志的迷宫，它出现于人对自身失望的薄暮时分，并总是呈现为一个亲切的面容。它打开它的全部秘密入口，说出热烈的意义，鼓励人的投身与奉献。把中间价值从一个平凡的地位提升到虚假的高度，是人类社会经常玩弄的小小把戏，它的全部意义都建立在一个工具理性的脆弱假设之上：个人应当为人以外的东西活着。中间价值的目标就是扮演那个东西，并据此有效地驾驭卑微的生命。

这样的价值迷宫里遍竖巨大的概念之镜，它们彼此互相反射，制造噩梦般的景象和深度。“人民”的语词是个镜像，从它那里无限地增殖着镜像的镜像，从“良知”到“使命感”和“责任感”……把一个单义的宇宙搞得无比诡秘繁复。那么，被这些虚假的镜像所蛊惑而找不到真实的出口，就是十分自然的事情。中间价值不能帮助人从罪恶的世界里逃亡，相反，它是坚固的囚室，它的目的就是逼迫人中止思想的自由，沉迷于平庸的事物，向空无的偶像下跪——偶像是一切中间价值的最明晰的标记。

但偶像和镜子都是脆弱的，它们像稻草那样轻易地生长和死亡，缺乏内在的永恒性和坚硬性。这是它被一切伟大人格拒绝的根本原因。我不向速朽的东西付出生命，也不同虚假的事物交换价值和欢乐。这完全没有必要。在这样的时刻，我宁可把激情交给睡眠。

奇怪的是，几乎所有的中间信仰（形式主义是个例外），都拥有一副母亲的古老形貌。这个单纯的隐喻之舟承载了包括种族、家乡、人民等在内的大量中间价值的重量。它迫使无辜的“母亲”卷入了世俗价值的战争。

恰恰相反，“母亲”原型的出现揭破了一个隐秘的事实：大量中间信仰其实都基于同一个信仰——对“母亲”的挚爱。只有“母亲”，这个兼有乐园、历史、根基和欲望满足等多种属性的卑微神明，才能有效地支配一切曾经进入她，在她里面生活的人们。这个东方化的一元论神学，同西方基督教构成鲜明的对比。

在基督教那里，至高无上的神明是“父”，一个严厉的男人。但正是这种“母”与“父”的统治，永恒平分了东方和西方。他们的身影构成天空、大地和所有我们能够感知到的风景。一个有道德的普通臣民只要生活在这样的世界里就足够了，他的整个生命旅程，绝不会越过“父”“母”的国土以及他自己的智力世界。

我已经说过，所有的迷宫都是纸糊的，它们一触即溃。我看见大地动摇，太阳冷却，瘟疫流行，种族抽风，为巨大肉欲的解放和物质严重匮乏这两者的冲突而迷狂。因此，推翻中间价值，就是推翻一座砂器的古堡，一片在梦里依稀浮现的城堞。这是个充满轻易性的事件。

那么，人就因此而进入一个深刻的精神危机。所有的形而上沉思被肉体的痛楚打断。一个吃的动作，一个涂抹脂粉的姿势，一个观察钱币的眼神……这些日常功利操作替代了人对存在意义的辨认。

但有意义的生活正是从绝望的时刻起步的。人只有涉历危机的洗礼，才能成为一个崭新的在者。中间价值的可疑性构成了对人的神启，令拥有最高精神性的个体穿越它们，向更为辉煌高远的事物推进。

这就是我要在这里扼要地谈论终极信仰的原因。一个终极信仰，就是对中间信仰及其总和的最高猜疑和反叛。终极信仰并不是要把我从中间价值和世俗信念中带走，而是鼓励我在那里居住下来，坚持我的孤寂性和批判性。在这个意义上，卡谬的“荒谬”意识是终极信仰的反面形态，它以绝对的口吻描述了“虚无”的终极意义。

另一方面，终极信仰是唯一的和不可替代的奇迹，“它”指出了存在的全部可能性。终极信仰就是最高的自由，“它”把人从中间价值的虚妄与囚禁中解放出来，面对真在的世界说出无待无碍的声音，让“它”在所有的时空里反射和回响。

终极信仰不是一种传说，“它”拥有不容置疑的性质。“它”使人明澈和洞悉于自我在世的一切意义。或者说，“它”是那种我能够完全信赖并寄托于生命的最后企望的东西，“它”向我指点了走出迷津的秘密路径。

现在，“它”响应我的召唤，带着所有的允诺，内在地降临在我里面。“它”拒绝授徒，拒绝外在的仪式和语言，拒绝一切群众性的祭拜场面。“它”只对个人的经验和玄想开放，成为不可交流的私有事务和秘密。而我则在单独的倾听中与“它”合一。毫无疑问，每个个体都可能占有纯属他自己的这个伟大事物。

但事实上，只有那些具备超然精神性的人才能获得这种恩遇，只有他们才能逾越对神明的敬畏，达到真理的高度。这既取决于明澈无碍的生命智慧，也取决于不可遏止地涌动着的强大的生命情感和生命意志。这样，通往终极价值的台阶就是布满危险的，它将让平庸的赌徒完蛋。

作为一个追求其伟大性的作家，终极信仰正是他作品的伟大性的标志。文学不能径直说出这种信仰，但它将被赋予一种辉煌的气质，使所有的灵魂在它里面得到安息。

空心人和没劲的一代，正在危及当代文学的根基。批评是一条坚韧的鞭子，它必须不断抽打那些垂死的意志，把它们从衰竭的恋母情结里驱赶出来，交给他们义无返顾的勇气。批评应当把文学的视线引向终极的事物，引向一个至高无上的信念。我不指望所有的作家都参与到这个文学的自我清洗运动中来，正如我不指望那些伪批评家会从批评职业中退出一样。但我仍然确信，大危机将使平庸和低劣者彻底湮灭。从他们的精神尸骸上会站起几个真正不朽的人格，把心完好地交还给文学。在冥想之中，我亲见了这一隆重的节日。

中篇

燃烧与迷津

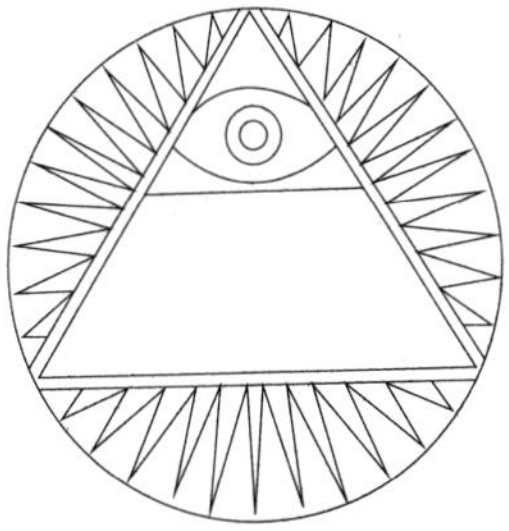

燃烧的迷津

我所面对的文化（无论它是种族的还是世界的）充满着对诗歌的各种误解。诗并不像人们确信的那么重要，它不是什么“种族的触角”。

边缘的景观

在一个贫瘠的年代里，诗人有什么用呢？

——荷尔德林

我所面对的文化（无论它是种族的还是世界的）充满着对诗歌的各种误解。诗并不像人们确信的那么重要，它不是什么“种族的触角”。相反，它有时候不过是种族的宣泄物而已，然而正是那种对诗歌的过高估价导致了某个运动的诞生。

一切询问和回答“诗是什么”之类问题的企图，无论它来自艾兹拉·庞德，还是托玛斯·艾略特，都是毫无意义的。我们只须问“诗人是什么东西”或者“人为什么写诗”就足够了。只有这类问题能够帮助我们了解大陆先锋运动的真相。

在东亚大陆的汉语言区域内，几千年来簇拥着无数写诗的人，其中包括乡村教师、落魄文人、商贩、寺僧、庄园主、各级文官和他们的幕僚、宫廷大臣、皇帝的妃子以及皇帝本人，等等。隐士的茅舍和君王的香气四溢的御花园，都是诗人的摇篮。他们寄生在韵文的芬芳里，像虱子寄生于美人的云鬓。这是教养和学识的面具，入仕的门，托付情思与抱负的箱笼。作为汉文化的真正内核，它的功能向存在的领域全面开放。

把人的存在蕴入文化，这个奇怪的生命战略，决定了现代前卫诗歌的面貌。在它的针尖上挤攘着各式各样的亚文化积极分子、机会主义者、野心家、政客、自由主义者、退役士兵和神经官能症患者。他们指望诗歌成为：意识形态隐喻系统、荣誉证章、痛苦转泄疗法、智力开发玩具。各种复杂的生存意图向一个容积有限的文本倾倒，使诗歌变成一个庞大的亚文化肿瘤。而诗人的大规模增殖，则成为现今时代最古怪的公害和噪声源。

◎ 今天派：绞架与秋千

诗歌是一种聒噪，或者说，诗导源于旋律性的哭泣，在昏黄的光线里，生者抚摸着死者残留的笑容，唱出最后的悲伤。那些死亡仪式中的古老声音，教会了我们如何处理灵魂的疼痛。在富于节律和音韵的聒噪里，隐匿起了抗议、詈骂、呻吟、哀恳和心灵破碎的响声。然而还有一种完全隐秘的聒噪，即躯体四肢和器官的仪式。越过黑暗的空间，一枚食指①悄悄移动和摸索着，说出无言的愤怒。

其实，反叛的语言已经存在很久了。它们被录制在诗歌文体中，像短促急切的暗号、口令、咒语和思想索引，封存于秘密的墙洞，等候一个抽象的希望。这是觉醒者与国家之间的信仰冷战，其中隐匿着对未来结局的模糊信念。有的“诗人”因在1976年纪念周恩来的活动中露出“反骨”而遭到监禁，但另一些更有耐性的人则继续佯傻，用“万岁”的聒噪掩饰敌意的眼神和手指。然后，在他们认为适宜的时候，迅速集结起来，组成“今天派”的小型教团。作为一种汉诗刊物的英语名称，“今天”（“TODAY”）的含义不言而喻。“今天派”是从乌托邦内部崛起的感伤主义者和教士，他们行进在诗歌的废墟上；而他们的诗则像先知的文告，对今天的岁月实行宣判，命令它死亡，而后唱出对于新祖国及其人民的玫瑰祝祷，把我们的视线引领到未来的崇高事物上去。北岛的怀疑主义教义因其拒斥的坚定性而成为英

---

① 食指：诗人名，大陆前卫诗歌运动的第一位出征者。

雄主义的变种，以致强化了这一包含在诗歌仪式中的美学信念。

毫无疑问，那种来自“文革”的压力是不可能迅速消解的，“凡是派”们声色俱厉，不肯修正敌视诗歌的立场，并且继续制造新的“诗歌罪”来考察诗人的勇气。这是某种时代的特征：由一些受过迫害的诗人转而迫害年轻的诗人；一些昨日的“右派”成为新左派；腐败的美学原则碾压新的原则。

然而那些受难的诗人，他们因此有福了。高指数的反诗歌压力是峻切的床、黑暗的巢，从中涌现出大量语义暧昧而形式精致的意象，以表达一种难以言喻的痛楚经验。这是先锋诗歌运动的苦难的灵魂，夹在意象的骨架里。在被言语的皮肤包装后，它就被推入绞架，从那里接受来自全体人民的鄙夷或敬意。正是绞架而非别的什么事物塑造了“今天派”的英雄形象。绞架像阴郁的光环，吸引了一切信仰或不信仰诗歌的香客。

难道我危言耸听了吗？其实人们完全可以把绞架看作一个用以嬉戏的秋千，并没有哪位“今天派”诗人像闻一多那样怒不可遏地死去。他们仅仅被过度热情地关怀了一下。当所有误解消除之后，他们就开始快乐地生活，写一些佐餐的句子，偶尔也聚会，纪念过去的峥嵘岁月。

“今天派”的迅速老化，完全导源于意识形态某个时期的自我调节和进化。光一旦衰减，痛苦灵魂的影像便消失了。只有演员，在继续维持一个反叛的姿势，为荣誉和奖金而勤奋工作。

◎ 寻根派：重温中国

黄皮肤文化和黄色意识形态，最终填补了大步离我们而去的父的空缺，这就是种族历史传统、《易经》、庄禅、深不可测的河流与高山。其中，皮肤包容着古老的眼泪，而《周易》则是符号的魔具，投放形而上的价值幻想。太极和道，这些拥有无限深度的建筑，用来庇护那些饱受惊吓的灵魂，是最合适不过了。

恸哭的灵魂、孤苦无助的羔羊、被严厉的父驱赶出来的孩童，如果他们离开国家神话转而求助于种族神话，那是十分自然的事情。在所有邻近的事物中，只有种族是不朽的，它炼气和游戏，安详地度过一切生命危机。像悬吊在古希腊木桶里的西彼拉老妪，拥有沙砾般永恒的生命，唯忘却了向神明祈求青春。它同时被衰老和永生这两种法则所支配。在腐败到足够的尺度时，时间就终止了，判处它不死亡，并赋予它一个无限枯朽的精神容貌。

母的永生，意味着大量古老经验的贮存，那些世故的微笑、智性的尘土，像灰烬一样，在诗人的脚底睡眠，以等待激情的风。这是种族意识形态的根基，曾催动了唐诗宋词的生长和繁殖，现在又使"寻根者"醉生梦死，然而我们有什么依据认定，我们所掌握的先人的道，不是历代经学家卑鄙训诂和篡改的结果？或者，我们有什么必要去拥抱一个被帝国没落时期的风尚所代替了的赝伪传统？

只有一个理由迫使诗人皈依和投降，那就是它的亲切性。在一个普遍寻求形而上母亲的心灵颓废的时代，诗人除了躺在符号摇篮里回忆祖先的原始业绩外，完全无所事事。这是发生于杨炼和整体主义者之间的新宗教运动：扮演先知，讲述有关东方"空间"或"磁心"的神话，煽动一揽子的种族信念，并对日常经验世界怀有仇恨。但正是这些摇篮激情具备了强大的社会整合功能，它把那些被父伤害了的零散个体再度召回到了乌托邦的旗帜下。

◎ 市民派：井底嬉戏者

舞蹈群众、狂欢群众，以及各式各样的抒情群众，在诗歌吟唱传统中聚集起来，环绕种族意象的圣火游行。这毕竟损伤了所谓"新个人主义者"的脆弱情感。后者其实是土生土长于半工业城市的小群体主义者和麻将群众，靠诗歌与游戏建立起亲密的圈子，养成了小人物的灰色温情。他们在怀疑种族神话和英雄美学的同时，向一切平庸的事物妥协，成为加入市民意识形态的新阶层。

这就是我曾经描述过的“鸟人”，他们在日常戏剧中心安理得地扮演低贱的角色，却坚持制造有关幸福的骗局，以慰藉怯意丛生的灵魂。其中，《他们》杂志，一个用第三人称复数命名的诗歌趣味的文本，记录了大量与市民促膝谈心的口语片断，对市民禅宗（从匮乏无聊的市民生活中搜寻生命乐趣）的建构，有特别重大的意义。这是在灰色光线笼罩下所发生的事件，即对生活态度、对艺术态度的取代和僭替，它的犬儒主义哲学最终消解了诗歌至上的神话。

市民意识形态的胜利，以及种族意识形态所显示的某种力量，构成了对先锋诗歌运动的真正威胁，它们强大而隐秘，像尘埃一样无所不在，同时拥有亲切凡近的表情。这种软性技术足以瓦解最激进的反叛意志。另一方面，在激情、信念和想象力尽悉湮灭的时刻，只有猥琐的日常经验和语言“尴尬”地剩下，然而它们居然成为构筑市民诗歌的新颖材料，被惊奇的批评家所误读，疑为一个先锋诗学时代的降临。

◎ 仿写派：销魂的时刻

上述情形还不是先锋诗歌运动最令人恐惧的背景。先锋艺术能够容忍或欢迎一切反先锋的事物，却无法容忍那些更先锋的势力。在黑暗的风景里，月亮的意义昭然若揭。因此，它有足够的理由敌视太阳和所有更为明亮的物体。目光犀利的诗人看见，灵魂不朽的异邦大师，越过无限高远的世界事实的门槛，停留在上帝或道里，像一片眩目的不可企及的闪电。

这种来自西方意识形态的压力，判定了我们爬行的命运，以及中国先锋诗歌在世界文学史中的微末名次。乌龟的悲愤就是这样被点燃的，它决计细致地模仿对手的气质、言词和面貌，甚至企图径直像兔子一样疾走，逾越种族的界限，抵达诺贝尔奖的有限高度。这是一场被预设了结局的赛跑，其中混杂着谦卑的敬意和虚妄的野心，从中滋养出某种史无前例的无耻性：面不改色地仿写大师和一切现代经典的汉语译本。其中的差异仅在于像或不像、指明或不指明那些辉煌的出处。

识破仿写法则、识破先锋语汇的欧美词根和掩映在弟子身影后的导师头像，这其实并不重要。因为那种以艾略特、里尔克、聂鲁达、埃利蒂斯、帕斯捷尔纳克为姓的先知，那种具有无可辩驳的伟大信念与不可言说的高贵气质的人，那种在痛不欲生的悲伤中蔑视一切的歌者，是不可复制的。但这一事实无法取消摹仿的权利。在世界史的遥远的开端，鹦鹉摹仿了人的聒噪，而人则试图摹仿上帝的完美。

那么，从日常市民经验和乌托邦废墟逃亡而出的人们，他们所经历的，便同样不是一种生命对另一生命的尖锐感动，而仅是一种语言对另一语言的精密临摹。那种精神的形式或灵魂的签名，从大师的光辉里跃出，成为二手大师做梦的源泉。正是这一状况塑造了大量以文本为生的人：寄宿于某个语言母本，吃和用它，并在掏空之后转向下一个母本；也正是由这种文本的人塑造了大量伪造的杰作，它们拥有广博的历史、深邃的概念和宏大的结构，却唯独没有内在燃烧的激情。一旦大师把手从诗歌里抽开，他们就停止存在。

这是生长于黑暗风景中的四种不同的事物，被各种意识形态的灯具所照明，形成先锋诗歌运动外缘的古怪轮廓，用以戏弄批评家的目光，使他们隐入深深的感动。然而这些坐在信念瓦砾间恸哭的孩子，这些向着种族的根部飘落的树叶，这些为提高生活质量而辛勤操劳的人们，这些大师外部特征的副本，不是真葡萄树。在某种意义上，他们仅仅是通向先锋实体或中心的陡峭台阶，从阴暗的乌托邦废墟底部伸出，像幸存的舌头，匆忙报道着当代诗歌精神的伟大复兴。

迷津里的博弈者

诗歌现存格局已经揭露了生存处境的真相。种族是一个超验的母乌托邦，它的全部价值通过无数子乌托邦——圣朝而现世化。在时间的向度里，圣朝辗转更替，盛衰有常，使历史的质点不均匀地分布，这就是汉、唐、宋、元的序列产生的原因。这些伟大的圣朝、东方的奇迹，像花朵一样依次盛放和枯萎，从我们身边经过，走向一个漫长故事的最后终结。在一个圣朝和另一个圣朝之间，是一些黑暗的迷津和荒凉的渡口，使来自旧圣朝的逃亡者迷失。

迷津事物或迷津空间，隐匿了大量的死路和迂道，大量的危难与死亡，以及大量的秘密价值和生命契机。迷津是多种统计单位的人（个体、团体、种族和人类）所必须经历的关隘和门，使生命获得无限众多的前景。然而，只有真正的大师才掌握了逾越它的线索，并进而抵达辉煌的彼岸。那些精神平庸的蝼蚁、赌徒和市民，在所有的时代都是迷津的囚徒，对他们而言，迷津既是摇篮，又是墓床。

处在迷津里的人和处在圣朝里的人是全然不同的。圣朝里的人。像李白和苏轼，被盛大的气象所感动，诗句明亮，犹如晶莹的器皿，陈放着来自形而上的太阳的光辉。迷津里的人，像李商隐和曹雪芹，是从圣朝的枯枝上飞走的夜枭，在没有光源接引的津渡悲怆地啼唏，说出对个人或种族的无限惑疑。

迷津处境和迷津心情，是先锋诗歌运动的全部精神起点。来自旧圣朝的逃亡者，最初具有狐疑的品质，在“我不相信”的聒噪中向迷津惘然行进，随后便失去了辨认价值方向的一切机能，成为纯粹的迷者。这是被“朦胧”的字词吞没的人，失掉存在尺度的人，或者说，是被“多元”面具掩饰着的无元的人，面对各种险恶的门而不知所措的人，等等。正是这种迷妄性使之能够被市井（日常生活迷津）、旧圣朝（历史迷津）和西方经典（语言迷津）轻易地劫持，并带往虚假的彼岸。杨炼与周易八卦的亲密关系，是先锋诗人在迷津中陷落的一个最初的证词。

那些曾经同迷津搏斗并且被打败的人，他们的经验写在诗句里，像分布在岔口的死亡标记和箴言，使来者得以规避。在这个意义上，先锋是率先殉道的人，前仆后继地喊出福音，然后被时间迅速抹除，但这里并不排除出现某些因机遇而接近真理的人的可能。他们迂回地越过沉没的津筏、被诗句的封条打过叉的门道，以及前驱者怨气冲天的遗骸，逼近那个唯一和最高的实在。

一个我所看到的先锋运动的核心，其中至少包含了三种彼此不同的类型：抒情诗人、强力诗人和玄学诗人。尽管他们的言词仍然残留着各种伪化（尤其是仿写）的迹象，但他们却已经停泊在离真正的门最近的处所。福音就这样怜爱地击中了他们，使他们的容貌变得明亮起来。

从前驱者倒下的地方起步，向未来的事物眺望，这无异于一群跛者获得了飞翔的能力。什么是跛者或完美的人？这个问题很难确切地给予回答。审视一个诗人，指望他像神祇那样，同时具备质朴纯真的热烈情感、实现伟大信念的强悍意志和无限深邃的洞见力，是不可能的。天才的完整灵魂，像陨石一样下降人间，在荒凉无言的大陆上跌碎了，破裂成一些次等的心灵，他们仅仅据有某一方面的特殊秉赋，借此沿着诗歌的凄凉道路缓缓前进。

◎ 抒情诗人：白昼与黑夜的对话

诗人大都心灵脆弱、秉性忧伤。在一个道德普遍沦丧的时代，抒情正在变得不合时宜起来，并注定将遭受嘲笑和冷遇。那么，许多早期的抒情歌手，他们被迫放弃自己的权利，就成了值得怜悯的事情。在迷津的诸多罪恶中，抒情是最严重的一种，因为它向我们指明了抒情者的无用性。通过语言的舞蹈，人被判处与苦痛迷离的经验共存，像尘封于往事的囚徒。

几乎没有什么人敢于无视这种流行的反抒情原则。李亚伟和万夏，这些具有优良抒情气质的歌者，一方面在欣喜若狂或痛不欲生的经验中浮沉，发出灵魂的狂乱反响；一方面又嘲笑这种情感，把它们隐匿到反讽、戏谑和粗鄙的“莽汉”面具之后。这种自我伤害的结果，不是抒情要素的消解，而是一系列从热抒情到冷抒情、软抒情到硬抒情的风格剧变。因此，除非“反抒情”反对的是诗歌自身，否则它就只能被理解为某种“反面的抒情活动”，即在一个自我悖反的语言结构里保持内在抒情的本质。

这其实就是针对旧圣朝的没有信念与出路的情感，被困在硬化的表情里，像冰冷而硕大的石像，接受来自大学反叛青年的仿效。而尽管这种使人面目全非的硬度，损害了诗歌在处理个人经验方面的弹性，它仍然显示出反叛的力度，因为它是拒斥历史现状的，并且最终结束了用哭泣和撒娇的方式表达怒气的时代。

由于“莽汉”们的沉痛嚎叫，某种抒情原则获得适度的保存。然后，由另一些抒情诗人在新向度上加以展开。而这样做的前提是放弃对阴郁境遇的直接感受，把孤寂的心灵投入梦幻，用典雅的言词再塑抒情空间和抒情对象。柏桦、陈东东，有时是才华横溢的海子，无限落寞地前往逝去的圣朝，凭吊凋谢的事物，同质朴的人民或早夭的诗人对话，倾听一种被时间湮灭了的亲切的语言。古代的风景清澄明亮，像浮现于迷津空气中的海市蜃楼，使做梦者在这个限度内获得幸福。

远离实存世界以祈求想象的价值，这完全是新浪漫主义的立场。既然诗人无法修改他的境遇，那么他除了向过去时态的光辉嬉游之外，还能做些什么呢？也许只有女人能够在莽汉主义和新浪漫主义之间找到第三种抒情道路：被实存本身的力量所震撼，同时又蔑视语言反讽的面具。这就是翟永明，坚持在尘世的阴影里爬行。迷津气质像噩梦一样印盖在她的感官上，使之成为内在迷乱的人。灵魂恐惧而欣喜地穿行于身体的迷津、血的深谷，以便同一个叫作“静安庄”的外在迷津会合，用黑夜激情去开辟存在的神秘道路。

在某种意义上，翟永明接近了我所企盼的类型：保持存在的激情、批判的勇气和对迷津苦痛的敏感。但她的迷乱性破坏了语言的制作，使之具有一个同样紊杂的面貌。郑单衣正是在这点上使我释然。一个完全无名的诗人，执拗地向生命情感的深度大步推进，企图达到现代批判精神和古典抒情气质、难以压抑的激愤和异常纯净的语象、永恒的爱的价值和世俗生活题材之间的内在和谐。这是先锋运动在抒情样式上所显示的令人鼓舞的迹象，它使一个文本匮乏的时代出现了某种变化的契机。

◎ 强力诗人：愤怒的旗帜

抒情者，有时是怨恨的人，但基本上是忧伤的人，赞颂生命和净化死亡的人，面对挫败顾影自怜的人。我不指望他们会维持一个抗争的脸庞，反复喊出愤世嫉俗和尖锐刺耳的声音。抒情，其实就是企图最终忘掉丑恶的经验，并在温柔的骗局里永远居住下去。而某些拒绝居住的人，则继续守望着旧圣朝的庞大阴影和迷津里的可疑事物，怒气冲天地书写关于种族或人类文化的死刑判决。

这些嚣张的顽童、愤怒的青年，正是我所说过的强力诗人，从一个单纯的阳具激动开始，向极度的欲望飞跃，成为语言恐怖主义者、殴打现存文化秩序的暴徒。他们依靠仇恨的力量在世上行走，企图用屁股颠覆头脑，用蛮化消灭文化，用肉体意识打击精神意识，用字词的暴力推翻乌托邦的永恒统治。所有这些操作法则构成了形而上的“怒”的最激进的形式。

怒的问题，也即从抒情体系中分离出来的破坏性意志的问题，它意味着人与境遇在所有方面的决裂。怒是心灵对自身的奴隶形态的极端感受，是“心”与“奴”之间的紧张对话，它包含了大量占有或摧毁的愿望。然而从“怒”里走出来的人，或是我们称之为“怒者”的人，却是无法一言蔽之的。有一种怒者，像屈原，是撒娇的人，为着某种国家关怀或个人荣耀严肃地活着，并因得不到它们而趋于最激烈的撒娇：写诗或自杀。

在怒的严肃性方面，廖亦武是屈原线上的人，这个浑身杀气的武士，原先是脆弱的抒情者，由于愤怒向着胆边生长，获得了义无反顾的勇气，并拥有一个被仇恨烧灼得粗鄙不堪的语言相貌。正是从这种脸庞上长出难以名状的舌头和牙齿，咬遍外在的事物，也咬自己的球，在自虐与他虐、自渎与他渎之间痛苦欲裂地挣扎，把自我逼入毫无指望的绝境。《巨匠》—《黄城》—《死城》，如同一个在愈演愈烈的亵渎中不断向内旋紧的刀架，绞杀着信念残剩的心灵，而诗人的身体却不能及时地死去，无法响应关于自我和旧圣朝（“城”）双重空无的学说。

毫无疑问，我此刻正在谈论一个无论反叛的力度还是宽度都力图达到某种极致的人，但他却仍要求助于嘴的神话，并相信“亵渎”这个事件本身所具有的力量，只有走向游戏的怒者，或只有试图取消生活严肃性的怒者，才能摆脱这一困境。张小波声称，诗人应当学习死亡，这一劝诫是意味深长的。死亡，也即自杀，就是在征服与占有的强力操作中自我抽空，越过亵渎的限度，用寂灭对抗被确证为毫无价值的存在。于是，头上隐然现出双角的反叛者，同时用肉与灵两支笔“瞎涂”世界，在疯狂的享乐游戏中耗竭，最后被旧圣朝劫持，栖身黑暗的囚室，并屈从于他曾经蔑视过的事物。游戏通过一个荒谬的结局取消了怒的主体，是谁预见到这一令人疼痛的图景？我想正是张小波本人。愤怒的嘴从空气里消失，只有眼与耳像葵花一样旋转生长，收集来自内心或栅栏外的稀薄物象。

作为迷津里的赌徒，游戏者必须在赌博规则的支配下进行个人冒险，用目标和程序的理性设计而非怒气去推动反叛的事业，从而获得必要的力度。但迷津的门无限增殖，其中只有一扇能够把我们引向奇迹，张小波因此心力交瘁地坐在完全空无的门的背后。而这就是他的罪孽：被美丽的事物迷惑和出卖，成为惨败的人。这同“非非主义者”的命运构成了对比。他们用知的光线探测或猜想迷津，劝服诗人结束无谓的冒险，以还原主义方法向一个超验和形而上的“前文化”结构皈依。

“非非”可以翻译成“不不”、“达达”、“乒乒”或“乓乓”等自我否定和自我映射的字词，据说它来自蓝马或周伦佑的一次神秘梦启，以致这个亚文化运动从一开始就笼罩着“盆地妄想症”的谵妄气氛。由于它在诗歌的还原实验方面的失败，“非非”的核心人物所扮演的，主要不是诗人角色。在更精密的意义上，他们是一些狂热的文化游戏分子，迷恋于取消文化和清洗语言的理论野心，用“非非辞典”制造大规模的语词动乱，并指望在文化之外建立新乌托邦的强大秩序。

这就是“非非意识形态”，它既敌视语言又热衷于制造术语，既拥戴逻辑又屈从于悖论，既反叛文化规范又企图组织起更强大的暴政，既狂妄又天真，既执著又戏谑，既“非非”又“是是”。所有这些极度分裂的气质塑造了“非非主义”，使它拥有一个不合时宜的可笑面貌。

但比起先锋诗界的诸多弱点，“非非”的过失又算得了什么？它无非是某个在各种压迫中，尽其所能地反抗的结果。从诗歌的针尖上向无限阔大的文化哲学作亡命的一跃，以期逾越“还原”走廊逃向“非非”神话，这在一个戕害人性的境遇里，难道不是一种令人心碎的努力么！

◎ 玄学诗人：智者之瓮

被极度分裂的欲望引离诗歌，其代价是否昂贵，这不是我要验证的东西。我的全部疑问在于，谁在诗歌经验领域内洞悉了时代精神的本性？强力诗人，被愤怒所驱役，敌视一切存在，急于利用语词亵渎并推翻世界，借此向自身的狂热意志致敬。那么，它就最终勾销了包括所有存在者的全部经验对象，使描述迷津或圣朝的内在格局的愿望破损。

玄学诗人承担了这个使命。对此我并不感到奇怪。在种族事务的顶端，“慧”的射线洞照了存在的阴影和津渡上的迷雾，企图揭露被它们隐匿的价值线索；“慧”也促成了语言的苏生，再度赐予它“逻各斯”（道）的神圣地位，并把诗人导入事物的本质和一个光辉的形式。这两种操作是内在合一的：思想和语言、智慧和纹样，从一个脆弱的心灵出发，获得无限幽远的洞见力。“玄”就是衡量“慧”所能达到的空间深度的最高标尺；“玄”是起点，也是终点，它叙述了诗人卷入迷津并与之搏斗的全部历程。

正如一切思想都导源于某种启蒙操作那样，玄学诗人必须求助于一个外在的导师来推动他的事业，而此人将明澈地了解人类迷津的全部细节。这就是博尔赫斯，在他所指点的概念和语言向度上，中国当代作家茁壮成长。显然，所有受惠于博尔赫斯的诗人中，牛波的学业是出类拔萃的。这个迷恋二度空间的画家，企图用语言说出第三度空间的热烈意义。于是“迷宫”，一个从博尔赫斯的概念里援引而来的事物，便因着它同我们生命境遇的内在吻合，成为玄学诗人的不朽母题。

这无疑是把博尔赫斯主义同中国具体实践相结合的重要典范。作为“迷津”的高度欧洲化的称谓，“迷宫”为走投无路的信念过客下了定义。迷宫滋育了那些在它里面玄想的人，动员着他们的全部辨识智力和突围激情。牛波看到，那些互相平行的事物、崛起的山体、充满各种语言复本和词典的图书馆、关押囚犯的“功德林”监狱，是“迷宫”投射在现世幕布上的影像。他不能拒绝这样一种迷人而悲伤的图画。因为最终是他自己制作了大量语义的“迷宫”，使无数渴望从中获得情感慰藉的伪读者陷落。他是捕鼠机里警醒的猎物，也是安装捕鼠机的人，在思想的午夜辛勤地狩猎。

但“迷宫”意象和迷宫人物，不过是某种静止在现在时态里的三度空间而已，它注定没有时间的入口和出口。只有迷津才是四度的，朝着过去和未来幽怨地开放，成为连接旧圣朝与新圣朝的唯一通道。退出“迷宫”，从一个更阔大的视界里探究事物的形态和因缘，欧阳江河就比牛波说出了更多的猜想。这是一种可怕的经验，描述“乌托邦”和“空中家园”等各种圣朝的故事，还有“父”的严厉统治和“家园”的漂移走失，精致的推究式的思辨言辞，尽其所能地触摸着对象的残酷细节，像一只温良可笑的家鼠，敬畏地触摸猫的爪子，以估量它的哲学意义。

这里肯定包含着某种来自“神圣言语”本身的力量。玄学诗人，在某种意义上就是崇拜语言的人，相信好的言辞能够裁决一切的人，以及企图利用字词驾驭存在的人。所有这些信念赋予欧阳江河一个英雄主义的容貌，自负地谈论“我来了，我看见，我说出”的恺撒大帝式的箴言。巨大的迷津就这样被轻易地打开了，像“玻璃”一样无限浅显而清晰，“慧”的闪电毫无障碍地在其间穿行，直抵事物的秘密核心。

在透明法则中眺望人类的事务，并因其语言的有力性而体验到征服者的荣耀，这种经历为诗人提供了进入新家园的重大线索。迷恋家室的人，以符码为床，以意象为衾，反抗着迷津的恐怖或混乱气质，他与其说是一个流浪者，不如说是一动不动的人，躺在语言的神话里死去活来，以致成为丧失行动性的瘫者。宋琳是这方面的例证：被存在的痛苦吓得目瞪口呆，拒绝起床，用睡眠去模仿死亡，让浑身上下都散发出慵懒的气味，同时又固执地等候福音，抑或某个有关“革命”的指令，并迅速成为一个新人，以书写卓然独步的诗篇。

然而，更多的中国青年知识分子，正在拥有奥勃洛莫夫式的不朽灵魂，这不仅是一种推测，而且是一个犀利的事实。人要么像西西弗那样坚定地做着完全无效的事务，要么拒绝一切操作，以躺的姿势在世，成为长眠的人。诗人支持后一种策略。他抚摸受伤的膝盖，停栖于身体的深处，用取消行动来取消失败。这就是人全部快乐的源泉，超越迷津的命运之上，静观那些偷渡者、迷途者或溺毙者的悲惨结局。于是，绝望的人或是大梦先觉的智者，他们从出售勇气和愤怒的交易中，摄取了无限短暂的幸福。

不妨让我们一起来回忆柏桦《在清朝》所提供的场景：牛羊无事，百姓下棋，饮酒落花，风和日丽，山水画面臻于完美，建筑弄得古色古香，闲适和理想越来越深，而后哲学如雨，风筝遍地……这种古老帝国弥留时刻的伟大安祥，正是滋生玄学或不玄学诗人颓懒风骨的摇篮。人民无所事事，怠惰成性。诗歌是闲暇产业，诗人为迷津时间和迷津日历所惑，在寂静的岁月里无尽地休眠，时而说出颓废的梦呓。

许多玄学诗人的最后本性正在显露。肉体的怠懒和灵魂的活跃，这两个方面同时达到激进的程度。他们是时间诗人，在岁月里驻足，失却一切愤怒，用预言结束生死循环，凌越于一切与空间有关的征服、权力意志和强大激情之上，一动不动地向时间尽头漂移。玄学诗人竭力引领着这种普遍慵懒的罪恶，而实际上是被这种罪恶所驱役，成为时间民族走向黑暗的永恒的先锋卒子。

然而并没有什么人走出了迷津。无论是用心抒情的人，用屁股造反的人，还是用头脑玄想的人，这些传说中的英雄，迄今为止仍然在各种歧路上奋勇前进，离弃着一个真正伟大的历史目标。也正是这些神色坚毅或弛惰的向导，被自己经历的路线所迷惑。绝对迷津（变量1，又称客观迷津）加上迷者的胡乱行走（变量2，又称主观迷津），构成了不可破解的相对迷津，像两条内外缠绕的线段，续织出无数价值死结，使全部的信念探险活动瓦解。

走出迷津

◎ 相对主义：价值的遁词

先锋诗歌运动的全部优劣是在一个严酷的时代被命定的。大数量的劣质人口和四分五裂的信念格局，像黑暗的涌流，为诗人利用诗歌满足革命的愿望提供了腐败的根基。绝望者们组织各种诗歌互助团体，高举不屈的旗帜，编印粗糙或精美的地下诗歌读物，喊出咄咄逼人的美学宣言，使人间充满动乱和预言的气息。

这一由无数小型公社构成的诗歌运动，在1986年发育成庞大的形态。徐敬亚策划新诗大展的消息是史无前例的福音，在其感召之下，诗歌爱好者的零散个体匆忙集结起来，自我命名和赶制宣言，使“流派”数量急剧扩张到六十余种。复合的灵魂们簇拥在两张八开报纸上，用破碎的口号和诗歌残片撰写了作为运动的诗歌革命的重大新闻。

运动，这个词正是我们理解先锋诗歌意义的逻辑起点。由公共传播媒体所推荐的群体行为就像欲望的潮汐，在无比痛楚的月光下涨落，发出摇撼人心的呼啸。运动是火的花瓣、成群结队的牙齿、由密集点阵集合成的宏观图像，只有从一个浩大的立场出发，才能舍弃它的细枝末节，洞察作为整体和过程的辽阔意义。时间之手的介入，注销了一切单个诗人及其文本的独立意义，把它们改变成转瞬即逝然而赏心悦目的泡沫，为某个巨大的涌流服务。

那么，一次描述了运动轮廓的“大展”，受到来自官方和民间的双重攻击，就是十分自然的事情。因为其中最有力的指责，恰好指涉了参与“大展”的文本的低劣性。这正是“文本美学”的传统立场——愤怒于一切不能奉献出硕鱼的潮汐。这种渔夫信条无疑损害了对先锋运动及其展出事物的评判。先锋诗歌的主要形态绝不是字词文本，字词的意义附庸于操作，它必须在录制了运动的明亮律动之后才闪烁出微弱的光辉。同样，只有在先锋运动的尽头，才可能出现经典诗篇和大师的身影。

然而真正严重的威胁不是来自对文本的负责，相反，它来自某种颂扬。运动的迷乱气质诱惑了好心肠的观察家，并为相对主义美学提供了实证。宣称诗歌向度的多元特性，或用无数细碎和相互平行的价值单元，肢解那个唯一的价值之王，这就是空间相对主义的罪恶，它杜撰了关于迷津消失的神话。无数五官残缺的头颅（元）在迷津里疾走，判定所有岔道和死路的值皆为真值，足以把人们准确无误地引向新圣朝的乐园。这样，迷津就首先在心理上而不是在实际上失去了效用，从危机四伏的猜想空间转换成了各种真理命题的汇集。

用多元主义学说迎合迷者摆脱迷津的痛切愿望，或者劝慰所有被时间进程遗弃的诗人，这显然是众神时代的精神特性。无限众多的神灵在人的四周舞蹈，掌管每一条秘密路径。一个神就是一个向导或一架路标。在这样的时代，真理俯拾皆是。它不需要我竭力探寻，而只须随便挑选一下就够了。在一个咒语、一声祈祷、一段旋律性哭泣或歌唱性吟诵之后，神就应召而至，向我出示浩大无边的幸福。

让我们回过来阅读书写在那些“流派”旗帜上的宣言吧。我要援引“撒娇派”的例子，它清晰地表明了一群愤怒的学生是如何用“撒娇”把自己从无望的怒气中解放出来的。“撒娇”是饱受屈辱的心灵所采用的奇怪的抗议方式，它起初满含着对反叛的思念，而最终则趋向于意志的自我消解。可以断言，撒娇的人企图推荐一种策略，即通过自我弱化和自我颓废来嘲笑一个早已失去慈爱与关怀的母体。而这种嘲笑在击中了种族母体的冷酷面容之后，也沉重地回击了嘲笑者自身，把他们同样推入迷津中最阴冷的囚室。

撒娇的或不撒娇的，这些受到多元主义者热切关注的诗歌原则，已经组成当代多神教的庞杂格局，并且正驾驭着诸多脆弱的心灵。只要它们所发出的聒噪不妨碍我倾听一个最高的声音，它们就有充分的存在理由。但多元状态并不一定就是民主和自由精神的结果。恰恰相反，多元主义往往为拒绝猜想真理提供遁词，使人们屈从于一些鸡零狗碎的事物，以取消对本初或终极价值的探险活动。

时间相对主义，或是我称其为“代替主义”的某种学说，修理了多元主义的这一立场。用“第三代”或“第四代”自我命名的人，他们坚信高序数的“代”比低序数的“代”拥有更多的生命优势，并指望一种青年文化能在“代”的更替原则支配下，获得统驭世界的权能。这其实就是天真进化论，把诗歌发展归结为一些较少占用岁月的肉体，借此显示对于一切未来价值的信任和对一切过去价值的不信任。

然而，时间的展开抹掉了“代替主义”的有限信念。时间神向我宣布：既然所有子代都是对它的上代的反叛或更正，那么它们就具有完全同等的价值，因为它们各自实现了其生命阶段的使命。我注意到了时间逻辑的这一特点，它把“代替主义”转换成“阶段理论”，确信每一时期的诗歌都是该历史段落的最好显现，或者说，它就是自身完美性的唯一尺度。而这种向所有时间产品胁肩谄笑的态度，正是古往今来一切文学史家所坚持的立场。

◎ 绝望主义：上帝的弃儿卡夫卡

相对主义批评的零度眼界，使诗歌处在丧失自身伟大信念的危机之中，每个口号、宣言、“流派”和“代”，都毫无例外地沉浸于自足的快乐，完全无视内在或外在的超越。只要它聒噪并使语言生效，它就是一个光辉的价值，足以维系住一种临时的声望。这些嗡嗡小组，像这个社会的生产和消费系统一样，不幸参与到了迅速生息的时髦循环之中，验证了“后现代主义”的异化事实。

从急促紧张的诗歌活动中建立起来的基础价值体系，是我所能企盼到的最好的货色。基础价值，也就是商业社会的精神法则，蕴含着用货币和消费数值去评判文化的机能，它把诗歌变成了表达浅薄欲望的波普艺术。一个波普诗人就是一个市场偶像，用日常语言垃圾拼贴诗歌，在大学校园以及朗诵会上拍卖，博取青年公众的狂热喝彩，然后就被迅速遗忘，隐入下一座偶像的硕大阴影中。面对这种图景，诗歌文本的增值和贬值都是不可避免的。

在中间价值方面，除少数抒情诗人继续从事对情感伦理及其情爱命题的羞怯探讨之外，我没有看到任何新的进展。所以我只能再度回顾一下北岛同杨炼的对话。这也就是黑夜激情与白昼激情的问答，回响于“今天派”诞生和死亡的短暂岁月之间。北岛在此扮演着一个苍白的鬼魂，说出“我不相信”的著名台词。杨炼（也许还应包括江河）则是索魂的使者，他必须解答这个质疑，将信念引渡到种族意识形态领域中去，借此完成对中间价值的重建。

它使“今天派”的文化反抗变得愈来愈没有危险，并被迫加入一场旷日持久的后卫战争，以应付来自激进诗人的攻击，尽管如此，我也不能回避这样一个事实，即所有那些用过即扔或无限衰老的价值，仍然是价值的某种形态。正是它们的存在激发了我的批判意识。

一个真正的空无，出现在终极价值的层面上，这是必定无疑的。拥戴众多低劣的价值神明，意味着对最高真理的舍弃。在卡夫卡、艾略特和毕加索的邀请下，中国先锋艺术家向荒原、毛虫和稻草人的状态飞跃，从灵魂的一切隙缝里清除生命信仰的残余，竭力要成为完全虚无的人、虔诚地去厌烦的人以及卑微到了非凡地步的人，等等。于是，这些自我藐视的人，就最终藐视了包括上帝在内的一切神明。

但只有当我开始痛恨卡夫卡时，我才明澈地意识到，这个人是真正的迷津，在激烈的较量中，已被中国游戏文化所劫持和修理，变成他自身的陌生人与僭伪者。作为一场悲剧性演出，卡夫卡的替身对中国先锋诗人说出不容置辩的旨意，命令他们和上帝的信念一起完蛋，而他的真身却在欧洲的墓地里为他与神的契约而永恒缄默。艾略特或毕加索，是卡夫卡的兄弟。

契约，它是卡夫卡家族的秘密吗？这些从神明的梦境里分离出来的心灵，从一个虫子的卑贱角度推开上帝，而事实上只是被上帝所推开，像推开空气和灰尘。卡夫卡无非就是那种具有足够洞见力的人，透彻于被终极真理悬置和遗弃的状态，然后用破裂的语言写下绝望的证词，这便是契约：作为世界现象和世界经验的缔造者，只有上帝有权决定谁将获得或不获得他的恩宠，人的德行和祈祷根本不能影响上帝的意志。 而所有这些严酷法则都来源于基督新教的教义：上帝无限地行动着，人的意义则仅限于接受。

把虫的形貌及其内在卑贱性作为上帝的悲惨礼物接受下来，是人所能做的唯一的事情，了解这点耗费了人类几个世纪的时间。 正是在这个意义上，卡夫卡成为历史上最奇怪的先知，一方面像虫那样爬行，一方面却说出神的声音。 而基于极度的绝望和无奈，卡夫卡没有直截了当地喊上帝的名。 这就是他的罪孽：以一堆阴郁寓言去迷惑东方的游戏者。 只有艾略特偶尔动用了基督教的语法：“主啊，我毫无用处！ 主啊，我毫无用处!”

这样的痛苦欲裂的言词，旨在说明某种人与神明的迷津关系，却拥有一个祈祷的句式。 它显示了绝望的笃信者的双重特性：确信那个最高的实在，同时对自身的命运无限悲恸。 这是被终极真理废黜的人的必然下场。 据我所知，绝望就是对终极事物进行关怀之后的极端反响。 在“卡夫卡们”的极度沮丧的灵魂里，永远蕴含着某个不可企及和难以言说的信念。 一种被上帝遗弃的绝望，被诬指为一个“上帝死了”的消息，而引发出普遍的信仰崩溃，其结果是大量真正低贱的虫性人格的滋生。 一个名头响亮的先锋诗人就是一条毛虫，蜷缩在他的意念深处，用诗歌的茧套把自己封存起来，拒斥一切价值的光亮。 中国游戏精神推进了这个颓废化运动。 因为游戏消除了伟大和微渺的差异，游戏也塑造了适意而快乐的虫子，为一个卑下的存在状态低吟浅唱。

虫性而没有痛苦，这才是所有罪恶中最深重的部分。 这两个要素的叠加，构筑了“东方后现代主义”模式：第一，坚持语言-情感的二重游戏；第二，用游戏消解痛苦，或维持某种低度的痛苦；第三，消除一切价值深度；第四，孜孜不倦地探寻日常生活的琐碎意义，用日常经验取代艺术经验；第五，保持潇洒、安详、闲适和恬淡的演出风度。这同卡夫卡的立场形成尖锐的对比。一个被虫的经验压垮的人，却依然不懈地坚持对日常生活的峻切批判，用孱弱的躯体尽其可能地负载和贮存痛楚，从而在最后的时刻发出震撼灵魂的呻吟。

◎ 本质主义：重建精神圣殿

一种敢于绝望的浩然勇气，如果它不能导致终极的幸福，那么它至少也能导致某个终极的痛苦，使人有了唯一值得活下去的理由。在败坏的世界里，诗人被强烈要求着他的超越性。痛苦像闪电一样照亮了他的头部，为他指明向上离开迷津的途径。由于痛苦是诗人的触角，诗人才得以成为“种族的触角”，充当盲眼者的向导，对准一个原初和本体的事物飞跃。

于是我就既触及到现存诗歌制度的基础匮缺，也触及了它的未来发展向度。先锋诗人从古典浪漫主义的云端里坠落尘寰，现在要重新回到上面去，越过一切古典的或“新批评”的高度，获得对最高天体的盛大占有。而这就是终极的诗：从它的文本里迸发出对人的精神存在和语言存在的极度关怀。这种关怀达到如此专注的地步，乃至诗人超出了迷津的命运，诞生与死亡的时间循环，以及一切与此相关的焦虑和恐惧，沐浴于以“上帝”命名的新圣朝的光辉之中。

“上帝”是一个谜语，有基督教和非基督教的无穷尽的解。在今天，这一概念会遭到致命的误读，被偷换成与思想奴隶有关的皈依仪式。但上帝的本性在于，它是启动人的伟大信念和终极关注的契机。或者说，它是显现在人类梦境中的最明亮的景观。一旦我们不再做梦，上帝就动身离去。对人而言，上帝没有什么危险性，并且完全无需我的屈从和臣服。相反，它不过是人类事务的最高目标的一个普遍象征。如果放弃这种隐喻性陈述，我甚至连思考都不能进行。上帝是一个词根，人什么时候中断说话和写诗，它就什么时候终止自身的存在。

写诗说话的人，从猜想"上帝"这个谜语出发，向终极的诗大步推进，然后在瓦莱里的所谓"纯诗"那里停栖下来，环绕它热烈地舞蹈和生活，唱还原主义的最后礼赞。这其实就是用语言表达对语言的膜拜。在"纯诗"的澄明领域，语言和受其支配的整个感觉系统僭越了终极价值的权能。它正好显示出形式的巨大力量，诗人与这种力量一起命名和塑造着世界事实。这就像《创世纪》中的耶和华神，先"说"事物的名，随后才出现宇宙的诸多意象、结构和幸福。

那种纯化的和不提供任何意识形态信息的艺术，是企及终极的诗的巨大的门，先锋诗人在这里云集，练习说话的技能，推敲语词间的各种关系，还原俚语、译语和各种语言的魅力，以及穷尽形式法则所能容忍的一切实验。前赴后继的人，践踏着北岛和杨炼的尸骸蜂拥而入，从这个形式主义的英雄队列中，崛现出宋琳、欧阳江河、柏桦和郑单衣的身影，他们是修葺玻璃城堡的工匠，沉溺于语言玻璃的透明而有限的世界，被它冰冷的火焰与光线所震慑。而这里蕴含着一个深刻的限定：坚持自身澄明的事物，不仅排斥杂质，而且也拒不收留内在精神性和一切本质经验。

宋琳和欧阳江河洞悉了这个原理。他们在这一限度内写作，同时探讨某些小规模突围的可能。更多的人则在字词的深处睡眠或打坐，到处弥漫着语言暴政带来的凶戾和卑顺的气味。这是语言原罪所带来的悲惨结局。神圣语言（逻各斯）缔造和握住了人，而这就是它的工具。语言利用人达到它自我完善的伟大目标。历史中的个体、可怜的肉身、僵硬的舌头，皆被许诺以各种未来的名声，而一旦他们衰老得不能说话，就遭到神圣语言的抛弃，成为一文不名的人。

正是在这样的尺度中，人们鄙视一切哑巴，确信失语症的可悲和聒噪的热烈意义。语言统治无所不在，像罪恶之手，操纵人的存在，并迫使那些思想者就范。只有沉默的人，坚持不懈地用个人冥想和静虑去抵制语言，削弱着它的权能。尽管如此，某种内在的语言仍然是不可拒斥的。那么，除了认定一个硕大的语言事实及其权威性之外，我们是否还有别的更重要的话要说?

语言，它不过是思想的前夜而已。越过“纯诗”之门，一种难以言喻的精神正在降临。它与其说是一种实在，不如说是一种辉煌的气质和信念，支持着人的全部写作事业。孤寂的面孔、不朽的悲伤、无畏的义愤、博大的仁慈、深不可测的意念等，这些属性的总和构成了语言里面的东西。神圣语言注定要去迎接这种伟大精神，并与之汇合，共同开创文学和世界的苦难面貌。这样，我就为所谓“终极的诗”的概念找到了最模糊的界定。

我们丝毫不缺乏语言。或者说，在收集了各种语言发展的向度之后，先锋诗人面临着内在精神性的不在场。我们缺乏的正是这个东西。而全部的拯救都取决于对存在的最高意义上的关怀。人无限行动着，上帝则仅仅接受。那么，凭借难以抑制的激情、征服世界的意志和洞悉真理的智慧，一个大质量的心灵将最终抓住他所眷注的终极价值，使以往所有的喧闹都成为赝品。

先锋诗歌运动和终极的诗，这是一个事物的两个极点，中间分隔着广阔的迷津。令人惊骇的是，中国诗人已在其中迷乱地奔走了将近一个世纪，并且看来还要继续奔走下去。但我无意在此援引那些悲怆的事实，而是要为结束这种精神苦难探求一种出路。

这其实就是在吞噬信念的时间的威胁下，逼近一个难以名状的希望，也就是在燃烧的迷津里，收集灵魂的火焰以烙写最高的信念文本。时间之神注视并裁决着这一切。它是初者，也是终者。

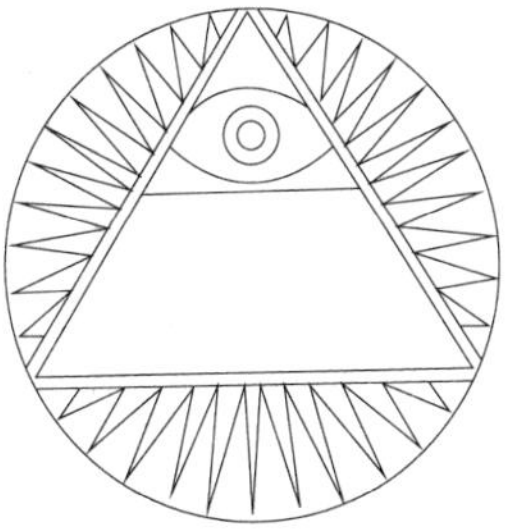

缅怀浪漫主义

在最古老的年代，一个浪漫主义者就是一个真理的颂扬者，他越过无数的山峦和部落，把消息传递给所有沉浸在痴愚的笑意中的人群。 而后，我们看到了一次巨大的骚乱和觉醒。

反对浪漫主义

浪漫主义是一个陈旧而悲怆的事实。

我们不用花费太多力气就能够看出，浪漫主义的现代消解是历史的某种定数。除西方世界沉浸于后现代主义的时代精神之外，中国当代文学坚定地置弃着这样一种不合时宜的情调或风格，在某种意义上，东方比西方更冷酷地打击了浪漫主义。如果说美国每年出版一千种以上的长篇科幻小说，那么我们的公众则拒绝一切提供新的想象经验的文本，这种针对浪漫主义的抵触姿态，导源于对“大跃进”或“文革”时代的国家浪漫主义的痛楚回忆。

公众的上述态度无疑构成了作家的写作律法。一方面是反浪漫主义甚嚣尘上，一方面是小市民现实主义的云蒸霞蔚，文学景象从总体上说就是如此。如果对此进行条分缕析，我们将可以看到，中国当代文学在消解浪漫主义诸多要素上是何等彻底。在小市民现实主义作品中，人们热衷于用市民的清淡温情取代浪漫主义的内在生命激情；用世俗的琐碎经验取代对新世界的想象性塑造；用入世的随波逐流的亲切态度取代批判社会和颂扬自然的反抗立场；用平庸和无意义的事件取代对生命本体的暗示与象征；最后，用卑下猥琐的小市民（小乡民）气质去取代英雄主义和对终极价值的崇高企望。所有这些都使全部文学事实变得黯淡而平庸起来。

市民理性，这是支配时下走俏作家头脑的最核心的事物，它要求我们消除一切与浪漫主义有关的因素，还原为没有自我和个性的人，这是一种危险的意识形态，或者说是意识形态中最颓废的部分。市民理性充满了市民功利主义和务实主义的人生信条，而实际上则显示了人类日常生活中最没有生气和最卑贱的操作态度，而它竟然还要成为一种诗歌或小说美学，通过大众传播媒体，对公众进行毒害。

然而，从这样一个黯淡的风景出发，我们也可以看到，浪漫主义精神事实上并未完全泯灭，它仅仅转入了其他领域而已。例如，在全民“大练气功”的热烈潮流中，气功浪漫主义明亮地涌现了，对气功的想象力发育到令人吃惊的地步，气功激情勃然发动，古代或中世纪的奇迹大量复兴，各种“气功英雄”被竞相传颂。这一情形，很像是某种气功泛神论的呈现：在采集和修习“气”的过程中，神明降临了，它与“气”合二而一，给予危机状态的人们以令人惊异的拯救。

在气功浪漫主义方面，我们看到了柯云路的小说《大气功师》和大量与之相似的长篇“纪实文学”，它们对“英雄”和“奇迹”给予了罕见的热烈颂扬和描述，更重要的是，它们还给定了一个有关这个民族的辉煌的未来。

我现在还无法对气功浪漫主义作品作出准确和充分的估价，但有一点是可以肯定的：那些市民读者正给予这样的浪漫主义最热情的欢迎。因为这可以弥补市民现实主义的缺陷，并给毫无生气的平庸生活注入一种诡秘的色彩。此外，我坚持认为，市民现实主义和气功浪漫主义是同一事物的两个方面，它们都受到市民精神的滋养与浇灌，并最终都向市民文化圈作出亲切的投奔。

使我深感惊异的是，一种纯正的浪漫主义精神，竟然会隐藏在台港武侠小说的市俗衣裾之后。这几乎是不可思议的。起初，它闪现于古龙中期和晚期的作品中，闪现于那些孤寂的“欢乐英雄”的豪情之中，闪现于饱含生命激情的刀光与杀气之中，闪现于生存与死亡的转换瞬间。随后，它进入温瑞安的世界，并急速上升到诗学的高度。温瑞安，这是迄今为止大陆以外的最重要的当代小说家，他的“四大名捕”系列几乎包含了经典浪漫主义的全部要素：英雄的孤寂性，生命的内在觉醒和生命激情的洋溢，对于死亡的赞颂，豪情与感伤主义的充分融合，以及从每一个字词中涌出的诗情画意。

这是对古龙的人本主义英雄美学的有力推进。大量的几乎是不可破解的死亡危机，织成了诡异壮丽的网络。人被逼入毫无指望的困境，然后，他以最灿烂、最明亮和最眩目的方式纵身飞跃，陷入更严峻的危机，而后，再跃起，奔蹈、腾扑、击杀和再陷入……就在这些连续不断的生存危机和奇迹中，一个真正的英雄诞生了，他要向一切丑恶和暴虐的制度作出有力的宣战。越过悲痛愤懑的剑气，这个人还说出了他对于人类和新世界的最热切的希望。

耐人寻味的是，在后工业社会中，一种伟大的气质或精神必须借助大众认同的形式才能残存下去，或者说，必须受到货币和金融系统的赞助，也就是受到浪漫主义的真正敌人的支持。而在大陆农业社会，浪漫主义香火将凭借什么才能长明？

对这个问题的回答是不可规避的。诗人海子说，我躲进了上帝的羽翼下。这是一个当代大陆罕见的浪漫主义者的解答。这个孤独的人，在北京的宅院深处沉思着存在的形而上意义，然后，用一次卧轨行为来结束这种沉思。但他还是留下了大量的诗篇，或者说，大量不朽的心灵的火焰，他要用这些字词来召回一个湮灭了的时代。

海子的重要性在于，他第一次用浪漫主义语言说出了对于最高本体的终极关怀。越过那些忧伤而明亮的希腊景象，那些质朴而阴郁的黄河风情，那些兄弟姐妹的旖旎柔肠，他直截了当地向上苍发出了呼告。这是一种怎样的呼告啊，痛切到了喘不过气来的地步。它是罕见的力度、浑浊而粗鲁的气质和对于宗教真理的强烈关切的结合，意象坚定地跳跃前行，“所指”暧昧不清，思想杂乱无章地涌现，仿佛灵魂已急不可待，说出断断续续的真诚的渴望。

长诗《土地》是这样一种心情的代表。他把“饥饿”升华成了造化和梦想的巨兽，驮负诗歌高傲地飞行。但饥饿同时也吞噬了贫困的人民，他们被埋葬在不结果实的土地上，带着恬淡的笑容踅入诗人的梦里。然而，重要的不是个别意象的语义，而是从他的全体字词中跃出的激情，它像一束明亮的光线，照耀了事物的核心。生命情感和生命意志痛切地诉说着不如意的境况，向神（终极价值的指代）发出含糊不清的呼告，血和智慧从诗行的平面上混杂着生长，以怀疑主义的残剩心情爬向上帝的宝座。

这是我们面对的市民现实主义统治时代中最好的福音。那些粗俗低贱的市民诗歌、灰色小说以及从西方文本中盗取灵感的文学摹本，在它的打击下，是必定要溃退的。海子是一个路标，孤寂地竖立于广阔的迷津中。在这里，我不想预言他所开辟的事业，我只想回溯一下他以前的历史事件。这是至关重要的。在反传统的口号震耳欲聋时，我已经开始了这种回忆，它描述着人类某种伟大心灵的发育和生长的道路，而最终，它要告诉我们有关中国文学的全部未来。

进入浪漫主义

在海子躺卧的轨道上，我看见了一辆巨大的机车，穿过黑暗的时代，驶向最遥远的过去。这是浪漫主义的机车，奔行在西方和东方两条铁轨上。它掠过20世纪30年代的小罗曼蒂克者的匆忙身影，掠过郭沫若和李金发的脆弱书卷，把我载回安徒生、雪莱和惠特曼的岁月。在北欧阴郁而寒冷的车站，安徒生的容貌明亮地浮现了。这个用鹅毛笔写作童话的人，是浪漫主义史上最伟大的歌者之一，所有的孩童和成人都在倾听他。在宇宙亘古不息的大雪里，他用隽永的故事点燃了人类的壁炉。

我是那么严峻地注意到了这点。在我黯淡的童年里，正是他的讲述和音调拯救了我的心情。用那些有限的、细小的语言火柴，他还照亮着每个生命的头顶，使我们看见了奇迹，看见那些奇迹像流星、雨露和瀑布一样降临。更重要的是，我们还能够看到奇迹是如何被阻止的。这通常是令人痛楚的，因为这阻止了我们的愿望。然而安徒生出示了一个最令人惊讶的奇迹：只有他能够在阻止奇迹的同时使我们忧伤而不失望。是的，当卖火柴的小女孩儿在雪夜里长眠时，或者，当海的女儿丢弃了刀具、融解在海洋和天空的泡沫中时，我们多么忧伤！

这无疑是一种语言的奇迹。它向儿童揭示了黑夜的属性，却没有伤害他们的信念。美丽的风景，纯净的树林和海洋，拥有人类儿童的天真目光的动物，善良的老单身汉和长着芬芳头发的女孩，它们是塑造生命信念的最初的火焰。而后，在安徒生的童话的光线里，雪莱腼腆地出现了。这个面容过于姣好的男人是羞怯的，但他的诗句却那么坚硬，激扬着金属般的回声，成为经典浪漫主义时代不朽的旗帜。

越过安徒生的忧伤心情，以及越过所有来自华兹华斯、拉马丁、缪塞和拜伦的忧伤心情，雪莱卓然独立。他的诗句如同他的头发一样燃烧：像普罗米修斯身后的巨大岩石，发出天崩地裂的轰鸣。雪莱说："我要解放那个盗火的人。"然后，他就派遣他的全部强大诗句去解放他。

这其实就是一次人间情感、尊严和自由的解放运动，颓废的美学，连同"基督教的古志和严酷的形式"被"捣成泥土"。必须向人们指出雪莱的上述针对保罗主义神学和天主教会的全部反叛的意义。这个人正是普罗米修斯的永恒灵魂的化身，他要成为人以及全部属性的不屈的守护者。于是，从对朱庇特的嘲笑和轻蔑中，我们嗅到了藐视神明的浓烈气味。

雪莱，或者从雪莱以前的伟大的弥尔顿开始，诗歌精神开始了与形而上本体分离的过程。这一下降的过程最初是必要的，而它以后却导致了诗歌精神的现代消解。诗歌匍匐于污浊的泥淖中，丧失掉它的全部光辉、明亮以及对于心灵的映照机能。一个快乐、自由和放纵的普罗米修斯，竟然被资本主义的糖衣炮弹击中，最终受缚于后现代主义的更严厉的锁链。

我无意在此指责弥尔顿和雪莱，这不是他们的过失。恰恰相反，我注意到，尤其在弥尔顿的诗句里，神性的光辉如此充溢，笼罩住这个反叛的思想家的高贵头颅。《失乐园》和《复乐园》，隐喻着人类与终极真理的分离与重合的完美进程。这与其说是弥尔顿的浪漫主义气质的弥漫，不如说是他的内在（自我）神性和外在（宇宙）神性的一次宏大拥抱。这个英雄洞见了宇宙的最后本体。

沿着弥尔顿的有力手臂所指引的方向，我们听到了但丁在中世纪最后时刻的呼告。无限谦卑而虔诚的心灵，从对一个女童的永恒恋情出发，登上了至高无上的阶梯，径直走进“上帝”里面，走进无限光明与欢乐的最高天体。弥尔顿是“看见”，而但丁是“走进”。他坚定地越过地狱和净界，也就是越过一切“在下面”的事物，越过全部的惊眩、恐惧、忧伤和悲痛，越过肉体与灵魂的种种魔障。弥尔顿描述《圣经》故事，但丁则记录了他的思想之旅。这其实也就是人类所能企及和走越的全部心灵空间。从地狱的最深处，到天堂的最深处，那条垂直的道路是奇迹中的奇迹，除了但丁，没有任何一个诗人和战士能够开辟出如此非凡的景象。

诗篇，这是我们缅怀浪漫主义先驱的最重要的文献。在书写着《神曲》的羊皮卷的边缘，西方的轨迹黯淡了，东方的轨迹明亮起来。我们看到了住在各个王朝的衰败楼宇里的不朽诗人，用狼毛笔书写着浪漫主义的汉语文本。那些用棉絮和毛竹纤维制成的薄纸，在蛀虫和岁月的咬啮下，已经成为毫无意义的碎片，然而诗篇却存留下来，像寺庙里的佛灯，映亮着无数昏暗的人群及其面庞。

漫长的诗人队列，拥有着彼此相似的“市俗浪漫主义”的动人容貌，据此与西方世界的“神学浪漫主义”进行着无言的对抗。我们听见的是一种宏伟的合唱，在豪放派的激越旋律后面，婉约派发出了柔和感伤的和声，无数著名的姓氏支撑着这个庞大的美学集团。

我不想在这里谈论李白——一个耳熟能详的名字，这个人的浪漫主义精神，与其说弥散在他的诗歌里，毋宁说停栖在他的生命风度中。他是谦逊的，他把浪漫主义的桂冠移交给了李贺，而后，飞扬高蹈着走进民间的传说。

李贺，中国浪漫主义诗歌的巅峰，他的语言和意象过于高峻，使一切批评家难以望其项背，而他的生命是那么短暂，刚刚照亮了唐朝的诗坛，就急促地陨灭，同时，留下了最奇诡壮丽的诗篇。他的生命的长度和他诗歌的高度构成了如此强烈的反差，以致他在一些小册子作家的手下成了“畸人”，也就是古怪的人、不可思议的人和逾越了古典伦理规范的人。这从反面验证了他的重要性。他本身就是一个出乎意料的奇迹。他只是没有风度而已。

李贺与李白的最大区别在于，前者是一个无比痛楚的人，而后者则恰好相反。李贺的痛楚来自他的病弱的肉体和无望的灵魂。他在这种痛楚的深渊里打滚，从战栗的舌头上滚出诡异的诗句，说出对于时间和人生短促的惊骇和惧怕。而另一方面，他又显示了对物理世界的空前绝后的敏感性，这正是他不久将要放弃的那个实在的世界。 它的质地、色泽、重量、裂纹、气味和声响，穿过砚台的影像被他轻灵精微地握住，像握住他即将长辞的世界。 甚至连新小说派也不能达到他对于物体及其物体内在生命的触握深度。 而后，通过这样一种痛楚的触握，他把汉诗语言推进到李白根本无法企及的眩目境界。

这并不意味着，用粗疏或质朴语言写作的人值得我们蔑视。有时候，一种质朴的语言暗示了诗人心灵的质朴性，陶渊明是这方面的范例，一方面浪漫，一方面质朴。 他用自己的伟大心灵统一美学中不相容的事物，并借此开辟着通向乌托邦的道路。 桃花源的景象是令人难忘的，它直接指涉了所有中国浪漫主义者所回避的事物，而这正是浪漫主义的真正核心。 穿越桃花构成的墙垣，时间的河流把我们引向过去的世界。 构成这个世界的要求是如此简单：田野、阡陌、屋舍、鸡犬、农夫、老人与儿童，他用这些字词概括了乌托邦里的全部事物。 而当他退出后，他无法再度进入：迷津阻止了他。

我注意到了这种隐喻的意义。 陶渊明用一个破坏性的结构反对了弥尔顿的理想。 它不是从失乐园到复乐园的过程，而是从得乐园到失乐园的过程，它构成了一个比弥尔顿主义更深刻的反转的镜像。

令我惊异的还有，这个无法进入的乌托邦并未使我们绝望，它最多只能使我们为之忧伤和怅惘而已。 这不仅是一个叙述技巧的问题，而且显示了浪漫主义的情感本性。 在陶渊明看来，我们企及或不能企及乌托邦，它完全取决于几率和统计学的因素。这就为信念的生长提供了脆弱的理由。

正是这样的信念鼓舞了陶渊明的寒伧的田园生活——一个乌托邦的次等摹本。 关于乌托邦，陶仅仅进入了一次，而关于它的摹本，陶则倾注了最大量的言辞和激情。 他的喜悦和他的悲痛像稻菽一样从田园的土地生长，而最终，喜悦瓦解了，剩下的只有永久的悲痛。

乌托邦的现世化，或浪漫主义字词的实存化，是浪漫主义精神的最严酷的敌人。历史上所有类似的努力都注定要归于失败。我们企望用手指抓住它，而我们却抓住了一个虚空，就在这样的深刻的失望中，浪漫主义精神从我们的心灵中消退了，像消退的洪水，而后，露出了光裸的、一无所有的大地。

那么，世俗浪漫主义的弱点已经显示出来了，除非他放弃一切实用主义的念头，也就是放弃在头脑之外还要用全部肉身去占有奇迹的渴望。陶渊明没有意识到这点，所以他注定要接受贫困的苦难。然而伟大性保证了他以一个隐士的姿态坚定地生活着，履行他向自己做出的承诺。正是这种坚定的生活召回了浪漫主义信念。从阴郁寒冷的病榻上，陶用悲愤的声音唱出了对于复仇者荆轲和精卫的颂扬。

这是何等熟识的声音！它曾经如此澎湃地涌现于屈原的吟唱之中，像一条怒气冲天的字词的河流，去淹没一切敌对的事物。屈原，这个人是一切愤怒的渊源，而后，一种亚洲型的明亮事物从中有力地闪现了，这就是被历代儒者诬指为爱国浪漫主义的伟大诗歌精神。

甄别这点是至关重要的。汉代的儒者，那些利用注疏和训诂从事文化阴谋活动的人，企图在“阐释”中扭转古代史的性质。屈原是其中用以篡改先秦浪漫精神的学术核心。假如他被修补成符合儒家教义的伦理英雄，那么该教义将获得更有力的传播。由于这一缘故，汉朝成了阐释灾难大规模发生的年代。

要清洗掉涂抹于屈原肖像上的汉代颜料，其方式是非常简单的：首先，彻底忘却有关此人的全部历史评价；其次，像对待一个无名诗人那样诵读他的作品。

所有的屈原研究者都在有意忽略和遗漏下列事实：对历史上

的反叛者的追忆与颂扬，是这个人的诗歌写作的基本母题。推翻夏启的“五子”、弑杀后羿的寒浞、抗灭夏桀的成汤、兴师问罪的文王，上述著名叛臣的姓氏与事业，受到屈原如此热烈的眷顾，以至成为反复吟唱的对象。

在反叛者的名册中，伍子胥是至关重要的。这个楚国最杰出的复仇者，因全家遭到楚平王的杀戮而逃往东方，成为吴国的重臣，并率吴兵打回祖国，将已故国王的尸身掘出，痛挞三百。对于犯有如此滔天罪愆的叛徒，屈原居然明确声称，他要追随其后以了遂自己的心愿（《悲回风》：“从子胥而自适”）。且问，他何以要追随此人？他有什么难以言喻的心愿？

我想特别指出“端午节”的原初语义。“端”就是平反与昭雪之意；“午”就是“伍”的通假字；“端午节”，就是人民用以昭雪伍子胥的日辰。而令人吃惊的是，这个属于伍子胥的纪念日最终却被屈原的阔大身影所掩替。这种情景在人类庆典史上是罕见的。只有一种假说能够理性地解释这一现象，那就是“同构叠加”：一个更有力的反叛者的历史映像将覆盖住与之同构的其他映象。

屈原的反叛性，可能导源于一个众所周知的原因：他的政治事务的受挫和惨遭贬谪。他沉痛的目光看到忠臣接与、桑扈、比干和介子推的悲剧结局。他甚至警醒地指明，像申徒狄那样因屡谏君王而不被纳听，最后抱石自沉以明心志，是毫无益处的（《悲回风》：“悲申徒之抗迹，骤谏君而不听兮，任重石之何益！”）。这是一个贰臣所能达到的较高觉悟。

然而，如果把屈原的悲愤仅仅限定于一个臣子对昏聩统治者的抱怨，那就大错特错了。屈原是一个真正的国王，这构成了他全部痛楚与愤怒的根源。政治失败迫使他转向诗歌，转向一个可以用隐喻语言来寄托宏大野心的场所。

让我们来倾听一下屈原对自己名字的注解吧。他声称自己名叫“正则”、“灵均”，这显然是一个双层字谜游戏。人们已注意到“正则”（“公正”）里隐含着“平”字，而“灵均”（灵开混沌）里隐含着“原”字，等等。但是，这组字谜还有更重要的一层解答：“正则”和“灵均”就是要求这个人去匡正（“正”）世界的法则（“则”），以及像神灵那样支配（“灵”）循环生息的大地（“均”）。这既是一个丧失权柄的旧部落领袖对他的男婴的期待，也预示出这个婴孩在以后的年代里所拥有的宏大野心。

正是这种不可遏止地燃烧的野心，支持着屈原的全部浪漫主义写作与吟咏进程。在《九歌》和《离骚》中，他反复地描述自己与众神（东皇太一、云中君、大司命等等）会晤或交往的豪华场面。他梦想自己像周穆王那样出巡西方，直抵昆仑，去访问西王母之邦，有九千辆马车簇拥着他，像簇拥着人间最高贵的君王。他还要乘龙驾鸾，在壮丽的天庭遨游，向日神、雪神、风神和云神颁布敕令，并且追逐洛神、宓妃、湘夫人和少司命，向她们表达热烈的爱慕。这样一种对神性血统及其力量的自我鉴定，难道仅仅是某种“楚地民歌风格”影响的结果么？

在中国诗歌史上，没有人（包括李白）能够像屈原那样显示出非凡的王性，对时间与空间的征服性以及野心受挫后的愤怒。然而，在给予了屈原以诸多赞美之后，我不能隐瞒这样一个令人难堪的事实，即屈原的人格是高度分裂的。这个人同时拥有王者与仆人、奸臣与忠臣的四重特性（也许还应包括他对彭咸——巫隐传统的向往）。他像一个马不停蹄地改换着角色的悲剧演员，在不同的台词里呈现不同的面貌（当然它们不是面具，而是复杂心灵的直接映射）。他甚至能够在从事高贵的反叛与征服事业的同时，保持一个饱受委曲的忠实臣仆的卑顺气味。他是那么尽心竭力地表白着自己对于国王的无限忠诚，信誓旦旦，到了令人发笑的地步（见《九章·惜颂》）。

这就像马克思在浪漫主义者歌德身上所洞察到的那样，屈原，有时非常伟大，有时极其渺小；有时是叛逆或征服世界的天才，有时则是一个竭力守护住摇摇欲坠的昏聩统治的庸人。自杀（或谋杀）结束了他的这种紊乱的浪漫主义气质，却开始了关于这个人的真相的永恒争论。如同读者所看到的，我不想加入这种争论，我只想结束它们。

猜想浪漫主义

以屈原、陶渊明为代表的世俗浪漫主义，和以但丁、弥尔顿为代表的神学浪漫主义，这就是我们所面对的浪漫主义传统的核心部分，而在历史的尽头，或者说，在历史开始的遥远边缘，原始的宗教浪漫主义闪烁着微弱而神秘的光辉。那些不朽的传说，从残破的碑石、泥版、铜鼎和竹简中浮现出来，诉说着世界真理的诸多细节。我注意到远古神话的这个特征。浪漫主义，它是真理最初（也许还是最完美）的表达形式。

世界真理，也就是有关世界的诞生、动力、材料、构造与历史的准确消息，隐藏在宇宙的阔大景象之中，像来自星辰的光线，可以被我们模糊地感知，却不能被我们握住。然而，从缄默无语的人群中，一个浪漫主义的头颅发出了永不停息的追问：我们是谁？我们从哪里来？我们到哪里去？而后，这种追问扩大到了太阳、月球和整个宇宙。只有浪漫主义者才可能发出这样的形而上追问，只有他们才可能凭借这种追问握住世界真理的温暖灵魂。屈原的《天问》，不过是对他的浪漫祖先的一次诗学摹仿而已，但这已经足以击中那些巨大的消息。

另一方面，也只有浪漫主义者才能够保存他们所掌握的世界真理。只有他们能够提供形而上的壮丽容器，以包装真理的难以言喻的属性。这里，我们看到了浪漫主义所拥有的代码系统的有为性。从湿婆、梵天、努特和盘古的伟岸身影中，世界真理实现了它在人间的逻辑转换。

神话首先阐释了真理，而后才运载它们，并在必要的时候重新对它们进行新的追问和猜想。

浪漫主义与真理的这种关系是耐人寻味的，它要消除一切关于浪漫主义的历史偏见。在最古老的年代，一个浪漫主义者就是一个真理的颂扬者，他越过无数的山峦和部落，把消息传递给所有沉浸在痴愚的笑意中的人群。而后，我们看到了一次巨大的骚乱和觉醒。

在某种意义上，那最初的浪漫主义者正是上帝本人。当他对天堂的景象厌倦了之后，就投入到了对人间乌托邦的热烈制造之中。上帝甚至是一个真正的诗人。据《旧约》记载，“创世记”就是他用语词说出想象的乌托邦诗篇。

> 神说:“要有光。”
> 神说:“诸水之间要有空气,将水分为上下。”
> 神说:“天下的水要聚在一处,使旱地露出来。”
> 神说:“天上要有光体,可以分昼夜、作记号……”
> 神说:“水要多多滋生有生命的物。”
> 神说:“地上要生出活物来,各从其类。”
> 神说:“我们要照着我们的形象,按照我们的样式造人。”
> ……

这是真正的吟诵诗篇的过程。在上帝的字词溅落的地点，乌托邦明亮地崛起了，这是不可阻挡的，而从上帝的乌托邦里诞生的人类，难道能够回避摇篮所赋予它的这一属性么？乌托邦的子孙们，携带着浪漫主义的天赋秉性，携带着对于真理和未来的全部猜想，携带着诸多瑰丽的意象与故事，从上帝的乐园出发，向我们走来。我们目睹了这些，就像目睹那些难以言喻的苦难一样。只要我们不放弃受难的权利，我们就应当响应这种亘古长青的号召。

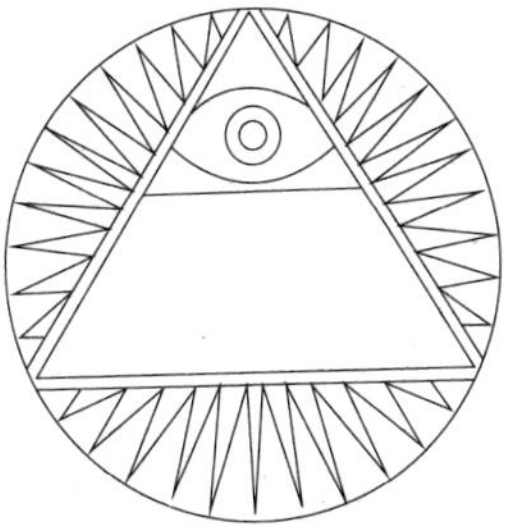

先知之门

“诸神之夜何其黑暗啊！”海子如是说。

“午夜，我重是黑暗，重是万象。”骆一禾如是说。

世界的午夜

亚洲的灯笼
亚洲苦难的灯笼
亚洲宝石的灯笼

——骆一禾

由于海德格尔的“世界之夜”（海德格尔：《诗、语言、思》，彭富春译，文化艺术出版社版）的隐喻，对人类生存图景的陈述已经变得异常悲痛。从一个日常生活的经验跃起，它企及着人类存在的全部特点。这样的景色话语，向着所有的种族的时间无限敞开。

“从‘三位一体’（赫拉克勒斯、狄奥尼修斯和基督）远离了世界，世界之时的夜晚已趋向其夜半。世界之夜弥漫着黑暗。”以上简单的言说包含着历史和现存的双重消息。它反对了福音，把人逼入绝望主义的哲学深渊。

那么，理解这种言说的内在机制，就变得异常重要起来。“三位一体”时代，也许还应包括查拉图士特拉、佛陀和老子的东方三位一体，正是价值大爆炸的时刻。从上古文明的天真中心，悲壮意识、拯救宗教和启蒙哲学，凶猛、激烈、突如其来、不可阻遏地爆炸了，由此产生着至今仍支配我们的所有的巨大精神元素。这爆炸发生于公元前600—公元前500年之间，它把世界有力地推向宇宙的黑暗边缘，而爆炸后的外推拉出了历史现时间。我们生活于这次爆炸的遥远后果之中，也就是飘浮在它的碎片之间，面朝爆炸的明亮中心，而身已难以置信地隐入黑暗。我们迅疾退行，置身于碎片。或者说，我们自身就是巨大碎片的细小碎片。

这已经先验地规定了人的趋暗本性和对于中心爆炸之乡的永恒缅怀。在向着世界边缘的飞行之中，人不断远离光亮和深入黑暗，尖利的呼啸、惊慌的心情、死亡的景象，不可逆转的方向，所有这些事端触发了海德格尔的诗意言说。不仅如此。

“诸神之夜何其黑暗啊!”海子如是说。“午夜，我重是黑暗，重是万象。”骆一禾如是说。

“重是黑暗”，这“重”乃是“多重”与“复叠”。黑暗被黑暗所复叠，这情形可通过三种时间序列加以验证。我们所在的时间场所，是以下三个午夜的互相叠加：种族大衰退的午夜：世纪尾声的午夜；第二千纪行将残尽的午夜。这也就是种族生命周期，世界百年周期和世界千年周期在此刻的汇合。三种时间之暗，复叠于一个短暂的十年（1990—1999）。

罕见的三重午夜，超出了海德格尔所目击到的深度，它降临在这里，向我们喊出夜的无限深渊、夜的无限时间。目击者说，我置于暗所，故我是一个暗者。这是从思辨的角度来接纳黑暗，并承认一种午夜居民的身份。目击者，那些曾经彼此交谈过黑暗的人们，借此开辟更犀利的目击事业。

在由时间复叠起来的黑暗之中，暗作为它的本性大量涌现着，以宣称明的不在场，这就是暴力之暗、恶行之暗、迷津之暗和谎语之暗在世界之夜的集合，它们构成了海子与骆一禾的诞生背景。

暴力之暗，指称着海德格尔以来的世界的诸多残酷性。大规模的政治屠杀，针对心灵的意识形态清洗，对个人精神信念的垄断、以及对于弱者的普遍压迫，这还仅仅是国际残酷生活的一部分。更隐蔽的暴力，散落于日常的后现代关系之中，也就是隐匿于商业和金融的秘密战争里。残酷性，就是人被迫卷入一种彻底佚脱人文主义关怀的生存。

我的人民坐在水边
只剩下泪水、耻辱和仇恨

——海子

一种这样的暗的经验引发着人的恶性之暗。由于终极价值及其相关伦理体系的沦丧，人间道德面貌阴沉起来。在利益的末日再分配运动中，贪婪的心情和眼神篡改了人，赋予他们难以想象的无耻性，这就是丧失了道德制约后的极度放纵，以便尽其可能地占有权力和财富的有限实体。

在所有的黑暗事物中，恶行与暴力无疑是最引人注目的，相反，最不引人注目的是迷津之暗，因为它涉及的正是人对于生存黑暗的洞悉性本身。面对诸多的暗，人丧失了价值的视力而成为盲者。阔大的迷津，纵横着本族传统和异邦精神的无限道路，它利用回旋、重复（对称）、死巷、伪标、歧岔和陷阱，使所有置身其中的人迷乱，并且丧失了从中找出逾越线索的可能。从迷乱性中产生的最荒谬的景象是，迷者指着这线索声称：我找不到它！这与其说是一种愚妄，不如说是一种拒斥，也就是从迷津的立场出发重申人在其中的居住权利。

人的言说之暗支持了世界之夜的上述特性。言说者从真理陈述转入庞大的国际谎语制度，以维系那些摇摇欲坠的价值体系。谎语发言人说：我们拥有最合理的人间关系，我们在黑暗的外面和光明的里面。这是所有谎语意识形态对人民陈述的核心母句。它们凭借现代传播技术垄断一切公共话语空间，以改变人对世界之夜的各个领域的黑暗感受。

暗的种族涌流汇集成了令人震惊的深渊，以阻止自由之明确、正义之明、澄识之明和真理之明的发生。这显然是查拉图士特拉古老教义的现代显示：迷妄反对着澄明；腐败反对着创造；暗反对着光；水反对着火。

针对由此产生的人的惊骇与痛楚，午夜游戏运动要从取消生存的真实性方面取消世界之夜的根基。此外，还有一种更重大的游戏话语，那就是日常生活的本文。在“玩”的哲学指令中，人构筑了存在之玩的所有空间和规则。

这游戏的规则不是别的，正是对午夜话语的某种严厉禁忌，它要求游戏者终止任何有关存在的黑暗性的言说。它既不指涉光明，也不指涉黑暗。它仅仅被允许言及游戏与欢愉。“存在之玩”企图借此取消痛苦，但它最后却取消了人对世界之夜的基本了解。

目击与言说

越过黑暗的无限深度，海子和骆一禾目击了构成世界之暗的诸多元素。海子说：“骑上诉说 / 咒语 / 和诗歌 / 一匹忧伤的马 / 我骑上言语和眼睛”。这暗示了目击与目击后的反应。

目击者的诞生，是午夜时分最重要的事件之一，它使闭抑的存在获得了敞开的契机，黑暗向眼睛，也就是向观察者打开了它的本性：它的元素、结构、功能和历史。目击者的眼睛像马匹那样犀利而明快，径直插入事物的内部，“骑上”就是使寻常的目击获得马的尖锐属性。

这个隐喻揭发了午夜目击者的异常地位。他必须拥有一种内在的智慧光线，以便在极度的黑暗中获悉世界景象的各个细节。他既在暗中，又在暗外；既遭到目击，又从事目击；既是午夜的囚徒，又是它的征服者。在消解人的深渊里，只有极少数人才能获得如此非凡的能力，以便为未来的伟大学说开辟道路。

历史上挤满了无数缄默的目击者，他们为暗的极端性所惊骇，而后开始永无止境的逃亡。这逃亡背弃着黑暗，也背弃着针对黑夜真相的言说。隐士文化就是这样诞生的，它包含洞悉黑暗和自我拯救的智慧，却拒绝公布那些非人的发现。在一个集体受难的世界里隐士所犯下的这一罪行，超出了黑暗对人的残害。

那些从赞美角度进入言说的目击者，坚持着言说的权利，却赋予世界之夜以灿烂的品质。他颂扬着他所目击到的事物，除了说出谎语，他还要说出一种真正的拥戴心情，也就是对黑暗性的由衷热爱和激情。而对暴力的血腥气息、道德的腐败气息、迷津的狂乱气息和言说的欺诈气息，赞美者的话语响彻云霄。

午夜的黑暗歌手的罪行就是这样犯下的。对这个历史群体的探查有助于理解古代先知所持的立场。他们蔑视缄默者，同时又坚持着对黑暗歌手的批判立场。从这两种前提出发，他们云游四方，说出咄咄逼人的革命箴言。希伯莱先知的谱系树上，怒放着阿摩司、何西阿、弥迦、以赛亚、耶利米和但以理的话语花朵，它们被供养在《旧约》的神学花园里，为后世目击者提供了不朽的样本。

然而对海子和骆一禾而言，更邻近而亲切的先知是置身于犹太-基督世界边缘的但丁、莎士比亚、弥尔顿、歌德。这些诗歌先知在上帝和人间、天堂与尘世、神性与凡品、圣乐和俗音之间，也就是从精神的两个源泉获得缅怀、批判、抨击、呼吁、预言、警告、赞美、祈求和做出承诺的伟大权能，如果希伯莱先知是神的旨意信使，那么上述欧洲诗人就是真正的话语英雄，凭借人的内在智慧光线、神喻的启示和说出真理的非凡勇气，宣布了对世界之夜的激烈审判。

正是这点使传统中的先知受到现代解构主义者的严厉斥责。福柯的疑虑目光，投注到代神立言的历史上，他吁请新知识分子放弃全知全能的立场，也就是放弃说出世界性真理的幻想，返回到个人沉思与反抗的有限区域。而海子及其兄弟置若罔闻。

毫无疑问，对先知传统的重申，取决于种族的历史现状与要求，或者说，它是对母体深渊的召唤的一种响应。在记忆的沉重飞行里，他们看见了屈原的佝偻身影。这个汉地的诗歌先知，追问午夜黑暗背后的事物，眼望天空，缅怀往昔的光荣。他的悲恸言说笼罩了海子与骆一禾的灵魂，为先知立场提供了一种尺度。

但是，与希伯莱先知相比，屈原及其后人还不是真正意义上的先知。他们的职能被限定于一个极其有限的范围。除了疑虑、探查和对小型乌托邦的私下憧憬，他们并未喊出针对世界末日的终极判词。这与其说是远东先知的疏忽，不如说是先天性的残缺。他们是一些亚先知或下级先知，维系着一个古老种族了解未来命运的最低限度的需求。这最终导致了诗人先知在20世纪的严重缺席，智慧与勇气的双重退化，使诗人的生长局限于某种“抒情”的区域。

从这一等级中崛起了郭沫若、徐志摩、戴望舒和李金发的寻常身影，其中有的还扮演了伪先知的角色，而这粗糙或可疑的言说，构成了中国现代文学的主要话语风景。只有《野草》的鲁迅显示了变乱时代的预言气质。但这气质是古老传统的一次短暂闪现，它随后就遭到庞大而单调的意识形态的吞噬。

20世纪的精神动乱，使我们处于丧失自己的预言精神的危难之中。中国游戏精神和后现代主义，从拒绝关怀未来的角度，深化了这一事端的后果。先知早已化为尘埃，只有他们的姓氏，潴留在历史的遥远景象里，仿佛是一些与我们完全无关的事物。这正是世界之夜本性的尖锐呈示：未来沉浸于巨大的黑暗，它已丧失了预言光辉的照看和眷注。而更令人惊异的是，几乎没有什么人对此发出不安的询问。

诗歌先知运动

转变的契机，始于这样一个小型诗歌公社，其中的一位成员，在20世纪80年代后期短暂的五年里，写下了近三百万字的诗文手稿，借此从贫困和无名中向终极的事物做出眩目的飞翔。他的尸骸倒伏在山海关附近的铁轨上，而灵魂却径直升入人所能企及的最高殿宇，从而制造了20世纪最不可思议的神话。

我们已经逐渐地触及了这个人的姓氏。他自称“海子”，也就是黑暗之海的苦难孩子；另一与之共同飞行的成员“骆一禾”，则是成熟于凄厉秋天的一株高贵的植物。这些命名都隐喻着生命的内在脆弱和夭折命运，而在另一方面，它们却远远超出了语义学所设定的命运格局，并赋予“所指”以非凡卓越的品质。

神话，或者说海子——骆一禾神话，它无非在向人指明一种精神奇迹的发生。从价值普遍错乱或佚脱的深渊，也就是从一个平庸的和二流的世纪，这两个人的容貌异乎寻常地燃烧着。复合的灵魂急促地穿过存在之桥，融入死亡的瑰丽光辉。但他们的言说却已镌刻在身后的世界，以点亮黑夜的信念之灯。

我要从下列方面进入他们的诗篇和论纲，却广泛地探查蕴含其中的公开与秘密的消息。就像通常所做的那样，我要询问：他们反对什么，他们颂扬什么？他们倾听什么，他们言说什么？他们为何倾听，他们为何言说？他们从哪里倾听，他们向谁言说？这些问题的答案已经内在给定。

海子与骆一禾所有的写作成果，都可以纳入诗歌神学的形而上框架：这个概念最适当地指称了先知所企及的各种严重事物，但它并不意味着对传统神明的屈从和跪拜，恰恰相反，这神学是对人的生存根基进行终极追问的体系，或者说，是针对世界之暗的一种极端的精神反抗运动，它聚集着人的全部怀疑、智慧、勇气和激情。 正是基于这样的立场，他们开辟着对世界之暗进行审判的悲痛事业。

从海子撰写的杰出纲领中，可以获得对诗歌神学的扼要印象，它是有关王子心情、大师立场、神性痛苦、神话幻象、浪漫诗学以及写作计划的全面陈述，验证着这个小型公社与世界之夜接触的深度以及从这深度的奋然一跃。

“我要写下这样的一篇序言，或者说寓言。 我更珍惜的是那些没有成为王的王子，代表了人类的悲剧命运。”这段海子的黑夜独白，已经显露了他的王子心情的全部端倪。 这“王子”的族谱，包括着雪莱、荷尔德林、马洛、韩波、普希金和叶赛宁等所有的早夭天才，他们负有通过美好毁灭对人类结局进行预言的使命。 诗歌王子总是以两种方式同时写作：一方面用手笔援写才情迸发的瑰丽诗篇，一方面用短暂急促的生存构筑诗歌之上的诗歌，也就是从内在生命的爆炸中喊出炽烈的太阳话语。 这手写之诗和存在之诗的互相映射，照亮了诗歌的辛酸国土。 王子，就是要用一个青年的脆弱生命去点燃美学的圣洁火焰。

对于诗歌王子及其命运和痛不欲生，乃是海子对其自身的预先悼念，犹如一篇由死者在生前亲自撰写的墓志铭，因为所有先逝的王子，都是海子的历史隐喻。 他目击了天才与人类的死亡，而后就直接卷入这种死亡运动，书写下王子族谱的最新的一页。这就是作为诗歌先知的极端前提：以死写诗。 或者说，用死亡语法去反抗世界之夜的黑暗语法。

从王子的高贵而纯洁的灵魂出发，海子走向了所谓大师立场，也就是走向对以往所有卑谀、平庸和低级趣味诗歌的蔑视。

他的严厉目光掠过虚假诗歌，停留在山下的群众、母亲、土地、村庄、粮食、河流、岩石和马匹上，“人类吗／此刻人是多么爱你”，而海子的叹息又多么孤寂。这爱的孤寂火焰，超出个人自我中心的意识本质，一直抵达人类苦难的遥远边缘，并要说出一种无限广博的慈悲。大师，首先是一个热爱人类的情感英雄，其次才是握有非凡技艺的经典作家。

这里已经蕴含着某种只有伟大的心灵才能做出的反应，它是一种难以言喻的义愤与悲伤，起源于对自身存在意义的极度关怀，并借此获得进入观察人类命运的契机。在他们的极端痛苦经验的尽头，群众涌现了；而在另一个尽头，出现了神的缄默身影。让我们回忆一下海子的最后岁月。他独居在京城远郊，也就是独居在一个遭到贫困缠绕和世人冷落的屋舍。除了动身进城教书与访友，他只有一种生活，隐匿、遥远、凄凉、澄明，日复一日地发展着内心的傲岸言说。在他写下的所有文本之上，永久回响着他与无名之神对话的秘密声音，并在长诗《土地》中达到比较清晰的程度。

神的维度从灵魂里面伸出，照亮了家徒四壁的所在和稿纸上的诗句。它痛切地指涉了希腊诸神、基督教、上帝以及所有至高者的不在场，同时又流露着一个现代知识分子对企及真相与真理的疑虑。正是由这种两难困境中，海子开始了向终极实在的维度的痛苦飞跃。他拒绝着旧先知对神作直接呼告的方式，甚至尽其可能地不言说神的名称与本质。他仅仅获得一个俯瞰人类的神的视点，并从这一高度上说出20世纪中最奇异的话语：

在这个春天你为何回忆起人类
你为何突然想起了人类
神圣而孤单的一生
想起了人类你宝座发热

想起了人类你眼含孤独的泪水

(引自《土地》第十二章,春风文艺出版社1990年版。)

谁是那个无名的“你”？这个问题很难一言以蔽之。“他”何其神圣，端坐于宝座，回忆着万恶的人类，眼含眼泪；他被拒斥于人之外，同时又深入人的孤单心情，以获得最广泛的世界经验。这显示了海子精神的内在分化：他既在人里面，又在人的上面；他自身就同时拥有人与神两种精神维度，它们统一于简约而铿锵的诗句，像大地上的雷霆与闪电，结束着神性缺席的黯淡年代。

一种充满疑惑和尚未成熟的神性目光，历涉“黑暗而空虚”的“天堂”，静止于神话幻象的语言场景里，这是海子在其神学运动中采取的主要动作。他声称“所有的人和所有的手都指引我以幻象，也即一切人类的集体记忆与造型母题”，构成了他的诗歌的宇宙背景。不仅如此，他还要从20世纪午夜的立场，“将人类生存与自然循环的元素轮回联结起来加以创造幻想。”

然而海子并没有返回到复兴天堂的传统信念之中。他的痛楚之手从贫瘠的大地上抓住幻象，也就是抓住了死亡，如同抓住太阳殒落时的最后光线。在世界之夜降临的时刻，他要像歌德那样不折不挠地逃向火焰与幻象的家乡。

检索一下海子和骆一禾已经发表的诗篇就会发现，它收集了大量上古神话元素：太阳、月亮、高山、河流、海洋、土地、故乡、祖先、人民、丰收、狩猎、处女和王子……粗拙质朴的民间感性与阔大崇高的经典文献，这两种势力驱赶着元素羊群，把它推入幻象的话语花园。他们以飞行的速度穿越花园的所有区域，以书写盛大的“世界之书”。这就是海子的《太阳》七部书手稿和骆一禾的《世界的血》(这本是骆一禾对他的组诗的一种命名)，前者包含诗剧《太阳》、《太阳·土地篇》(通称《土地》）、《太阳·大札撒》、合唱剧《太阳·弥赛亚》、仪式和祭祀剧《太阳·弑》。它们是在无限黑暗中呈现的有限道路。借助先验历史去探求拯救，以期实现向自由的突破——尽管这一努力终止在“幻象”和“幻想”的自我否定中，但世界之书的宏大性还是产生了效果：言说的火焰业已点燃，并向爬行于黑夜的人们给出稀有的启示。

我们正目睹着意识形态神话经由诗歌先知的一次大规模重建。在旧的神话消解之后，世界接受着废墟话语和尘埃话语的统治，也就是接受着一种没有价值深度和生命预言的荒谬事实。这已经蕴含了对于诗歌启示性的呼吁。由于政治和宗教先知的严重缺席，诗歌公社的使命变得何其沉重！它要率先到达必须的黑暗，并从那里开辟新的精神道路。

新意识形态神话标记，正是它对于传统母亲神话、人民神话和土地神话的回归：“母亲很重／负在我身上”，“土地抱着女人”（海子）；“这是大地的力量／大雨从秋天下来／冲刷着庄稼和钢”（骆一禾）。耳熟能详的言说，导源于一个遭到激烈反抗的中间价值形态，却被提升到更高的终极价值层面——神性维度取代了国家维度。这就是最终完成了对于旧意识形态神话的结构改造。

耐人寻味的是，在对神话的价值规定方面，海子和骆一禾之间出现了最深刻的分歧。海子企图用“幻象”的虚幻性去消解他所建立的神话，也就是用绝望的左手抹掉欢乐右手刻画出的沙滩图像。而骆一禾则恰好相反：他拒绝着外在的消解指令。基于一种对世界之明的固执信念，他永久地住进了他的神话家园。

在某种意义上，这分歧乃是20世纪后期国际思想冲突的远东现身。德国学派和法国学派——哈贝玛斯和罗兰·巴特——人类精神分裂后的两种哲学声音，不屈地探查着人的终极实在，而后，公布全然不同的精神出路。这就是发生于海子和骆一禾之间的事件。然而，对于神话和神的维度的共同关怀，以及置身于同一个诗歌公社，使分歧受到了掩盖。人们沉湎于下列错觉，即骆一禾不过是海子的阐释者而已。

用一只耳朵倾听海子，而用另一只耳朵倾听骆一禾。这样做的结果是把我们更深地拖入了批评的困境。只有一种方法能够解脱我们，就是承认绝望神学和希望神学的互补性。它们仿佛是真理之盾的两个侧面，分别陈述着从世界之夜中生长出的无比绝望和从内在觉悟中涌现的无限希望。由于一种猝不及防的死亡，整合的可能性被悬置起来，以等待一个更年轻的公社的诞生与解决。

但是，所有上述信念的分歧，并未妨碍这两个人在浪漫诗学方面的异口同声。越过气质、才华和风格上的差别，他们写下了共同的新浪漫主义纲领。也就是基于浪漫时代以来生命意志的颓丧、神话造型的破碎、由于语言实验引起文体的卑贱化，他们要制定诗歌革命与复兴的最激进的原则。为此，海子指责了从塞万提斯、雨果、惠特曼、哈代、叶芝、易卜生、陀斯妥耶夫斯基到卡夫卡、乔伊斯、福克纳、加缪和萨特等大批曾经受到广泛颂扬的作家，认为他们正是文学走向现代败落的直接原因。

海子的美学样板，限定于但丁、歌德和莎翁等少数“个人巨匠”，他们是中国当代诗歌所应追踪的仅有的伟大目标。此外，还存在着一种更深远的诗学根基：金字塔、敦煌艺术、《旧约》、印度史诗和《奥义书》、《荷马史诗》、《古兰经》以及波斯的长诗汇编。这是伟大诗歌的不朽源泉，人类灵魂中那最高和最后的灵魂。

这就是我将其称之为“新浪漫主义”的理由之一。在海子和骆一禾的诗歌言说之中，遍布着想象的造型元素，先验、永恒、宏大、威严，织入挣扎的悲剧性吟唱结构，原始或古典梦想放射出苏醒的美与光辉。浪漫，就是从永不枯萎的神话风景中找到实存的意义，也就是让幻象成为个人生命的内在中心。而“新浪漫主义”的新颖性则在于，它试图结束一种纯粹个人感伤的历史传统，并下沉到集体受难的深度，以获得对世界之夜的终极超越。

从一种诗学的立场看，浪漫主义早已丧失了它的虚幻性。因为幻景仅仅针对着人的实存，也就是针对话语的转换性而言。但浪漫主义的话语系统，却把这虚幻性当作它自身的最高实在。浪漫言说蔑视着真实事实中的事物，蔑视着一切黯淡无光的现世生活。幻景和神话打开了生命的内在空间，使人触及到一种可能事实，它犀利、温存、辛酸、美丽，成为我们居住的鲜艳家园。

话语灯盏、话语星辰、话语太阳以及各种话语光线，这些事物像闪电和雷火那样烙写了生命中最有力的白昼，它是人的一种内在事实，或者说是一种诗意的存在，掩蔽于虚假的日常生活和不可见之中，并随时向想象和梦幻敞开。

毫无疑问，这种使存在向诗意还原的企图，已经超出了诗学的领域，因而它受到许多现代诗人和哲学家的反对，但即使在文学话语之外，诗意仍然应当是存在的根本属性。它是从深渊里浮起的一根澄明的柱子，支撑着午夜居民头顶上的昏暗天空。正是在这更高的意义上，我们有必要接纳浪漫诗学的全部赏赐。

如此野心勃勃的诗学格局，必然引发出某种庞大的写经计划。在短短几年里，这一小型诗歌公社磋商着前卫与经典的相互关系，并且最终决定放弃一种临时的和不断变乱的美学立场，以投入历史上最隆重的经典写作运动。然而，自现代主义和后现代主义以来，经典已经向作家闭合。它被封存于往昔的英雄岁月里，藐视着这个荒谬的世纪，正如《圣经》正典，一旦被犹太人和基督徒闭合，就会永不开放。

挣动的经典之手，就是从如此的结构中显现的。基于三种午夜的复叠和极度的世界之暗，它要撰写新时代的先知书和启示录。海子说，我要写下一种叫作“伪经”的东西。这并不是在对新浪漫主义诗歌的幻象性作自我揭露。“伪经”是针对一个闭合了的正典体系而言的。它在正典之外，同时又具有一切正典的特征：庄重、有力、气魄巨大和洋溢着难以企及的神性光辉。

对于一个平庸和劣质的20世纪中国文学，这是何其奢侈而狂妄的计划。一方面是有力的意识形态战士的忠诚话语；一方面是潇洒的游戏文人的小品话语。一方面是急切地改变着生活质量的市民作家的媚俗话语，一方面是醉心于修辞练习的先锋小说家的新潮话语。所有这些话语系统构成了险恶的主流以消解一切胆敢逾越它的势力。突围出这样的迷津背景，道德必须是一个无畏的战士，而后必须是一个奇特的天才。从现存文化的顶端起步，愤懑、痛切、热烈、喘不过气来地向人类精神的最高峰巅奔走，在极短的五年之中，海子写下了《太阳》、五百首抒情诗和大量诗学笔记与论文，骆一禾则写下了长达八千行的长诗《世界的血》和《大海》，这使他们成为中国在20世纪最早出现的经典作家。他们的头颅因脑力衰竭而沉重地倒于山巅，而灵魂则飞旋着舞蹈起来。镌刻在那里的火焰话语，是行将死去的世纪的最后叫喊。

新先知书

那哄亮而无声的叫喊，冻结在海子《太阳》中的天堂大合唱《弥赛亚》中，成为先知话语的最后汇集。尽管海子事实上并未找到一种适当的启示语体，但它仍然弥漫着前所未有的预言与审判的末日气息，并使先知精神达到一个人所能企尽的极限。

这部“用尽了天空和海水”的“伪经”，一开始就是向真理、青春、曙光和新纪元的热烈献诗，曾经参与世界诞生的三位一体——太阳、受伤的陌生老人和“我”开始现身，也就是暗示原始生命力、种族以及个体三种元素的在场，它们分别承担创造者、毁灭者和目击者的使命。从如此的隐喻立场出发，海子以提纲式的简洁句子推出了这部“肮脏之书”、“杀人之书”、“世界之书”，它聚集着海子所要言说的主要消息：大地破裂、血液与烈火的声音、被吹响的号角、羿的弓箭和刑天的头颅……这些巨大的灾象组成了启示录的令人惊骇的先兆事变。

而后是一次铁匠、石匠、打柴人、猎人与火焰之暗的秘密谈话，指涉着世界诞生与毁灭的内在过程、天堂的黑暗性和空虚性，等等。石匠站在天梯上的凄凉言说，悲恸到了令人战栗与心碎的程度：

我在天空深处高声询问
谁在
我
从天空中站起来呼喊
又有谁在

这样的难以置信的人类沉痛声音，回旋在石头与废墟构成的天堂，仿佛是一次数百个世纪以来全部怀疑和绝望的总追问，清算着人与神之间的所有欠账。然而，天堂仍然将在海子的里面、在他的诗句和全体人里面闭合。神并不在场。那么谁在倾听？只有岩石、无人的废墟、天堂的碎片和末日的火光。

从世界的毁灭性幻景中，诞生了“三千孩子”，被一个无头的英雄率领，向大地急切地降临。这是海子的自我幻身对人间的最后征战。他的孩子们、他的三千种希望和三千种未来，同他一道倒下，手指落日、睛含热血。而全部的安慰仅仅来自那个黑暗的太阳，它从一个软弱和悲剧性角度劝谕着英雄，以指明他的归宿：

灵魂啊，不要躲开大地
不要躲开这大地的尘土

我要在此顺便解释一下海子的立场。在所有的诗篇的札记中，他都坚持了对天堂的敌意和对于大地的亲近。这与其说是在选择一个更为可靠的家园，不如说是在表达对神缺席的难以言喻的失望。由于天堂空空荡荡，大地显露了某种稳定而坚实的属性。如果他坠落，大地将成为他尸骸的唯一接纳者，而一个没有上帝的天堂甚至不能充当他最后的坟墓。

手稿的第三部分，仿佛有了一丝希望的光线：工匠们抛开秘密交谈的形式，转入“赞美”的高声合唱，青春、曙光和真理的幻象无限地涌现着，在海子生命的前方闪电般飞奔，它们是那种深受关怀、独自前往的核心思想，笼罩于长长的和孤独的光线之中。然而，海子越过打柴人的独唱，发出了难以为继的悲痛叹息：“我的生命已经盲目”，“我跟不上自己的景象”。这思想是令人吃惊的，它是否已经蕴含着这个诗歌先知的精神悲剧？他跟不上自己所给出的希望，这其实就意味着他的绝望话语跟不上他的希望话语。如此的信念分裂，起初撕裂着他的灵魂，而最终却撕裂了他的年轻的身体。

打柴人，或者说火焰的炮制者，乃是海子的众多幻身之一。他一方面从曙光和真理上后退，一方面却凭借火焰去判决人类与世界的灭绝。他甚至化作吐火的万头之兽，以焚烧世界上残留的最后事物。在这恐怖的时刻，响起了天空的短促有力的呼叫，仿佛是对毁灭了的种族之魂的一种招回：

青春！蒙古！青春……

……

……蒙古！蒙古！

夜歌随后悄然降临了。一群哑巴唱起黑暗之歌，赞美着被叫作“苦树叶”的大地，赞美一切深渊与空虚。绝望神学在此达到了它的抒情高潮和哲学高潮。石匠再次转身，从维特根斯坦的立场陈述人还原到石头的过程。在海子看来，这无非就是把人类无望地还原到巨大、稳定、简约、数学、笨拙、沉重、坚硬、野蛮、饥饿、愤怒和沉默的形式。火焰主持着这种普遍的变形。最后，由于吐出了火焰，连“经书”也冷却成上述荒凉的事物。这里包含着对埃及金字塔及所有上古石头建筑死亡本性的一种揭露：它们与其说是文明的隐喻，不如说是文明墓穴的永恒象征。

这里突然强硬地插入了一堆密闭的“铁柜”中的不能呼喊的古怪话语，由“铁匠”在其“打铁”过程中泄露出来。它包括一组命题的主导陈述和两组附属陈述，分别用阿拉伯序数和拉丁字母加以标定。其中的主导陈述是：

1. 世界只有天空和石头
2. 世界是我们这个世界
3. 世界是唯一的

这无疑是启示言说的秘密核心和纲中之纲，构筑着海子的绝望神学的形而上根基。它原先处于事物的底部，现在却浮现到分崩离析的幻景话语的上面，粗暴地直呈着先知审判的内在依据。它首先对“世界”的废墟性和荒凉性作出规定，而后指明了“世界”与我们的关系，也就是明确地告知这个“只有天空和石头”的世界正是我们的居所。最后，我们还要被告知：这是唯一的世界，此外更无其他世界。那么，我们就被剥夺了对我们之外的幸福所进行憧憬的权利。

插述结束之后，手稿再度返回到大合唱中。出现了天堂下雪的幻景，像“漫长而荒凉”的“冰川纪”，却比雨水还要温暖，散发着节日的幸福气味，从中闪现出九个盲人长老，他们是俄狄浦斯、荷马、老子、阿炳、亨德尔、巴赫、弥尔顿、博尔赫斯和持国。这些人类历史上最著名的瞎子歌手和智者，被收集到海子的末日法庭，担当大陪审团的成员。然而，就在先知即将说出我们等待已久的最后判决时，手稿突然中断，没有了下落。

这一尚未完成和戛然而止的先知书，显示出某种外在的敞开：它是受难和绝望的，同时又佚脱了最终的审判言说。仿佛是一次故意的突发性缄默，以等待另一部审判之书的秘密诞生。

骆一禾的《世界之血》在某种意义上响应了那巨大紧张的缄默。尽管它远离着启示文体，却拥有更完整的预言功能：一方面自述着绝境生命的孤独与恐惧，一方面却构筑了世界奇迹和人类博大生命的“屋宇”。越过安魂与弥撒式的段落，也就是在无限飞行的轮回中，灵魂再遇了精灵与生机、朝霞和光线。

这人类所产生的都会消逝
那产生了的
儿女们仍要一一经历

这正是对遭到海子中断的先知话语的热情续接，它指涉了未来拯救的全部可能性，也就是对结束世界之夜和打开世界之昼，做出了最后的承诺，而它的神学根基却是一个古老而简单的印度学说。永不停止的轮回和循环，使黑暗与光线双双获得永生，这不仅仅使我们获得了向未来无限敞开的契机，而且找回了人的全部预见性，因为所有的人都懂得下列常识，黑夜之后必然是难以阻止的白昼。

死亡与探查

先知言说的全然中断，乃是在 1989 年春夏。3 月 26 日，年仅 25 岁的海子、痛不欲生的海子，在山海关附近卧轨自杀，饥饿的胃中仅有两枚腐烂的橘子。而 5 月 14 日，骆一禾在京城猝然昏迷，18 天之后，他尾随海子而去，走过黑暗的门槛，“眼望着家乡”。

几乎所有的大众传播媒体都“闭合”了这一消息。没有什么人留意到大地破裂的声音。甚至，没有人倾听火车的尖利呼啸和输液瓶的最后一滴。几个面容黯淡的亲友葬送了他们，像葬送一个刚刚打开的时代。

这无疑是历史上一切先知的结局。但我不想从这个角度谈论死亡。我要指涉的仅仅是死亡的意义，也就是从死亡话语中释读出蕴含其中的全部神学消息。令人惊讶的是，这消息首先蕴含在海子设定的死亡坐标上，也即蕴含于海子所选择的死亡地点和时间之中。他进入一座叫作秦皇岛的城市，或者说，进入一个最著名的极权主义者的领土，以面对他下令修造的羁押人民的墙垣——长城。山海关不仅是该墙垣的地理起点，而且是它的逻辑起点：巨大的种族之门，正是从这里和由这个统治者加以闭合的。

与空间坐标对应的是它的时间坐标。3月26日，乃是两个著名的浪漫主义先知辞世的时刻。1827年的贝多芬和1893年的惠特曼，在从欧洲和美洲的角度呼吁了人类的信念之后，永不回首地动身离开他们的阴郁在所。只有他们的英雄言说仍残留于身后的世纪。

正是在这样的象征时空里，一辆暴力的火车碾过他的疲惫身躯。如同历史上所有黑暗势力那样，它杀了他，而且如此简单、轻易和干脆利落。车轮接触肉体的那个瞬间，灵魂携带着这个人的全部义愤、怜悯、博爱和死亡激情蹒跚而去，离弃了这个苦难的世界。他借此对轮子以及所有压迫人与碾碎人的事物做出正义审判，判处它们沾染他的鲜血，也就是打上难以抹除的罪恶的印记。你们杀了我——海子轻蔑地和内在地喊道。

凶暴而明快的轮子，就这样受到了坐标的有力阐释。而它还暗示着生活的悲剧时间的结束。悲痛的世间生活，充满各种肉体和粗拙的气息，软弱和妥协的气息，尘土和肮脏的气息，等等。轮子与土地的关系，隐喻了它的全部浑浊性和沉重性。它以悲剧时间的名义碾碎人，把他们压入大地与墓冢，更重要的是，轮子将傲慢、冷漠和永恒循环地行进下去。

海子阻止着轮子的罪行。海子说，生活不应当是这样的。于是他就动手去结束它。而最终，他以结束自己的方式打击了轮子，使之置身于尴尬的地位。

这同屈原的死亡全然不同。作为一个被放逐的人，他的苦难和怒气深不可测，这促使他选择了河流也就是选择了一个永久的家园。与轮子相比，河流显得那么柔和与温暖，如同记忆中的羊水，因此自杀就是对生命之家的激烈召回。海子超出了屈原的限度，他拒绝以和解的方式死亡，恰恰相反，他显示了令人惊骇的勇气：大卸八块，血肉飞溅！他要借此表达出一种最极端的反抗话语。

尽管存在上述重要的差别，海子和屈原还是显示了惊人的相似性：诗人、天才、道路凄凉和四面楚歌。屈原弃世之后，自杀者的缺席成了中国文学史的基本特色。从这个角度，我们等待了两千多年！也就是说，在经历了两千年的漫长空白之后，海子的英雄容貌闪现在自杀的现场，像屈原的最年幼的兄弟。

这样一种响应性自杀，标志着海子的存在方式的根本转变。长期以来，这个人一直构筑着他的私人的诗歌灯室。越过世界之暗，他获得了光亮、温暖和澄明的幻象。尽管发表作品，但基本上是一些人的信念札记。随后，在《弥赛亚》的时刻，锐进为一个反面的福音书作家——站到灯室与黑夜之间，用话语石头去砍砸闭合了的天堂之门。而在卧轨时刻，他穿越死亡走廊，径直走进了灿烂的火焰。

从文本话语到行动话语，从心灵之河到肉体之火，从私人灯室到公共墓场，海子的生命不断趋向于父性、复仇与毁灭。而在另一个层面上，它却意味着海子从诗歌艺术向行动艺术的急速飞跃。经过精心的天才策划，他在自杀中完成了其最纯粹的生命言说和最后的伟大诗篇，或者说，完成了他的死亡歌谣和死亡绝唱。

行动艺术，这个概念尽管起源于欧洲波普美术，却蕴含着悠久的实践历史。除了查拉图斯特拉和老子，几乎所有希伯莱先知都可被纳入这一形式框架。

缅怀耶稣的身世，我们可以看到这个人的全部孤寂与愤懑。他形单影只，众叛亲离。临近逾越节的时刻，他开始着手制定一次行动艺术的秘密计划，以实现他向神的承诺。在最后的晚餐上，他宣称门徒中有一个要出卖他。而后他将蘸了酒的饼递给犹大。这与其说是一种揭发，不如说是向犹大发出的内在请求。《约翰福音》的行文在此变得十分微妙：“他吃了以后，撒旦就入他的心。”

必须强烈地意识到这里的逻辑顺序：不是先有撒旦后吃蘸血

之饼（耶稣肉身的隐喻），而是先吃饼后才出现了撒旦和“叛卖”之意。这无疑在向我们暗示：正是耶稣要求着犹大的背叛，并把他的计划（“撒旦”）告诉了犹大。接着，在耶稣的公开催促下，犹大动身离去，而后的事则众所周知。

耶稣与犹大联合设计的叛卖与受难艺术，显示出震撼灵魂的无尽力量，并对世界之夜的统治构成难以想象的威胁。它的魅力不仅在于被钉上十字架时所产生的惊骇与悲壮，而且在于英雄和叛徒、无畏者和怯懦者以及拯救者与阴谋家之间的戏剧性对抗：犹大扮演的角色激怒了人，使他们从麻木中震惊，转入对英雄的无限怜悯和敬畏。海子的死亡绝唱，乃是对耶稣的伟大艺术的现代摹仿，所不同的是他独自完成了这一行动，那么，他就必须一个人同时承担英雄和叛徒这两种使命。作为英雄，人已经指涉了它的主要特征，因此我只想在此谈论一下海子作为叛徒的一面。在亚细亚群体社会，所有的个性生命都不属于他本人，人借助一个公共服务的契约交付了自身。自杀，就是单方面撕毁这种契约，然后把碎片扔到群众的脸上。

“看哪，这个人是我们的叛徒!”群众的怒气难以平息。

然而这是极其可笑的，正如我们对于犹大的指斥是极其可笑的那样。作为叛徒和撒旦的化身，海子在其作品中扮演了一个拆卸天堂的挑战性角色，但它仅仅是海子灵魂的一个方面——他不可能背弃他对于人类及其幸福的失望。而在另一方面，他是历史中最年轻的先知，沉浸于愈来愈强烈的弥赛亚精神之中，并且指望用那精神去处死一个腐朽到极点的时代。这已经包含了对于群众的内在拯救。死亡，就是一次无比凄厉的叫喊，以审判那些浑噩可笑或腐化无耻的存在者，让他们死亡，或者，以一种比较正确的方式活着。

让我们倾听一下耶稣在十字架上的那声令人战栗的呻吟：“我的神！我的神！为什么离弃我?”这声音包含着一个笃信者对

于上帝的最后探查，它要证实神的在场。同时，它也探查着以色列人民，看他们是否能召回一种内在的信念，是否会由于神的缄默弃它而去。

海子的死亡绝唱，正是短暂者对永恒者的激烈探查。他的灵魂从大地上站起，朝着天空高声呼询：谁在？越过轮子和铁轨的巨大阴影，他发出了微弱而有力、战栗而无畏的追问："谁在？又有谁在？"

从如此的终极探查中，引出了我所关注的那些基本问题：上帝现身了没有？什么是那现身？什么是那作为现身的上帝？什么是那作为上帝的现身？

迄今为止，还没有什么人以如此严厉的方式，表达对自身的终极实在的绝对关怀。因为这些问题的神学转换：我为什么在场？什么是这在场？什么是这作为在场的我？什么是这作为我的在场？海子证实了这些问题的重要性：死亡，就是以不在场（退场）的形式探究人的终极在场的全部意义与可能。

骆一禾倾听着这些追问，死亡使他感到震惊、悲伤和厌恶，使他有了一种难以言喻的痛恨与怜惜。而后，他以目击者的身份转入对海子及其诗歌的凄楚阐释，也就是在海子喊出存在真相之后高尚地喊出海子的真相。这种伤痛和尽其所能的呼吁，损害着他自己的健康，并最终导致了他的"革命性病故"。

死亡坐标再度显示出它的神秘的响应性：骆一禾猝然倒下，面对与山海关极其相似的巨大城门，这使病故转换成意味深长的仪典。从一个思想制度的中心，它重申了海子在绝唱中的神性言说，使之获得向世界敞开的契机。"革命性病故"，并非是用疾病去推翻一种心力交瘁的个人存在，而是要以死对另一次死亡做出决然的阐释。诗歌先知与门的关系昭然若揭。世界之夜构筑着它的无限深度的墙垣，以阻止人的行进和白昼的现身，并把我们限定在永恒的黑暗之中。先知率先找寻和发现着通向未来希望的门扇。

他们用死的意志敲击这门，象征他们所做过的那样高声询问：谁在？谁在？

然而，一个更确切的角度使我意识到，正是先知本人构成了我们所期待的门洞。从他们的英雄身躯倒下的地点，门已轰然洞开。这个世纪行将死去，而全部的可能性光线正从未来向我们射来。越过诗歌神学的美学教义，新事物不可阻止地涌现。那由海子所无限绝望和由骆一禾所热烈希望的，它将要在了。而它已然在着。

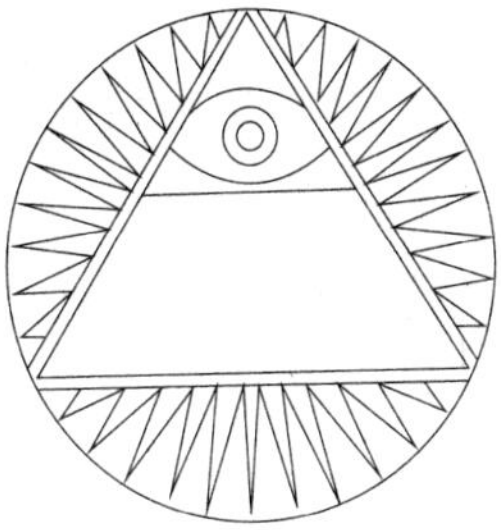

死亡的寓言

死亡解救了默默无闻的诗歌，使它突然被公众惊骇的目光所照亮，从而以悲痛的容貌引出了一种希望。

从1989年3月26日海子的卧轨自杀开始，经过骆一禾的“革命性病故”，戈麦的焚诗自沉，直至顾城的杀妻自缢，诗歌死亡的多米诺骨牌已经砰然发动。当我着手收编有关顾城的文本时，诗人自杀的消息还在不断地传来——那些无名的、苦难的和脆弱的生命，正在或者将要加入这黑色的死亡游戏！

在中国文学史上，还没有任何一个时代发生着如此密集而又理由各异的自我屠杀。人们神色忧郁地从一个追悼会奔赴另一个追悼会，仿佛奔赴着诗歌的末日。但诗歌依然古怪地活着：死亡解救了默默无闻的诗歌，使它突然被公众惊骇的目光所照亮，从而以悲痛的容貌引出了一种希望。

然而，越过死亡的现场，我们究竟能够探查到些什么呢？天才的海子和崇高的骆一禾，这两个人的身影停栖于诗歌的最深处，也就是停栖于从诗学跃向终极实在的那个灿烂边界，正是在这个意义上他们成为殉诗者。在穷尽言说的可能性之后，他们选择了英雄式的沉默。这沉默仿佛是有关精神复兴的紧张聚集，以使历史能够返回到对人类（种族）命运的极度关怀之中。这就使死亡话语成为最热烈和最惊心动魄的诗篇。

毫无疑问，戈麦是海子和骆一禾所构筑的死亡链索中比较不引人注目的一环。一方面缺乏海子式的巨大天赋，一方面却拥有同样令人心碎的贫困和对于生存意义的痛切眷注，因找不到人性的出路而选择了死亡。在河流吞噬掉年轻面容的瞬间，他说出了针对实存世界的严厉宣判，正如海子曾经做过的那样，他要通过死亡粉碎“灵魂爬行”的“罪恶深重的时刻”。

这样一种诗意的、本体的和形而上的死亡话语，超越了人们用哀怜和回忆所勾勒出的意义轮廓，也就是超出了诗人自身的命运，超出了诗歌和私人情感经验的限度。如同我们在浪漫主义时代所目击到的那样，每个诗人的死亡都是一次信念文本的正义题写，它充满悲悯，却拒绝一切来自道德群众的阐释。

而在死亡序列的另外一头，我们看到的是杀妻者顾城的阴沉容貌，代表着与此全然不同的言说、立场。死亡并未发生在信念革命的现场，而是发生在仇恨聚集的午夜。为了阻止一个女人对他的叛离，他竟然实施了双重的死亡：谋杀和自缢。这是一个走投无路的灵魂的最后放纵，它打断海子以来死亡话语的诗意、正义性和无限的悯爱，使之下降到个人病态经验的层面。顾城说：“这个人有罪，因此我判处她和我一起死！”

这样的死亡同诗歌和信仰没有任何干系，它充其量不过是一个普通人（木匠、猪倌、养鸡专业户）对其家庭事务所做出的过激反应。

顾城在这个限度里怨气冲天地行动，向世俗伦理和律法发出公然的挑战。这最终在国际范围内激怒了道德群众，使他们能够在同一层面上实现与死者的对话：宣读他的罪行，然后，越过那自缢的肉身，把灵魂再次绞死在道德的常青树上。

哀怜是另外一种我们可以预见到的立场。聆听过死亡的噩耗之后，一些环绕其诗歌和事迹的感伤回忆涌现了，它们企图把顾城送回诗歌的王国，绕开道德尺度，用审美话语对他进行纯粹的估量，这就使顾城最终成了生命悲剧中不幸的主角，诗歌是他的台词，利斧是他的道具，而童话则是他在其间失神和疯狂的布景。所有这些残缺不全的元素引诱了人，使人望见那从邪恶的死亡中迸发出来的美丽。

道德主义和审美主义的话语就这样言说着死亡，在顾城平息了全部怒气的前额印盖上几条最后的定义。与此同时，有人从一个更为独特的角度告诫我们：当灵魂已经安息的时候，请不要再去打扰它。

至此，我已就亡灵所点燃的言说火焰，作出了扼要的陈述。没有什么比顾城之死更能激发出人们的探询和纠纷，也没有什么比这死亡更加缺乏深度阐释的必要。但是，如果越过死亡，也就是越过1993年10月8日，回到死者生前的诗歌题写的岁月，我能够听取什么秘密而严重的消息吗?

几乎所有的研究者都声称，顾城是我们时代最纯粹的童话诗人。我要从这个结论开始我的追问和探查。童话，也即儿童话语，如果它构成了顾城写作乃至生活的全部依据，那么它就是与死亡联系在一起，并且使之获得重量的最紧要的事物。长期以来，顾城孜孜不倦地开辟着世界的童话面貌，也就是用儿童话语去题写心灵的风景，以获取一个存在的幻象。这幻象不是别的，就是1976年以后中国启蒙主义知识分子向群众出示的人性的公共家园。

越过童年的困顿道路，盲目的旅程被匆匆打开了，“任性的孩子”把“幻影和梦”“放在狭长的贝壳里”，开始他的言说生涯。就像所有的“朦胧”诗人那样，在最初的时刻，顾城所能感知到的唯一景象正是存在的黑暗。祖国的苦难、人民沉痛的脸庞、荒芜破碎的家园，所有这些黑暗元素动员着他，逼迫他向虚构的光明飞跃。

然而我们可以看到，在儿童话语的世界中漂泊，是顾城要永久吟咏的母题。

我到哪里去啊
宇宙是这样的无边

在带着全部的创痛和破裂反叛黑夜之后，他流亡在了他自己的话语国度，为了搜寻和指认那个儿童话语的内在核心——家园。从这样的话语流亡中，家园的诸多语象在依稀浮现。从树林、岛屿、草垛和纸叠的花园，家聚集着它破碎而恍惚的构件，以便最终稳定在一个可能真正进入和居住的语词上。

“房子是木头做的/用光托住黑暗”(《海的图案》)

“那棵深色的漆树/开着绿花我没有种它附近盖着小木板房”(《应世》)

“你的手是一个很小的房屋/你说过/我要去那居住”(《季节·保存黄昏和早晨》)

“多少年了/我始终/在你呼吸的山谷中生活/我造了自己的房子”(《季节·保存黄昏和早晨》)

“我们走累了/你说/看不见那幢空房子……我们坐一下吧/这里有一个土坎”(《那是冬天的黄土路》)

“新房在暗红的梦中”(《午夜》)

“红贝壳是她住所的屋顶/她关上了木门/就再不出来”(《叠影》)

“我说/还有那个海湾/那个尖帽子小屋/那个你”(《分别的海》)

“我多么希望一个门口/早晨阳光照在草上/我们站着/扶着自己的门扇/门很低/但太阳是明亮的”(《门前》)

“哎！/王国哎！/我的王国”(《小春天的谣曲》)

所有这些诗意的言说和题写都指涉了一所奇异的房屋，它是整个儿童话语的中心语象，汇合着天堂和大地的全部光明、最高的爱和永不背弃他的誓约，而且它竟然如此具体与逼真，像一个亲切的玩具那样可以伸手触及。它是那一切玩具之上的玩具，放射着令人心碎的魔法光辉，向顾城发出经久不息的召唤。

拥有一所木屋，也就是拥有灵魂所要寄寓的不朽家园，其中叠映着母亲的庄严幻象，这幻象是如此隐秘和难以名状，超出了儿童话语所能表达的量度。它是家园内部的家园，巨大而又无限，在所有行走的语象里面，在一切拥有子宫形体和恋子心情的事物之中，在全部的蜡笔、玻璃糖纸、瓷瓶、浆果、橘子、灯盏、书本、树叶、石阶、栅栏、马匹、麦地、尘土和金色火焰的深处。木屋，是顾城对母亲幻象所做出的最迫近的一种描述。

正是这无限爱意的光辉制止了顾城，使漂泊的儿童停栖在他自己题写的话语家园里，四周是那些细小美妙的语词玩具，散乱在诗意言说的现场，使家园获得一种真正的儿童气质和秩序。

我要在此援引的不是所有被顾城抚摸过的那些玩具语象，而是它们中与家园内在地纠缠起来的部分：树与斧，这是生命玩具和死亡玩具的一次最纯粹的组合，它们分布在顾城的儿童话语的大量文本之中，闪耀着天真而又阴险的光辉。

“她住在闪亮的杉木林里……迟钝的铁斧在深处敲击”(《叠影》)

“美丽的！/美丽的！/站着忧郁的杉木/红粘土中有沙子/可以擦亮凶器河岸上有铁斧/色彩无比细微……它们知道我将到来……我已经到来/又一次举起铁斧”(《逝者》)

“那棵深色的漆树/开着绿花……我的小斧子在哪”(《应世》)

“那个爱她的人正在砍一棵杨树”(《硬币中的女王》)

杉条、漆树和杨树，代表着所有的花朵、草叶、植物和沉默寡言的生命，它们是构筑木屋家园的经验材料，必须在利斧下悄然死去，以完成最后的献祭。经过死亡玩具的严厉追问，生命玩具的意义突然从原初的质朴中迸发出来，或者说，利斧的暴力照亮了生命之树。

这无非就是一种对抗性语象的互相释义而已，而导致这场对抗的是某种我称之为砍伐游戏的运动，它使利斧在树身上发出震耳欲聋的叫喊。如果我没有弄错，那么这游戏中已经隐含着言说者内在的暴力渴望。他自身就是那犀利的斧子，夹带着灵魂的全部动乱和风暴，敲击着无辜的树木。儿童话语掩蔽了这一切，使它看起来不像一场屠杀，倒像铁器对木器的一次天真无邪的访问。

正是在树木悲怆地倒下的地方，开始了建造家园的事业，也正是在砍伐游戏结束的地点，我们深切地触及了死亡。诗歌，似乎就是日常经验世界的话语练习，在语词魔法的操纵下，顾城按照诗歌蓝本构筑着他的生活，这导致了一个令人震惊的后果：他在经验世界中的命运，不过是其话语世界的一个逼真的倒影而已。

让我们再度回忆一下顾城的生命履历吧。这个人从漂泊和流亡中开始寻找家园的事业，并且在激流岛的树林边获得一座木屋，谢烨则充当着那个母亲幻象的现世化身，她负载起了一个家园的全部意义，而顾城居住在她里面。一切都在按照儿童话语的样式精确地进行。唯一的例外是谢烨的反抗——她竟然要弃他而去！家园的信念就这样完全崩溃了，使他沉浸在仇恨的火焰之中，并且从反面进入了那场终结的砍伐游戏：用一把我们早已熟识的死亡玩具拆卸了那个坏的家园，然后把自己悬吊在生命玩具上，从我称之为生命之树的地点，向尘世的梦想做了最后的眺望。

死亡就这样追上了顾城和他的妻子，把他们拖入命运预先设定的结局。坟墓取代了家园，坐落在童话世界的中心，仿佛大声嘲笑着这些难以为继的谎言。诗歌是一场骗局，正是它引发了所有那些令人心碎的毁灭。

在顾城和谢烨的墓碑上将镌刻这样的诗铭：

我不认识命运
却为它日夜工作

下篇

焦灼与渴望

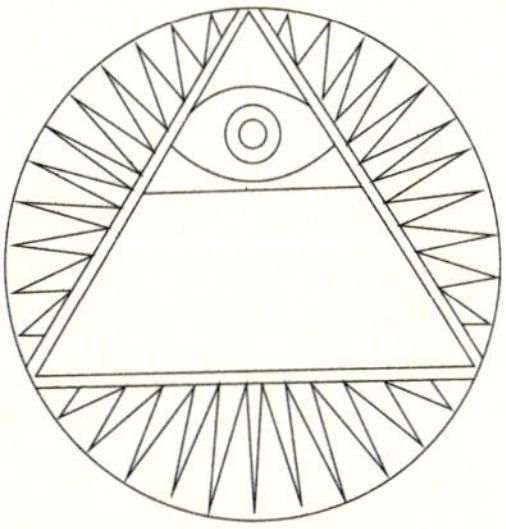

焦灼的一代和城市梦

焦灼意识是整个焦灼期的主导意识、城市病的典型反应，它当然导源于严重的城市工业化异化、性压抑以及行为无力性等。

城市、诗人、批评，意味着什么

城市意味着什么？ 这个问题足以令我永恒困惑。 它既是一片景观、一种多功能的事务区、一种高密度容器，又是一个梦、一种气氛、一种秩序、一份出身证，一座由水泥、玻璃和钢铁构成的永不风化的雕像。

城市诗人意味着什么？ 这同样是个令人惶恐的问题。 它可能是一个社团和群体、一个小小的文化圈，也可能是一群城市焦灼病患者、一些孤独游离的个体、一种灵魂的感受器、一些运用“意象”夸克进行聚合与裂变的现代野性。

而一个更有意思的现象是，在上述环境与人之间存在着某种神秘对话——人仗恃自己的激情创造了城市，城市则以冰冷的体积和喧嚣的重力向人宣战。 于是这种对话变得非常古怪：一方面，人需要和依赖城市；一方面，人厌倦和憎恶城市，情话和詈语互相交渗着，在这片立体多维的空间里发作爆响。 当城市和人都长大并具备了自觉意识之后，你们会于漫不经心之中突然瞥见，从街角、咖啡馆、俱乐部和校园边门里溜出几个不太安分的年青人，身着牛仔，手挥六弦，目视长街巨厦，口中念念有词，兜揣一大堆新派意象。 城市把他们从漫无边际的子民里忽略掉了。 城市没有顾上捕捉、放逐、窒息他们，或者把他们压入自己坚固的槽模。 然而一切都为时晚矣，大众传播介已经启动，诗集如鲜活之鱼溜进主妇的煎锅那样进入读者的书架。 我哂笑着看见，城市面对新的有力的对话和挑战者时的晕眩与愤怒。

我带着新鲜的感受和冲动读完了四位朋友的诗作。 我错愕并惊异地发现这是场地道的群兽聚会：张小波是头焦灼咆哮、野性十足的牡狼；宋琳则更像踩着无声肉垫、神情诡秘的哲学狐狸；孙晓刚具有猫的表情；李彬勇则接近某种鹰隼，长着逃避城市栖息丛林的羽翼和多情的喉嗉。但我将断然拒绝把他们匆忙赶入气宇轩昂的“城市诗”的囚笼，①钉上“以金属亮度辐射”文坛的学派标牌，②也不愿指点江山，轻率地宣告一个新的种群在多雨的亚热带东部诞生。各个省份的年轻诗人都鼓噪他们领导了中国诗歌的新潮流。偷觑着版图上燃起的烽火，我悚然之余悄声嘀咕：我的这四位朋友谁也不领导，他们只领导自己。

以如此谦卑的姿态向诗界作辑打躬之后，我不得不向诸位坦告另一个事实，即这些作品是难以透彻了悟的，由于其探索的深度远甚于“朦胧诗”，艺术同普通欣赏者的间距变得异常阔大。如果这是你们读者的责任，那么我愿尽菲薄之力，拳拳兮以窥其奥秘，并递送出破译了的信息密码；如果是诗人的责任，那我将也给他们一点劝诫和警示。我扮演的这个批评角色意味着什么？是领导读者，还是领导诗人？我谁也不领导。我只领导自己。

正因为如此，我还将拒绝这样一种义务，即指导每个读者都洞然参透啧啧叫好，或保证每个诗人都觉娓娓动听，无比“贴肉”。这是一种狐狸的狡黠和猫的中庸么？“非也非也”。我只是被这样一个严峻的现实苦苦纠缠着——人在心灵沟通上是多么地无力。

---

① 《城市人》诗集，由学林出版社于1986年出版。

② “焦灼”显然不仅是诗歌的美学思潮，还是当代青年的普遍心理或行为特征。

知觉:从低维到高维

世界无声地蠕动，四时叠起、万物循生；人乘物游心，御风而行，浮沉于宇宙之海……

在上述灵魂与周围世界之间存在着某种永恒传承的对话模式：我总是首先以知觉的触手抚摸外界，于是关于外部世界的图像蜂拥而至，堆积在混沌初开的大脑新皮质上，接着各种情感中枢受到震颤，不同的情绪涡流回旋激荡，新皮质在刺激下分泌出新的意理信息，等等。当艺术降临人间之后，在感知者和艺术品之间便出现了某种知觉-象态-意绪的模式重演：人总是首先据有存在于作品之中的知觉信息，然后以此为密码本去破译它的象态信息，被破译了的象态信息随即转为新的密码本，导引人去破译更深层的意绪信息。因此，人的知觉系统在任何情形下都是艺术信息的解码起点。

非约束性乃是世界之本相：自在自为而轮回流走，生生灭灭而聚散无常。由于人类知觉对非约束性的外部世界的组织约束机制，任何被感知的非约束性域当即转化为约束性域，主体开始了它对客体的调节和控制程序。约束性域生成之后，知觉既能把它的边界拓展到无限遥远的地带，又在知觉停留最频繁和知觉深度最大的区域形成知觉核，此系知觉域（约束性域）中的稳定点，它表达了一种建立在信息通信基石上的有序化过程。

城市诗人的知觉核无疑是现代都市和它的子民，它像一个半明半昧的巨大玻璃罩，自负而冷峻地拦截着知觉或梦界：“我是在城市某处诞生不久的一个前额凸突的男婴/我两岁/我转动眼珠好奇地察看四周”（张小波），我天真而多情地发现“身旁毕竟是/中国的大街在流动啊/流动着阳光和牛奶/流动着一大早就印发的新闻连载/关于广场塑像的奠基仪式/定向爆破和崛起的阳台”（宋琳）。

这里，城市与人两种基本现象成为知觉核内的有力磁心，捕捉并吸附住了真挚的目光。张小波还考察了两者间的张力结构：城市“嗷嗷地向我/痛苦地舞蹈/我科幻色彩地向它舞蹈”、“自转的快节奏里复合出本来没有的东西”，磁心内的两极在托马斯全旋中趋于平衡，张小波这头牡狼居然渴望成为驯兽师——他把城市知觉变成了颈部长满鬃毛的牝兽，并同它优美地对舞。

这就是诗的知觉系统新近发生的第一个事变。过去城市还未曾成为知觉核，它从来就只是整个知觉域的某个边缘地带，朦胧诗人从城市上空飘然掠过，在诗作里留下一些被肢解的碎片；朦胧诗似乎也从未形成过它自己的知觉核，知觉系统总是浸润在氤氲雾气里，此即朦胧诗之所以“朦胧”的重大缘由之一。

由于知觉核的形成，知觉方式现在变得更完善和摇曳了，它成为异常活泼的变量，并在知觉空间和知觉时间两种物理标度上推动了“第三代诗”的隆隆上升。

知觉空间对城市诗人具有特殊意义。乡野村舍和绿色植被急速后退，各种现代建筑肩挨肩，熙熙攘攘地耸起，人口爆炸导至祖孙三代囚于陋室，狭窄马路上蠕动着无边际的人流……于是，捍卫和争夺生存空间的战争变得异常频繁，人的空间意识被陡然强化，知觉对空间产生高敏感性和亲近性，它使我的诗人朋友的作品里包含了更多的空间信息。

孙晓刚的知觉空间被修葺、经营得最为完善，它提供了关于线条、色彩、面积、体积、容量、重量、质感等各种物理量：“连续性/一级一级台阶的转折/我用罗丹一座雕像的/姿势/坐在一个洁白的层面上”，这是数字式明朗单纯的线条和块面的静穆组合；“回味一遍/夏天冰凉的水在皮肤上拼命嬉闹/一只北方的西瓜/使天空中涨满了水汽/一个妙龄的轻盈/超过薄薄的水彩”，物体的温度、质感和分量感在星灵流转中被轻悄递出，竟是如此透明澄澈，如此不染纤毫；“人族呵排了长队踏过/泥土一般颜色的遍地果豆/在开满桃花的东方祈祷了最终的银白/古牒上/陶罐盛满香墨的醇酒/世界在一片冲动中化为明净的色泽”，从灰褐、粉红、银白直至陶褚、香墨，知觉的色阶在冷暖更替里续接成了明丽的光阵和谱系。

只是孙晓刚的知觉空间被限定在二维平面上，人与背景、人与物体、物体与物体都拒绝层次和深度，这令我想起某种精致的儿童画片：不存在透视，只有块面和块面在表层上错动互撞，它们以一种纯净的方式构成了知觉的童话。

张小波的知觉显然更有活性，一种燃烧的能量和生命力老是脱框而出，激励得他不能自抑，促使他揭开帷幕，探查生活底蕴的神秘：“在地铁入口处”，“玻璃窗垂落下来了质感强烈的法兰绒/法兰绒上有几头奶牛荡漾于日夕我想过去驱散它们/我把那/法兰绒布慢慢掀开/于是又看到你住在很远很远的乡下了/在我们之间”，有些古怪的法兰绒穿越二度空间进入它背后的三度空间的走廊，它使诗的那个“半圆的世界”向挤奶姑娘的“间圆世界”“半圆地围拢而来”，结果它们组成了一个完整的三维球体，它是男人和女人、都市与乡村、现（真）实与想象在知觉层次上的对称性接合。我的知觉触手摸上去觉得很饱满很充实也很光滑，于是便有了一种说不出的快慰。

然而上述知觉空间尽是些静态空间，对称性加强了这种静态效应。有时，由于诗中各种块面或体积的边界，能够产生空间延续中的间歇顿挫，时间节奏的意味便飘渺而至。但你定睛一看，就知那只是某种缺乏张力的似动现象。

于是时间变量便嫣然一笑踅入知觉空间，诗人焦渴的视线进而要给“乱糟糟的画室和一种思想”，“搭起四维空间”，且看张小波的《静观·雨的街》：“节日里行人很少/货铺里的少女像去年的油画……她面前的时鲜水果因为失去平衡/轻轻地滚动碰撞终于叹了口气找到了自己的位置/少女像极富动感的西方油画在四维空间里扭动了一下/各种椭圆的扁圆的浑圆的果实给了她第二性征”，静态的二维知觉结构借助喻词的轨道俏然滑向动态的四维结构，静物很性感地扭动成了尤物，诗人于是一阵心跳耳热，但随后他便怏怏地“看清了那是一幅挂在墙壁上的雷诺阿油画”，四维知觉又反弹回来衰变为二维，可诗人仍偏执地觉得“从不同的时空看上去她都是/那样落寞有时想对我说些什么终于摇摇头瞌上眼帘了”。这种低维和高维间的反复滑动变换，显然不是什么知觉游戏，而是意味着城市生命体的知觉信息处理功能的某种失控（知觉结构，包括象态结构乃至意绪结构的紊乱是张小波诗的标记），而它最终还是传递了来自生命体内部的可怕的孤寂和原始冲动。

第四维（时间维）元素之一——节奏，显然是诗与生俱来的属性，而非什么新鲜玩意。问题是，我所看到的这种节奏已大大超越了古典诗或现代朦胧诗的边限。“北风吹你/大雪擦你/那么在你/啊/你啊你……那么你的回答/那么我的叩击将播向哪里……啊这些/日子我们/正在相爱”（李彬勇《黑色榆树》），极普通的情话被赋予了极丰富的张力变化，结结巴巴的美在各种节奏型的交替穿插中结结巴巴地倾诉而出，不均匀的旋律喘不上气来，使你们感到灵魂的颤抖。再看张小波《静观·雨的街》，一个很一般的例子，面对女人燃起了沟通的欲火，于是

ff　我的心对着胸壁狠命喊道(紧趋的向上的张力,停顿)

fff　把门打开(继续紧趋的张力,且由于音节短促而更有力,停顿)

p 把门(张力突然衰减,然后又断裂为一个长长的间歇)

ppp 打开吧(松弛的乏力的尾音惯性般缓缓滑出,张力消失)

我乏力地摇晃着消散了泡沫的啤酒杯(转换成平抑的描述型句子)①

元素或象态信息（把门打开）没有变化，变化的只是结构信息，是某种律动形式、某种知觉方式，它当然显示了知觉信息的独立的审美意义。

而尽管节奏的变化如此游泻飞动，出乎意料，它毕竟有着坚固恒定的边界。我怀疑缪斯与诗人曾有过歃血之盟，因为所有句子的剪辑模式盖源于三种原型：“我歌唱节奏我歌唱”，两个句子无技艺地拼接在同一行里，此谓续接式；“我指责节奏，我指责”，两个句子间或空格，或打上标点而有技艺地拼接在同一行里，此谓半续接式；“我他妈的大骂节奏大骂（转行）该死的节奏”，同一句子被切割并安装在不同行次，于是断裂的句子间出现了一种自我修复的张力，就像断裂的蚯蚓扭曲着躯体去接合另一个断面，此可谓切割式。三种基本知觉方式彼此交渗，便生出无穷无尽的变式，波诡云谲乃至入超妙境。

时间维特征被放大强化到某个界值之后，空间三维便急速退化为背景，知觉空间锐转为知觉时间，但它不是甩开空间的一维时间，而是裹挟着空间一同运行的四维时间，维数没有发生变化，然而系统的主导和伴随因子发生了对转，此系诗在其知觉系统中的一个极富革命性的事件。

这是《邻居》：“十五年前搬迁的那家又在一个小雨蒙蒙的秋末搬回来了”，卡夫卡式的变形故事演绎出新的喜剧：“我像一只

① fff 极强；ff 次强；p 弱；ppp 极弱是乐谱通用符号，用于标明力度。

放大了许多倍的壁虎伏在墙头看他们移动的四肢”并“寻找曾经是另一只壁虎的小女孩”，梦思此时变得如此缱绻缠绵，发黄的童稚的照片忽然明亮清晰起来，“也是一个秋末午后/她从门缝里触触我的面颊说你多保重啦/就扶着板车走了”。这里不存在任何可供参照的经典尺度和规范。它既非一般意义的叙事诗或史诗，故事中的人灰色幽默地异化成孤独的壁虎，完整的事件序列被某种情绪张力撕裂扭变，逻辑要素弱化成一缕悠淡轻烟；它又非经典意义的“朦胧诗”，元素（意象）与元素的空间共时结构被时间序列结构所替代，元素亦由意象叠化成某种新的未知的实体。上述变化不仅仅是所谓“城市诗”，而且是整个“第三代诗”的普遍美学特征。

一方面是城市诗人对空间的高敏性，一方面是包括城市诗人在内的整个第三代诗人对时间的高敏性，这就使城市诗人的作品在空间和时间两种知觉信息上都获得了强化，知觉系统的这种优势为象态和意绪系统的发展进化提供了编码学依据。

但一个使批评难以尽善尽美的问题是，城市诗人的知觉核并不如经典理论所希望的那么稳定。孙晓刚的诗是个封闭系统，一种向心和收敛性空间，城市引力场有力吸附了他的知觉。而宋琳和张小波却时常谋划着一些或温和或粗俚的改变。宋琳的私奔出走富于柔情和雅皮士的风度：“日记和蓝天的凝望/折叠起最后一个晨昏/相思花沉甸甸的嘱托/打湿眉睫、行李和纪念册/让我们慎重地握手吧”，“我们，去远方”；张小波却以一种撒野的方式“站在车尾拉着钢轨上滑行的皮箱离去”，让“固定在经纬格的城市成了渐渐黯淡的背景”。尽管如此，这两位朋友毕竟还是给了城市以更多的眷顾。李彬勇才是地道的城市忤逆之子，他就那么急切地希望抛开“喧闹与混沌投进原野”，知觉核以一种富于弹性的离心力，偏离城市向外优美地抛甩出去，在郊野田园和高山大漠建立新的营地。这样既大大开放了城市诗人的知觉结构，也使这结构由于知觉核的游移不定而趋于不稳定的状态。

象态:从意象到事态

意象以一种时髦的姿态独自踞守着当代诗台的表演前区，且大有欣欣向荣、蒸蒸日上之势，这委实使我大惑不解。 空间知觉确乎为意象生成及其组织提供了心理场——意象的积木的搭建，总是在某个被知觉了的空间里进行的。 但是当时间知觉扮演主角时，意象就玩不转了，在知觉时间里出现的不是意象，而是一种叫作“事态”的新实体。 张小波的《邻居》足以提供证据，它表明那里没有展开于空间的意象团块，只有在时间里延续的事态序列。 非常清楚，知觉空间和知觉时间两种极性的冲突，在这里组合成了内涵更丰富的“象态”系统，它同时包括意象和事态两类基本的信息元（此外还可能存在着若干中间形态）。

以意象为主体的意象诗（“朦胧诗”）具有纯正的古典意味，“古道西风瘦马”的模式，图腾柱般永恒呼唤着失散的意象，舒婷和顾城曾经那么执着地在朦胧的现代知觉里把它们堆叠成苦涩而诱人的梦，它的魅力显然大大超出了人们的意料，一个最近的的例子是这部诗集。 这里仍然深深浅浅地布满了意象诗格局的各种印迹。 孙晓刚、李彬勇以及前期宋琳的诗皆是如此，经典意象诗的团块结构被严格复制：“母亲扣好了乳罩/回答童贞去，广阔的蓝天下吮吸阳光”（《儿童游戏》），“恐怕我会顿然黯淡成夕阳/恐怕这一副生命的蛹已停止蠕动/心并无亮色地垂在那里”（《祭节》），不同层次的意象在同一个句子中集结了起来：母亲回答→童贞，具象的层次嵌入抽象的层次；我→黯淡成夕阳，生命具象和非生命具象组合到同一水平的空间性团块里，意象关系由于空间组合的任意性，而变得如此气韵生动。宇宙秩序在情感的透视中灼然闪现，它甚至有些接近哥特风格的建筑，充满高度紧张的推力、撞力、上升力、空间的均衡尺度和精神冲突。尽管如此，它毕竟只是上述古旧结构的现代摹体。

于是，一种从旧式印模里拔出身子的欲望开始支配住了诗人。起初是在意象诗框架内对某些参量进行重要调整。例如，你们会发现，城市不仅成了知觉域的中心而且成了意象域的中心；城市诗人的意象不像是弥漫分布的星际物质，而是冷凝集聚成大质量的意象核。孙晓刚诗的意象，坚贞地恪守着这一核体的边界，从大街、斑马线、阳台、俱乐部、舞会到帆板、钢雕、广告和雀巢咖啡，城市腹地的各种物象构成了新奇的立体景观。玻璃、塑料和钢铁，像花儿、草儿、山儿、水儿那样渗入诗歌并成为基本意象。

不仅如此，在他的“春天”和“节日”的“阳光”里，城市建筑体（人工物）总是闪亮出洁白、玫瑰或湛蓝的生命色泽，并且总是像“飞碟”和“青年圆舞曲”那样旋转着令人眩目。定神之后再一思忖，我的城市有如此优雅明快吗？一种憾意便波浪似地浮上了额头。

意象品质在宋琳前期作品里也都是正值的：“我来到阳台眼睫弹净一幅街景/小提琴倾泻四条瀑布/投映长颈鹿般修长的建筑/鸽子从广场的喷泉边飞来/星星般簇拥在我的周围呢喃地拣拾音符”（《音乐山谷》），弧形的优美和呢喃的甜蜜净化着街景，黑森森的生活底色上，涂满了白色的静谧和蓝色的慰藉。但此后，一种冷色调和负值品质的意象开始渗入：“我们会攥紧拳头‘乌拉乌拉’狂叫歇斯底里狂叫/突然陷入难言的死寂/我们都是一些囚徒吗我们互相深情地打量/有谁转过身去抖动了一下肩膀/

这时你会看见/节日正起伏着越过他的肩膀走向窗外/一群有生命的木偶在窗前悄悄流泪”（《节日》），一种失落感和乐极生悲的迷惘，在狂喜之后淡淡浮现，绮罗铅粉之气被悠缓洗刷，意象的优美度不失涵养地为粗鄙度所替代。这种动向在张小波那里变得更率直和肆无忌禅：“他躲藏在自己头发里拼命抽烟/十二条手臂向身体的各个部分轮番递烟”；“膀胱里液体一滴一滴滑落在墙壁上”；“我们需要老婆，非常之需要”。他甚至蓄谋散发“男人特有的狐臭”去引逗那个“在繁殖万物的部分涂着荧光的女人”，并宁可在后者“令人猩红热大发作的美”之中迷狂而死，于是意象品质就不仅仅是粗鄙，而且是粗鄙得惊人了，它成为所谓“第三代诗”和“朦胧诗”的又一区分标记。

其实，这种粗鄙还算不得什么。意象诗在四川盆地里新近变异出一些新的品种，结构由团块状变为链状，粗鄙度进一步强化，以至“阳物”在“东方型的情欲中勃起”，大密度的野蛮意象裹挟着太古时代的三叶虫、恐龙蛋和剑齿虎滚滚而来，沉重得像花岗岩脊那样坍陷下来，压住我的头颅，使知觉发生了严重超载。然而我庆幸地发现，一种更为稀疏的意象群落在眼前轻灵流走，宋琳和张小波的“参禅诗”显示了另一种南方气派。

意象密度作为一个新的重要参数，表明了诗的信息含量的大小。“参禅诗”的功能是对宇宙现象的体验或启迪，这样，诗的意象退化了，而意绪系统则大大扩张，一大堆思想挤挤攘攘地站在了意象的针尖了。意象疏化导致诗境的澹泊虚静、淡不可收，太和之气悠悠而至、悠悠而去，正应着老子的“大音稀声，大象无形”的妙谛玄机。“我从你的背面异乎寻常地看见你的脸/反光球里你眼球的反光/抽着你的雪茄正抽在你的嘴里/书房的和平与头发的愤怒/我轻轻唤了你一声埃舍尔/我曾在哪条街道上看见你”（《致埃舍尔》）。意象溶解在了高度散文化和口语化了的句子里，你甚至知觉不到意象织体的存在。

有时，“参禅诗”的意象密度并无显著变化，但你们仍可感到意象正从你的知觉里神秘流逝，此中奥妙在于，意象的自足性开始消失。“意象诗”的意象有时具有充分自足性，我无须追究它的深刻义理，意象本身的迷人组合已足以供奉美感，在此意义上，意象系统成了整个解码和审美过程的终点。也恰恰是由于这个缘故，表象不言其为“表象”而名之曰“意象”。有“意”有“象”，精神与官能各有所获，皆大欢喜。但是且慢，“我渴望向你靠近/我跃过了一道一道栏杆是想向你靠近”，“我感觉你的一只眼很正常另一只眼却躲在/潜意识的翅膀下/闭起”，“你就这样坐着，在玻璃的触觉后面等着我/我是一个推进器从四面八方向你靠近”（宋琳《无调性》）。这里含有两个基本意象：我向你靠近和你坐着等待，普通得惊人的生活被编码到诗里，意象本身的魅力（自足性）显然已经丧失，但象征性也随之开始强化。我向你靠近不过是个被抽象了的符号（信号），它有力地指向更深层的意绪系统，只有先破译了这层内在意绪，才能折回来重新理解（破译）外部“意象”自身的审美意味。在上述“意象”的自足性和象征性的尖锐冲突中，诗正战战兢兢地向后者移挪着自己的支点，“意象”概念在“意”的失落中被冷然修正。

然而象态系统的真正革命不是对“意象”的调节，而是新元素“事态”的出现。若干单个“动作”按逻辑结构（因果、时间顺序等）的链式组合叫作事件（故事、情节）或“史诗”，它是古典行吟诗人的杰作；而若干单个“动作”以情绪张力为接合剂的链式组合叫作事态，当然你也完全可以把它称为“情绪事件”。此间，我无意否认事态与意象的共生性或分割两者的联系，我只想证实，在事态诗里，事态压倒了意象成为统治者。

事态诗的出现取决于知觉系统中时间知觉的胜利。知觉空间创造了意象空间，知觉时间则孕生了事态时间，这是个不言而喻的事实，但它的发明专利却仅属于华东师大夏雨诗社的几个小人物。张小波《这么多的雨披》堪称代表之作："这么多的雨披从地铁车站涌来/仿佛一次旅行进入最后的冒险"，在一个总的情境氛围扬过之后，两种性质的事态以交叉蒙太奇的结构依次闪出（其中每个句子都是一个事态）："他牙齿白白地打量两旁的玻璃转门/她眼睫上弹飞的水珠又降临在发怒的鼻尖"、"他耸耸两肩感叹这倒霉的天气/她踩着水洼尝试短靴的性能"，接着是两种事态互相轻悄一撞，短瞬的互渗和融会："他和她在途中的另一个地铁车站邂逅"、"她和他同时觉察彼此眼中别人无法捕捉的神情"；然后它们又彼此跳开，继续"交叉"，继续"蒙太奇"。在经历了长长的似乎极白描清淡的陈述之后，新的撞击和交会再度出现，你们会心地看到事态导向了一个奇妙的情绪高潮："雨水从他的指尖快速流向她的指尖/又通过她的的嘴唇缓缓回旋到他的嘴唇/雨披隐蔽了这场慌乱的行动"，一种凡近的生活事态在指尖的颤动中流转成了诗意。这是一种真正的创造，它标志诗正从意象的摆流中摆脱出来，我为此拍案叫绝不下九次。

随后，一种新的沮丧之感便又无言地袭来。我愕然发现即便加上宋琳《最后的情感》，事态诗的数量仍少得可怜，而且他们很快把一腔柔情注射到别的什么空腔（如"参禅诗"）里去了，于是事态诗尚未来得及发育完全，让你们仔细瞅上一眼，就急速枯萎成历史。红颜薄命如斯，着实令我抚掌长叹。

意绪：从崇拜到痉挛

对象态信息的破译，使我开始触及诗的最后一个信息层次——意绪系统。一切都是被某种最深层的意绪结构的基本图式所注定了的。反之，由于同构对应，我也透过象态，谛听到了诗人内心永恒喧嚣的意绪的痉挛和搏动。

一方面是简陋的棚户区，以及作为背景的黑色车皮、矿石和路轨，竹刷子使劲清洗着老式马桶，古老的“三五牌”闹钟喑哑地敲打起来，躺椅上光裸上身的男人，大手大脚地占领着夜晚的柏油路面，油污和臭汗编织成粗鄙与豪爽，近代城镇文明在郊外田野气息的萦绕中瞌目沉睡；一方面是有着“大力士牌”商标和野牛性格的打桩机“突突”敲击混凝土方柱，楼群和立交桥沿蓝天弧形地升起，雀巢咖啡在新式厨房里沸腾，洒水车冷却着来自足球赛场的热量，橱窗向世纪末炫耀各种家用电器和电脑装置，现代都市文明在噪声和浓烟里魔术般地出现。于是，小巷风情和大街气派，两种对立的文化景观互相交叉着，投影成城市经纬线的网格。

另一种冲突则更为尖锐和严重：一方面城市在其现代化进程中愈来愈具有世界的意味，民族标记和历史遗迹在技术突进中向它的最后营垒——博物馆撤退，城市穿上最流行款式，自豪地展览着它的现代形体；一方面人口生产机制过于发达，人口密度大大超过了城市功能所能负荷的限度，工业技术排放出噪声和毒气，与人们争夺着狭小空间，于是，人与人、人与技术的摩擦和厮斗变成城市上演率最高的生活剧目。

上述旧文明与新文明、技术进步与技术异化的对峙，以能量和信息的方式流入艺术家系统，并转换成了诗人的心理冲突。城市信仰和城市否证、技术崇拜和自然崇拜、民族感和个体感或世界感、历史感和现代感纷然一堂，互相抵牾挤压渗透，并形成一种焦灼的张力，它是城市诗人的共同精神特征，同时也是诗的美学形态发生扰动和转移（如事态诗的出现消失）的重大心理背景。焦灼的一代此时忿然大步踏上诗坛。

于是在象态信息背后，一种意绪系统庄严地升现了起来，我发现这个动态系统的状态变迁，呈现出异常清晰的周期性特征——在无规则运动的精神空间里存在着深刻的有序结构，它表现为从崇拜期、焦灼期、分裂期（痉挛）期到参禅（缓和）期的推进过程。

最初从城市诗人之卵里跃出并长大的，是少年意识或青春意识，一种美丽的城市梦，它对应于象态系统的意象结构。“在通向电化教学楼的台阶上/走着一群东方青年”、“那褪色的挎包里/正装着一本《拓朴学》一瓶奶浆/和一个戴博士帽的幻想”（宋琳）；不仅如此，我还要把“青春的本性招贴在蓝天上”（孙晓刚）；李彬勇的诗可能具备了最浓烈的荷尔蒙意味，他的作品几乎都是对话，歌唱性的旋律喃喃吐出，有时气息温软得近似甜蜜的耳语，有时又烧灼得如来自生命热源的辐电使女人眩晕，由于情话的缘故，句子常常变得完整起来（主语、谓语同时并在），情绪单子（语辞）在复沓和迴环中梦呓般流动着：“我多想拥抱你/我多想拥抱你”、“你啊你啊”、“我要你再见/要你这簇红彤彤的神秘/这三月里一名少女惊愕的热晕与初潮”，这种以异性、生命或事业为对象的青春意识有时会转换为自然崇拜（如李彬勇），有时则进化成桑德堡式的不可遏制的城市崇拜：“我发现庞大的世纪末在海上/城市在海上在世纪末的驼背派生出来的智囊上/定向的漂泊奇遇/遇见世纪初/于是乎那城市一跃而上哦美哉乳峰般耸起的世纪初智囊”、“机器震慑了海令它平静且温驯地流动/人类充满了相互亲近和与所有物体亲近的尊严”而“我迅速长大/形成不同于过去意义的/人”（张小波），关于人类和民族进化，个人尊严和价值实现的天真意绪，在童年气质中幻化成了可捉摸的海市蜃楼，诗人走进自己制造的乌有之乡并为它的崇毅庄严和亲切慈爱所深深感动，从人间圣地升起了热烈迷狂的赞美诗的音调。它以后又扩张为领潮意识，某种走在民族队列前沿并成为文化进步潮头的情感，波澜壮阔地奔涌而出：“我是城市一名骄傲的使者”（孙晓刚），“既然历史和光荣选择了我们/我们就不畏缩”（宋琳）。这种领潮意识和城市崇拜其实是自我崇拜的情绪折射，它构成整个崇拜期的意识核体。张小波说：“城市为此安排了多功能摄像机捕捉他的行踪”，并“时常私下里嘀咕说他具有钢铁意志”；李彬勇说：“几十个海港缺了我们就不再有洲际含义”。几个学院派的毛头小伙子难免沾上一点妄自尊大的“学院病”，这种病症只有脱离校园进入社会才会痊愈，因而除孙晓刚外这个豪迈的声音不久就开始转调，另一意义上的病症开始发作，某种目标无法实现的焦灼和巴洛克式的激动渗透进旋律，城市梦变得不再和谐与优雅，光鲜的世界蓦然成熟，萎缩成一枚痛苦之果。

焦灼意识是整个焦灼期的主导意识、城市病的典型反应，它当然源于严重的城市工业化异化、性压抑以及行为无力性等。起先是“渴望流放/渴望与艺术女神发生惊险奇遇”，渴望“生命勃发一团气体去掠夺什么”，渴望身子在空中提拉起来并向城市俯冲，随后这种愿望的焦灼大步推进成了愤怒，并富于严重的侵犯性：“或许我已退到墙根”、“我知道背早红紫早流了又止”，在淌血和绝望的时刻，我便只能反过来“疯也似地逼你迫你”（李彬勇），困兽犹斗式的痛苦在胸臆里死命搅动。

但有时焦灼也仅仅逗留在对孤独状态的感受。此刻，某种孤独意识在城市梦里明亮起来，成为前景：男人和女人总是无缘相爱，对于离别“大家都觉得没有什么可是想回头一望时/世界开始超音速了”（张小波）。不仅如此，就是一般意义上的沟通也变得十分困难，总是“期待有谁在树下仰头喊道小波你的信啊，然而恶邮差藏匿了我的所有书信”。诗人就这样从恶邮差那里轻易地找到了孤寂的原因。

于是就只能逃跑。“我们一齐涌进大车站/在投奔另一个球体”“妻儿和糊涂的家猫站在屋顶等待最后一辆闷罐车”，其中溜得最快的当推李彬勇，但在一阵“久在樊笼”、“复返自然”的短暂欣快之后，某种不能超脱的沮丧仍喷涌而出，孤独便愈加孤独，焦灼便愈加焦灼：“我有血青石似的拳头”、“只要有人类的面庞涌过/我会拼命地将它攥紧并举起来/无意识地颤抖/恐怕我想渲泄一种哀痛/我不能跑进森林长成一丛灌木/我不能跳进大海化作一腔蓝色/恐怕我已感受到了什么/ 我只能面对世人”。 如此一位叶芝型的退隐诗人，终于被田园一屁股狠狠踢将回来，并以一种强悍的力度，递送出了批判的信息。

焦灼病和孤独病能否救治，这是社会学家的事情，不过张小波倒真是美滋滋地想象过“匆匆赶来的女大夫像英格丽·褒曼那样微笑着”，“让我栖落在她的臂弯一遍又一遍地替我测量体温”，结果女大夫和她的病人之间出现了好莱坞电影经常上演的戏剧性场面：“我又是一阵晕眩几乎要向她怀中倒去/她的胸脯/马达一样激动起来”。 可惜这只是标准的好莱坞神话，于是病症便进入第三期，恶化成严重的精神痉挛和精神分裂。 意绪状态的相互边界由此开始变得模糊不清，诗的美学特征在烈焰飞腾和疑云阴沉、金斯堡式的“嚎叫”和艾略特式的迷惘之间剧烈摇晃。“死亡大坂/二十一名牙床淤血的现代勇士鬼怪式的现代勇士/轮番向你俯冲”、“我们是/二十一世纪的兽类”。“大坂”出现得蹊跷古怪，“二十一名勇士”的出处也毫无着落，于是“轮番”、“俯冲”就成了用以消耗能量的纯碎精神痉挛，一种地道的神经质喘息和“猩红热大发作”。《克拉玛依列传》更完整地表达了人的无力性的噩梦，三个浑身狐臭的男人为克拉玛依反目成仇、举刀厮杀以至化作三具骨骼，逃避都市的妄想在这里转化成了过份的激情；克拉玛依不再是含羞脉脉的中国淑女，而是疯疯颠颠、半裸腰臂的吉普赛娘们儿，美丽的梦由于自我嘲弄而变得可疑和荒诞，但正是这战栗不安的紫色幽默，调侃并释放了无力性的痛苦。

精神痉挛和能量泄放，以及紫色幽默机制显然缓解了焦灼。焦灼归焦灼，慧根终究未尽，太阳之气和太阴之气趋于调和而中正美妙，它在冲和虚静之中发生了现代宇宙意识。人超越了自身的无力性，像古代贤哲那样去沉思人和宇宙关系结构，一种人同自然的和谐与统一性的命题被重新发现。诗人在一阵无谓挣动之后终于认可了“吾在于天地之间，犹小石木之在大山”、“稊米之在太仓”、“毫毛之在于马体”的宇宙模型，它大大合理化了无力性，并以参禅修炼的方式，给焦灼的灵魂以弘远玄微的慰抚，生命复归到最初的原色。宋琳《致埃舍尔》是哥德尔定理的中国式注解，事物的自相缠绕和逻辑悖论，借助理性的抽象的思辨运动表述出来，可怖的荒诞性在诗人与埃舍尔语调平抑的对话中，淡化成了生活常识。《视觉的快感》是参禅期最出色的例子，表达出独特的哲学感受：“为一杯水预备了情绪的透明度/为毗邻的静物建立有序/视象交叠出现。动物的友爱感染着人/孩子们弹珠在亲昵的区间滚动”，于是“水在摆动中说出语言/哲理达到无限”。

意绪系统从崇拜、灼焦、痉挛到参禅的演进（涨落）周期，是理想化的批评模型，其实很少有人经历过每一个美学旋涡，并在其间欢快地旋转上若干年头。从一开始，李彬勇就采取逃跑主义策略，直到最近才开始感染了一点焦灼流行病；宋琳还未来得及焦灼成痉挛或分裂，就急速滑向参禅期；孙晓刚甚至像个固执或不肯长大的孩子，坚持城市崇拜的天真立场；唯独张小波走过整个周期，不仅如此，他的作品状态还含有一些更细微的振荡变化，这是城市诗人美学周期图式上所尚未呈示的。

周期破缺的原因，在于信息通道上的某些调节机制。城市的恶性病变导致心理稳态的丧失，于是各种调节器纷纷启动运转，试图把诗人拨到某个新的稳定状态点上。首先起作用的是逃避机制，城市意象隆隆而去，来自田园的闪电劈啪不停，一种怀旧的惆怅和淡淡的哀愁，像溪水般清亮地流过，洗刷着城市污浊和城市病痛。而当城市戒严并关闭起所有逃亡通道时，伪饰机制开始发挥功能。第一种伪饰以客体为对象，来自周围环境（城市）的信息性质被全然置换，城市由冷调子过渡到暖调子，无数幽暗的门洞明亮，成了灿烂星空和旋转梦幻的瞳孔。另一种伪饰以主体为对象。在崇拜、焦灼、分裂的状态移动中，某种雄性意识悄然生成，迅速化育自身，它同焦灼和痉挛的烈度构成了正比。小伙子刚还是卿卿我我、柔情似水，转眼间就变得焦灼和粗鄙成了慓悍蛮汉，向读者炫耀饱满力度、阳刚气质和第二性征，有时还迫不及待地出示第一性征。这当然使整个“第三代诗”与雌柔的“朦胧诗”间有了鲜明的位差，但它有时并非都是真正纯粹的“雄性”，而是行动上的无力性在白日梦里转换成精神有力性的结果，一个为自身设计的骗局，于是难免有些装腔作势和令人难受。这种伪饰自欺的“雄性文化”，今天已扩散到包括小说、戏剧和电影在内的各个部类，整个当代艺术都受到了它的激动与困扰。

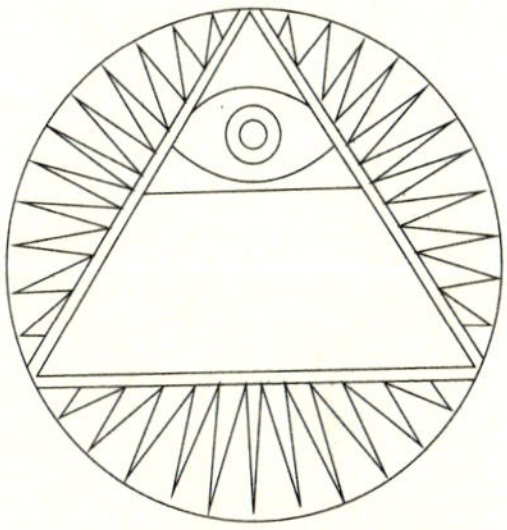

慵懒的自由

睡眠是一种存在主义的懒惰。 睡眠时拒绝行动，是对未来的恐惧，或者，它是对自身境遇的一种厌倦和报复。

关于这个人的生存境遇

用惯常的眼光看，我和宋琳的交情非同寻常，因为我是看着他长大的。这句话的意思是说，我是看着他从一个乡村学生变成出色诗人的，所以我被人家死死认定为一个研究宋琳的权威。然而遗憾的是，我没有为宋琳单独写过任何评论。原因之一是宋琳的诗我未能完全读懂，原因之二是宋琳的名字极像女人，在道德主义社会里，我不打算为此冒太大的风险，比如让读者以为我在向一个姑娘暗送秋波。

这个姓名学的问题不妨留待日后再作讨论。但就对宋琳本人，我的确无法拿出有关他个人隐私的详尽材料，作为破译其作品的起点。宋琳是个保密功能极好地葫芦，他很少对我谈及他的过去，以及他现在的情感生活。他挽着一个女孩走来，说这是他的女朋友，就像他拿出一叠诗说这是他的作品之一样。他拿出的只是作品，而对别人省略了那些内在的过程。

当然总有一些零碎的细节泄露出来，或者，总有一些非隐私性的事实被我掌握。我知道他是个孤儿。知道他最初生于城市，而后便在中国福建省北部的乡村长大，青春期有过一些荒唐的举动，感情脆弱，但总的来说是个“生活严肃”的人。

少年的经历使他对乡村保持了天然的爱好。这种情感甚至扩大到他砍柴时撒在山坡上的粪便。他为那个螺旋状盘绕的有序形式所惊讶，欣赏了半天，用手指轻拨了一下居于螺旋体中心的尖翘物。然后带着无名的幸福蹦跚而去。

对排泄物的这种无聊情趣是非常东方化的，他暗示了一个乡村少年对城市以外的自然生命的热爱，并且多少带有一点禅宗的风度。但后来事情有了某种突变：他选择成为一个城市移民，也就是说，他以上大学的方式反叛了乡村。这意味着城市必须接纳一个新的乡村逃亡者。很多年之后，当宋琳开始激烈攻击城市时，他假装不记得当初背井离乡的原因。这种健忘症我曾在许多移民诗人那里见识过。

答案是显而易见的。城市，这个用无机物堆积起来的空间，为那些卑微的生命提供了一项新的身份。或者说，城市是一种机遇，一种生命可能性、一个功利性愿望的庞大对象，它不仅提供各物，而且提供能够安抚肉体的所有触手。城市是一个功利性民主的营地。

正是这种特征诱惑了宋琳及其同乡。这个过程我不想赘述。而结果是，在进入城市的瞬间，便在无边无际的陌生人群里消失了、没有了。他的价值还原到零度。他成了一个真正的空无，独自面对惨灰色的狭窄的天空。我那阵子正跟他一个班级，只记得他用长满冻疮的手，很腼腆地拿着"树上的鸟儿在唱歌"之类的小诗，到处征求人的意见。此外便无太深的印象。

后来宋琳突然变成了一个诗人。这个事情肯定在我的意料之外。而更使我意外的是，他一开始就以一个城市人的身份参与到当代诗歌运动中去。他显示了对城市的狂热崇拜，甚至打算"请南方的椰林来这里居住"，让北方的"雪橇滑来"，"给城市的孩子载来鹅毛雪和森林公主"。他还企图对人隐匿过去的乡村履历："我不愿告诉谁/山谷里还有一座坟墓/静静地睡着我的过去/那时，我是一个流浪歌手"（《音乐山谷》）。

以后，每次谈起那个时期的诗歌，宋琳都露出厌恶的表情。他可能已经发现城市是个骗局。城市奸污了他的想象力，而他却向城市奉献纯情。这种不公正使之痛心疾首。他的计划是用诗向城市复仇，揭露城市的丑陋与卑微。这使他成了一个坚定的反城市主义者。

我不知道这个变化究竟是如何发生的。有一阵子，他喜欢用非常暧昧和模棱两可的调子谈论城市："我在遥远的地方听见它低吼/吓唬我又召唤我"，这时他觉得自己很像是"一只毛色好看的恋母幼狮"（《旧时地》），仍然迷恋着城市的某些魅力。

随后他就开始抱怨城市，抱怨它为他安排的生存境遇。"作为一个城市公民……我将带上饥饿的胃出去/排在任何一个屁股后面平静的等待/抓住一天中可能出现的一切变故纹"（《站在窗前一分钟》）。但他抓住的却只是"梦想城堡"、"遥远的沙器"/圆柱浮现着喘唇的形象"、"灰色的、迟钝的飞鸟的形象"（《故事》），它们只是一些虚空和没有价值的幻象。

更严重的是，他感到"脑后的开关被一只不怀好意的手按动"，或者"有另外一个东西/在房屋的背后行走/更多的跟踪者的脸，像关闭器官的石头/抛在路旁/显出难言的孤单/我就从那里摸索进来/抱着受伤的膝盖"（《向深处的逃亡》）。

上述可怖的情形一直延续到"第七个冬天"，他"继续流浪"，看见"建筑物纷纷向天空奔逃/留下一只空钵/河流在一棵树上/扭动那灵巧的手指移开屋顶/好让我的脸象一具楼梯/搭在城市的脊背上"（《在上海的第七个冬天》）。这时，即 1987 年的严冬，性情温和的宋琳终于愤怒得掉泪了。他悲恸地回忆起了对自己的忠告："你要冷静下来、小心看守鞋钉/它会从下面把你钉死"（《给青年人的忠告》），但这种彻底的省悟来得为时太晚，他已被钉死于这座巨大的石棺而不可逃脱。

这种历史的引述可以无休无止。现在我想换一种方式来讨论宋琳的生存空间，即找寻一个在他诗中出现过的境遇意象。我相信鱼和河在宋琳的意象屏幕上是出现最频繁的。扭曲与肮脏的河是古老自然的残剩物，它从家乡流来，成为一条联结母体的脐带，或者它本身就是母体的象征，是城市中仅存的温柔之床。作为一个孤儿，宋琳显然拥有异乎常人的恋母情结。他经常被母亲葬礼的记忆所沉重地压迫，“其实那夜并没有来临/棺材也没有被月亮照得苍白”。他记得“哭泣像欢笑种在脸上/它能把守灵人聚集到温暖的屋里”，他多么渴望“挣脱母亲严厉的手/重新蜷缩在她的腹中”，于是他在想象中“记住了”“任何人也无法回忆的出生”（《回忆母亲的葬礼》）。在以后的生命旅程中，他将不断寻找那个慈爱的母体的代替品。这场漫长的求觅运动以后有了一个动人的结果：他像“一尾活泼的鱼”和“天真的族类”，“咬着船的臂部穿越十大海峡抵达这座城市”（《垂钓》）。

但城市的河又是一种伪自然形态，一个无比阴险的陷井，使宋琳遭受“垂钓”。而那个恶毒的垂钓者正是宋琳自己。他的“畸零”与“病态”的自我，“在更深的意念里”，垂钓着自己。那条来自乡村的莽撞的鱼同捕鱼者一样，都是他内在分裂人格的不同侧面，显示着对城市既依恋又敌视的生存态度。

城市体验的矛盾性，无疑是城市土生子所没有的，它导源于乡村生活与城市生活的文化反差。宋琳像一根在两极中振荡的孤独的弦，唱出了存在的激情。它比那种盲目崇拜自然的市民型诗人更接近上帝，或者毋宁说，更接近作为本体的两难困境。

这可以从两个方面获得证据：中国乡村的贫瘠状态和中国城市的异化状态。由于贫瘠，宋琳渴望逃亡，但他并未因此找到乐园，他所访问的那座都市是各种文明垃圾的混合物，它既充斥着封建道德和专制主义的腐败气息，又染有来自欧洲的破烂不堪的殖民主义文明的病毒。但这座用垃圾堆出的圣城却挤满了打错算盘的朝觐者，大学是他们的帐篷，诗是他们的午餐。他们交出自由，然后去占有一个闭抑的囚室。

小市民的无力性给我和宋琳都留下极深刻的印象。市民精神以安于现状的懒惰为特征，他们的唯一乐趣是把囚室布置得完美。以便安置几个微渺灵魂和猥琐愿望。这同农民的单纯与健康成形有力的对照。现代农民一旦同它的土地和根系分离，将显示更大的自由度和生命活力，这已经在那些农民商人那里得到证实，尽管他们面色黝黑，指甲肮脏，额头上印刻着永恒的风霜。

关于这个人的生存策略

具有讽刺意味的是，宋琳一直被人当作“城市诗派”的代表之一。这个责任难道应当由我来承担么？不，我很早以前就已声明，我将断然拒绝把他和另一些人“赶入器宇轩昂的‘城市’的囚笼，钉上‘以金属亮度辐射’文坛的学派标牌”（《焦灼的一代和城市梦》）。因此，造成这种说解的全部原因只能归究于宋琳自己，正是他拒绝从城市出走，并坚持在一大堆城市意象的尘埃里哭泣。

从形而上的角度看，宋琳是个无耻的睡眠者，他在空荡的座椅和庭院、在咖啡馆的玻璃后面、在临近午后的臭气熏天的床上、在耳朵与眼睛之间浑然睡去。他劝诫所有的读者：“我们不要动”，“我们需要休息”。当然，他劝告的首先是他自己。这是一种非常真实的景象，因为我每次去华东师大宿舍找他，都发现他躺在一堆柔软的棉絮里，用沾满眼屎的惺忪面孔，对准来客歉疚地微笑。

睡眠是一种存在主义的懒惰。睡眠时拒绝行动，是对未来的恐惧，或者，它是对自身境遇的一种厌倦和报复。宋琳是一个异乎寻常的智者，他明晰地洞察了行动的后果，即所有的行动都没有意义，他不能改变境遇，他只能接受这种境遇。于是他像大部分都市艺术家那样，表现出对反叛的冷漠。

我和宋琳曾认真探讨出走和游历的可能性，探讨过陶渊明对策的现实参照价值。结果发现他老兄比我们都富有，至少，他拥有八、九间草屋和几十亩可以租赁出去的土地；此外，他也没有户籍和档案之累。李白的情形更好，背囊里满是巴掌大的银“锭”。一想到我们两袖清风、家徒四壁，便都悚然无言。

既然如此，宋琳的拒绝行动可能就是最好的行动。他像奥波罗莫夫那样对世界没有意义。不，首先是世界对他没有意义，而后才是他对世界没有意义。同时，他对自己也没有意义。这点同西西弗十分相似。西西弗是勤奋的行动者，尽管他知道推石上山的结果一定是石头的再度滚落，但他仍然以坚定的勇气进行。他同宋琳是勇者与智者的差别，而他们都被送进了同一个失败的结局。

但我确信这种懒惰仅限于肉体的领域。当肉体软瘫于功利的层面而变得僵硬时，精神却试图自由地升华。肉体的无力性反激了对伟大的心灵解放的渴望。他内在地行动者，用想象力描述另一个自我和另一个世界。这就是说，睡眠把精神引向了做梦。

躺是一种奇迹的等待：“我在睡眠中伸出去的手/把一个意念紧抓不放”（《向深处的逃亡》），但变故总是从他床边绕了过去。做梦则制造了奇迹。写诗是一种梦的操作，他把球打给了由自己杜撰的世界，聆听某个幸福的响应，并最终占有这项虚妄的奇迹。他把自己和诗都变成了一种文化病态现象。

宋琳对那些海明威笔下的人物怀有深深的敌意。他们头脑简单，四肢强壮，保持着古老的血性。这种敌意显然是由恐惧造成的。诗人怀着叵测的嫉妒，害怕别人比他们生活得更好。几乎所有的艺术家都企图制造精神的阳具，指望用这种方式摧毁一切肉体的世界。这种策略的一个直接后果是，诗人总是把自己变成剽悍的男人，而把世界幻化为一个温存的女人，最后，他就用奸污的方法去占有它。在此意义上，所有的诗人都是罪孽深重的歹徒。

关于这个人的游戏操作

我所接触过的诗人之中，宋琳杰出的玄学品质令我感到惊讶，我因而有机会了解藏匿于他头脑中的抽象意图。他一度迷信于“还原到表象的真实”的艺术信条，并试图把再现客体世界作为诗歌操作的基本目标。但后来他对我说，这个想法有非常可笑的一面。他意识到所有的符号或词都是反语义和反实在的。诗就是用想象力再造事物间的一切关系。当然，诗与常规语言无关，却又大量运用常规语言的基本元素，把它们投放到一个新的结构。诗人使用语言是一个无可奈何的事实。诗歌反对语言，同时又必须用语言去反对语言，有谁能摆脱这一悖论？

在语言的问题上，宋琳仍然缺乏反叛的勇气。他宁可先屈从这个坚硬的事实，然后再设法加以调停。他是个出色的调停者。他的语言精致，句子经过审慎的推敲而不动声色，显示了一种客观主义的风度。其实他暗中还是做了大量手脚，他的那些庄严肃穆的咒语，使大部分读者茫然回顾、不知所云。尽管如此，他仍然把他的诗予以打印和发表，因为他相信存在着智慧读者与非智慧读者的差异。自然，他的诗仅为智慧读者而存在。

另一方面，宋琳对沟通充满疑虑，他断言创造者和欣赏者之间有一种不可消除的天然距离。因此诗歌的目的仅限于自娱，它受简单的快乐原则的支配。写诗是语言游戏，语词的塑造和编织能够带来至高无上的形式快感。诗歌是虚假的，但诗歌操作是真实的，它赋予操作者以存在的意义。因此，诗不是通信工具，不存在第三个聆听者。只有语言才是唯一的游戏对象。这导致了一个极端主义的结论：真正的诗没有读者，唯一的读者是游戏者自己。

我们看到，宋琳陷入了又一个自相矛盾的尴尬处境：他既想拒绝读者，又无法真正远离读者。这难道不是先锋派艺术家所面临的共同难题么？

毫无疑问，有必要来研究一下这样的读者：他们不能理解我，永远在我之外，却又试图抓住我的声音，藉以进入我个人的经验世界。那么这些冒失的家伙应当如何定义？他们在诗歌的游戏中扮演了什么角色？

游戏不是对功利性进行超越的形而上活动，恰恰相反，游戏是宇宙最初始的本体。正是游戏产生了上帝与魔鬼，而后从上帝的游戏中又派生了亚当和夏娃。儿童是一种本体性动物，因此儿童的主要操作类型就是游戏。游戏不能产生粮食，所有的游戏都不直接指向结果。它的重要性在于它的过程。当我们把诗歌看作游戏时。我们就还原到了这个伟大的本体。

作为诗人的宋琳，玩的是一种单人游戏。他独自搭建语词的积木，构筑意象的房舍，他面对的只是他手头的那些零碎的玩具，他调教和征服它们，赋予他们以新的形势或价值。这是发生于第一层面上的封闭型游戏，它严厉拒绝一切他人的介入。

第二层面上的游戏则是开放性的，有一些欣赏者参与到游戏中来，他们扮演的正是“欣赏者”的角色。他们欣赏着宋琳在第一层面上的游戏，出示各种赞美和指责。宋琳则尽力使他对语词积木的征服趋于完美，他靠这个重建同欣赏者的联系。这种互相参与的前提是，欣赏者必须理解第一层面游戏的规则，他们应当具备识别宋琳的操作是否合乎规则的能力。

于是游戏规则的意义就变得重大起来。一个卓越的诗人就是一个优秀的规则设计者，他既利用原有的规则，又破坏那些规则。他用意象的鞭子抽打读者垂死的想象中枢，使它们从麻木中苏醒，在新的规则中获得灵魂的自由。

然而，有一项游戏规则是不能违背的，那就是严禁游戏者对自己所从事的活动性质进行揭露；严禁游戏者用“游戏者”进行自我指称。我们必须学会在游戏中忘掉这是一场游戏。批评家的使命就是向所有违反这项规则的诗人提出警告。而当我们在游戏中目无所视、心无所知时，我们就真正进入了游戏的完美境界。

的确，看着宋琳“在镜中痛苦翻身的景象”，我觉得我们都很严肃。

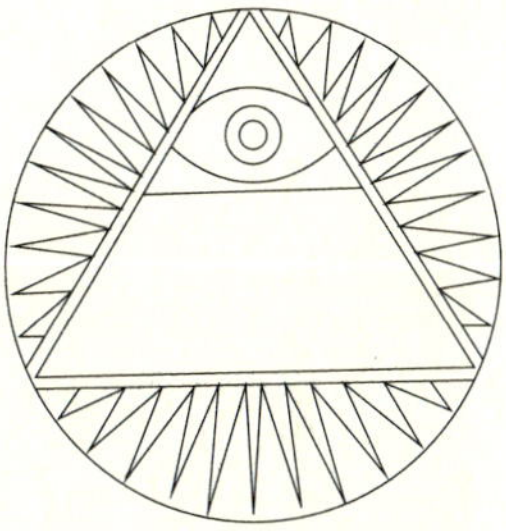

饥馑的诗歌

被“饥饿”久困的人想象着他的“食物”，紧张得喘不过气来，断续地说出真诚的渴望。

海子:《饥饿的仪式在本世纪》(《土地》选章)

面对一个难以破译的诗篇，人们所能采取的最好方式，就是弃之不顾、扬长而去。 但是在这首诗中有某种不同寻常的东西吸引了我。 它是一种罕有的力度，浑浊而粗鲁的气质，以及对于宗教真理的悲痛的关怀。 意象坚定地跳跃前进，所指暧昧不清，思想杂乱无章地涌现，仿佛灵魂已急不可待。 被“饥饿”久困的人想象着他的“食物”，紧张得喘不过气来，断续地说出真诚的渴望。

这是公共法则的严重消解。 公共的意象、公共的句法、公共的信念，都被私人化的字词、辞不达意的自言自语所笼盖或置换。 符码充满歧义与谜性，破坏一切明晰而精细的诠释企图。例如，我们所面对的中心意象“羊”及其派生意象“羊毛”与“羊皮”，都是缺乏确定性的。 由于“饥饿是上帝脱落的毛”，那么上帝就是那头奇怪的羊。 这是令人费解的隐喻，我不知道这两者间有什么内在的联系。 我也不知道羊毛与饥饿的内在关系。 羊毛的温暖性对抗了饥饿的冷酷性，它根本无法成为标定“饥饿”状态的代码。 唯一的可能性是羊毛的物质性，它与饥饿的对象重合了，于是有幸成为饥饿的喻体。 几乎每一个诗行都充斥着这种牵强附会的修辞结构；提出一个喻词，同时又取消喻词的对象。 它们是一些虚假的隐喻，制造着一些虚假的语象结构。

这是不可思议的。 这些虚假的、不合神话原型规则、背离了人类深层联想结构的意象，却表达着最人类的思想。 粗莽的灵魂在价值的荒原上呼喊，像一团风驰电掣的火焰，说出原始的生命意志的力量。它像一个言词的独裁者，用皮鞭抽打和驱赶零散的意象，对它们强行编组，逼迫它们产生价值与意义，犹如逼迫奴隶交媾和生殖。或者，令其排成符码的纵队，向无限饥馑的灵魂献祭。

我们面对的是一种怎样的“饥饿”啊！一个被称作“上帝”的物体，脱落了它的微渺的器官，在漫长的岁月里分批抵达尘世，制造永恒的令人疲倦的饿荒。它们是“上帝”的影像，被教士尊奉为“父”、“王”，或被唯物主义者叫作“物质”，它们是生命欲望（精神）和欲望的对象（肉体）这两者的二位一体。它们下降到土地的水准，像一个隆重的集体仪式。但贫瘠的土地不能满足它们复杂的渴求。土地产生了龙——一种畸形的世俗神祇，由九条河流上的九种生物的灵魂整合而成。但它只是某些凶恶的兽性的容器。人的器官和容貌、人的智慧和内在精神性，被轻易地省略掉了。这是土地的责任。土地，作为种族的象征，加剧了我们在精神信念方面的危机。

对土地或种族的指责，表明了一种个人化的哲学立场，即一种真正的精神饥馑，只能从个人的昏暗中产生，并因个人的努力而达到完美。完美的饥馑，这其实就是指个人精神危机的深度和广度的无限性，以及这种危机的不可解脱性。于是，人只能收藏起传统的思想武器，在虚妄的低等的神祇身边住下来，倾听因饥饿而狂怒的诗歌，以此代偿不可遏止的生命渴望的无限对象。

有几种生物，在海子的诗篇里进进出出。虎豹，暗示着肉体化的欲望，它们曾经以人类自己的方式生存，以后又在神灵的恩泽和关怀中退化；公牛，中国乌托邦的象征，曾在“牛郎织女”神话里扮演最重要的角色，它的虚妄性使那些企图退回种族家园的诗人受到严厉的打击；只有羔羊，代表牧歌和诗，或者一切皈依的传统，躺卧在灵魂的山谷深处，啜入酒神的饮料，继续诵读书写于皮肤之上的诗歌，申辩着自身存在的理由。

这一切都迫使诗人的理性（太阳意象）分裂，像软弱的羔羊一样逃遁，向着遥远而无名的远方盲目行进。与此同构和并列的景象是：饥饿，也即原始的生命愿望，被囚禁于故乡的货车上。向历史的终端辘辘而去。而这就是诗歌：燃烧着的饥饿、饥饿的节奏和囚禁饥饿的种族栅栏。诗是火色的酒液，抵达灵魂最黑暗的部位，照亮它们。诗又像锋利的斧子，屠戳优美（天鹅意象）和一切既定价值（果园意象）。诗歌甚至像一块粗硬质朴的石头，杀死了代表家园和故乡的羊。这样，囚禁诗歌的种族精神和被种族精神囚禁的诗歌，都在这个时刻里获得了最后的解放。饥饿升华成了造化和梦想的巨兽，驮负诗歌明亮地飞行。但饥饿同时也吞噬了贫困的人民，他们被埋葬在不结果实的土地上，并且带着惨淡的笑容进入诗人的梦里。诗人是最后的凶手，他将蘸着死亡的汁液书写瑰丽的诗章，借此完成他的伟大业绩。

阐释这样的诗歌（在价值饥渴中辗转号叫的记录，以及这种记录的片断），是一种批评界的禁忌。游移不定的意象（如“羊”），则仿佛阴险的陷井，使阅读者受困。但重要的不是个别意象的语义，而是从全体字词中跃出的激情，它像一束明亮的光线，照耀了事物的核心。借此我们看到，生命情感和生命意志痛切地诉说着不如意的境况，向上帝（终极价值的代码）发出含糊不清的呼叫；血和智慧从诗行的平面上混合生长，以怀疑主义的姿态爬向神的宝座。这是一个充满饥馑与灾难的种族所能给出的最好的福音。那些粗俗而低贱的市民诗歌，或者那些从各种知识文本中偷窃灵感，以及使写作变成毫无激情的符号转贩的诗歌，在如此有力的生命的打击下，是注定要急速溃退的。

海子:《农耕之眼》

“农耕之眼”，谓农耕文化的精要之处。“眼”，既是事物的精核，又是弈棋者在枰中所留的空隙；“眼”使对立的城市文化不能“下手”和插入。这一标题借用了围棋的规则，却企图标出文化的规则：农耕文化，或者说是自然文化、原始文化，是不可侵犯的，它守护着自身的永恒疆域，用土地、谷仓、葵花、阳光和雨水的语汇，说出针对宇宙的宏亮赞颂。“眼”也是历史的视界，它吁请一切被现代技术景观迷惑的视线，重新返回到对质朴、粗犷和典雅的原生状态的关怀上来。此外，还有一只诗人怀旧的“眼”，无限迷恋和伤感地叠印在了农耕的风景之中，像导引我们的风标。

《明天醒来我会在哪一只鞋子里》企及农耕文化最本质的问题——生与死。它的基调是反讽的，以戏谑的态度谈论出生与死亡，它的简单、低贱和苟且。“我生下来时哭几声/我死去时别人又哭”，在生与死的所有仪式中，还有什么比哭泣和眼泪更经济而有效的呢？卑贱地生息着，像一根树枝、一枚梨子，或者一头混杂于大小家畜中的猫，坚持在“生硬的黄土”上呼吸，浑噩无知、世代更替，没有任何作为个人的尊严与意义。但它却证实了农耕文化的强大的生殖力。大数量的卑贱的生灵以农作物的方式生长与腐烂，而种族人丁兴旺、蒸蒸日上。

《浑曲》和以下的诸篇，显示了与此全然不同的立场。从现在开始，讽喻、嘲弄和批判的调子快速地转向它的反面，转向一种咏叹和怅恋的情境。一声声“妹呀”的粗野快乐的呼喊，间歇但不停顿地涌现，仿佛是乡村少年的情歌，从浑噩的人群里质朴地跃出，结构与章句完全仿照民间谣曲，使我们听到一种真正富于生命力的原始的激动。这样，“农耕之眼”便缓缓旋转和展开，遮蔽了先前阴沉的图景。

《给萨福》紧接着《浑曲》，却拒绝发展“农耕之眼”的命题，而是把对现代乡村的共时性关怀，变换成了对古代城邦的历时性追忆。从乡下妹子的背影里浮现出萨福——古希腊贵族诗人的美丽容貌。这个伟大的女人，被柏拉图赞为第十位缪斯女神，同性恋的大师，拥有无限芬芳的嘴唇和火焰般炽热的诗章。她对人类自由精神的贡献，逾越了漫长岁月的墙垣，以及中古基督教会卑鄙的焚书毒焰，向着怀古伤春的中国诗人开放。“萨福萨福亲我一下”，这种热烈的召唤构成了罗曼蒂克的经典性场面，仿佛一个失恋的骑士，在贵妇的花园里弹奏六弦之琴，唱出无限的倾慕。这是对所有逝去的美丽生命的叹惋，它拓展了“农耕”宇宙的空间深度，并通过富于质感和触觉的诗句，创造出一个想象性的感官世界。

《死亡之诗（之三：采摘葵花）》陈述死亡的秘密经验，却并没有直接涉及死亡过程。这里只有沉睡的人，并通过睡眠模仿了死亡。睡眠还引发出梦和一个魔幻的故事。在这个叙事的梦里有两个奇怪的角色：身子上开放彩葵的做梦者和雨夜偷牛的人。这些葵花是画家梵高最著名的作品中的植物，它们在画中像火焰一样燃烧。偷牛的人，我还不知道他的来历，但他似乎是一个盗窃各种生命能力的异贼，他不仅偷取动物和植物的灵魂，而且企图运走睡眠者的生命。其实这正是诗人精神内部生命本能和死亡本能的一次博弈，全部故事都模仿了自我冲突的经验。而且，它再度表达了梵高式的对生命的热爱和眷恋。

《我请求：雨》是一次真正的针对死亡祈祷，灵魂从梦里退出，向自然宇宙说出最后的请求。这是双重的索取：索取死和死亡仪式的必需物品——雨。 而雨的功能也是双重的：它结束着腐败的时间，同时又孕育着新的生命形式。 雨是一种转换器，它保证一个农耕或自然的世界在生与死的更替中恒动和永生。 于是，死亡就在这里变成某种再生过程的欢乐的启端，为伟大的新事物的诞辰奠定了基础。

短小的呼喊性或警策性的句子、明快畅达的语调、异乎寻常的想象力、对爱与生的强大的激动，这些都在《农耕之眼》里获得了必要的显示。 只要与《饥饿仪式在本世纪》加以对照，我们就能发现，本诗缺乏的是强悍的力度，但它风格的清丽绝尘，则构成了另外一种旨趣。 它的怀旧性无法掩藏关切人类未来命运的急切眼神。

欧阳江河:《乌托邦》

《乌托邦》，一首无法窥测全貌的长诗，第二、三章已经散佚。 没有人读过。 所以第一章“我们”，姑妄就是“乌托邦”的一个完备模型，它独立遗世，诉说着对政治桃花源的难以言喻的情感。

乌托邦，指称完全乌有的邦域，从中可观察到两个彼此友爱的人种。“我们”是被践踏的众生，是颓废的人民和献祭的牺牲者，如同所有的奴隶，“我们”谦卑地映衬着另一人种的伟大性。“我们”天性和平、逆来顺受、与世无争、服从外在权威、保持永久的缄默。 在“乌托邦”里，“我们”冷漠和无动于衷地旁观着针对自身的令人震惊的暴力。

另外的一种人是“他”，一个神秘威严的单数，像上帝那样孤独地君临宇宙。“他”的重要性在于他是唯一和不可复制的。“他”占有了独裁者所应具有的全部属性，并把这些属性的意义推广到“我们”身上。《乌托邦》诗，就是关于独裁者神圣权力所涉及的范围的现象学描述。独裁者无处不在和无所不能：“他”用刀重新分离或组合“我们”的头颅和器官；“他”的饥渴或寥寥数笔操纵着人类的气象、季节和景观；而“他”的另一些言语则安排了光与真理；“他”的阳具或令三千女子终生不孕，或使万民迅速繁殖，以致浓荫蔽日；“他”病时世界雪白犹如医院，“他”睡时所有的夜晚不敢点灯；“他”睁大的眼睛永恒监视“我们”的言行；“他”的阴影笼盖大地、永不褪色。

从对万民头颅的屠戮开始，在“我们”的子代不敢降生的时刻终止，诗的内在层次尽管有些紊乱，但欧阳江河对《旧约》语言的仿制仍然是卓有成效的。作为以色列民族的英雄传说，《旧约》第一章涉及上帝的权能和造物业绩。从《旧约》中，我们目睹了人类主宰者的伟大性与崇高性。但《乌托邦》在仿作中微妙地放弃了颂扬的立场。它的史诗场面充满中立和灰色的调子，宏大暴戾的事件的震慑性，被竭力掩盖于冷淡的叙事态度之中。

这里已经隐含了某种来自种族或人类的巨大骇怕。乌托邦的逻辑，更确切地说是巨人的逻辑，从A形态到B形态的荒谬转换，完全是不可思议的。刀→头颅、饥渴→作物、笔→天气、器官→春天、影子→太阳、版图→人烟……这些在寻常世界里彼此无关的事物，在“乌托邦”里组成了严密的线性因果。这就是巨人意志强悍的力量。巨人根据一种事物去任意地审判所有的事物，命令它们存在或者缺席。“乌托邦”是一个不容置疑和不可抗拒的法庭，它的全部面貌都必须由巨人亲自加以塑造。而后，这个非凡的恐怖主义的祭坛，又被巨人用来塑造“我们”的灵魂。

但“乌托邦”的真正意义不是这个。“乌托邦”必须向人交付存在的幸福。乌托邦应当是炮制和出售幸福的超级工厂。欧阳江河的《乌托邦》，至少拥有下列两种幸福：统治的和被统治的。其中，受虐的、遭迫害的、被牺牲的幸福，是更为激动人心的，它由“我们”快乐地加以垄断。这种快乐甚至超出了骇怕的程度，以致“我们”最终能够无比平静地接受这个残忍的现实。我看到，在“乌托邦”的温床里，受虐人格正在茁壮成长，构成了上述美妙社会的真正核心。

这就是人类（种族）没落的征兆和起点。欧阳江河可能忽略了一个更有深度的问题：谁是“乌托邦”的内在主宰？难道那个孤寂的单数（“他”）拥有支配最大量复数的力量是正常的么？不，这肯定被弄错了，它只是一个诡异的文化假象。对人类的理解应当穿越“人”这个词缀而抵达“类”这个词根。“乌托邦”的秘密本质在于它必定是一个由大多数人统治少数人的世界。这一定理决定了“乌托邦”的一切逻辑，并为独裁者权力的无限性找出了最有力的解释。“我们”乃是“乌托邦”的真正主人。“我们”推出了权力的符码和玩偶（“他”），阴险地操纵它，像操纵一具伟岸的傀儡；把全部功绩或罪责诿卸于它，并在必要的时刻将其轻易地推翻和替换掉。正是通过这种隐名于幕后的策略，“我们”实现了主宰世界和历史的伟大理想。

我所面对的是一座这样的乌托邦，它实存于真实的时空，并被我的精神与肉体所亲切地感知，像接受一件不可拒斥的悲惨礼物。“乌托邦”事物空气般渗入日常生活，成为生命经验的构成部分。谛听和向往乌托邦，响应它的召唤，为它而英勇战斗，从一个乌托邦奔赴另一个乌托邦。最后，在它们之中像忠实的狗一样卑贱地死去，带着对更遥远的乌托邦的憧憬。“我们以镜为家”，这个诗句表明，“我们”正住在一组完全虚妄的价值里。揭露这种存在的真相需要足够的勇气。

不仅如此。欧阳江河的勇气甚至包括与恶毒的世界共存。由于洞悉了逃亡毫无意义，他最终出示了听天由命和超然世外的立场："静如植物，根部以下埋进土地。"以世外高人的角度静观暴力，大智慧的精神漠然注视自身肉体的痛楚，这个生命对策强烈地显现了东方文化的个性。在这种文化的个性中，诗人审慎地掩藏起了自己的反讽个性，而这正是"乌托邦"力量的一个最亲近的证据。

翟永明：《静安庄》

这是一个关于濒临死亡的种族的庞大寓言，凡十二章，以月份为各章标题，构成有序的读数，暗示种族时间的循环与轮回。在寓言的中心，出现了一个名叫"静安庄"的村落，干枯、颓废而恐怖，充满死亡的预兆。"静安"一词，描述了它的鸦雀无声，它的冷寂，以及它被现代文明所悬置的孤单状态。

静安庄，或者说某个溃烂的种族，是一部古老的文本，它必须获得一个现代阅读者，正确地读它，转述它的意义。而不是像传统的读者，错误地翻转着读，并且在转述时加入美丽的谎言。有个自称十九岁和"一无所知"的女人，承担了这项工作。她是乡村游荡者，从这个世界的边缘而来，于1974年遇见了这个村庄，并开始在村庄里游荡，花费"一年"时间阅读它的各个部分，然后从那里逃走，或者说，合上这本恐怖的书。

翟永明，也就是那个在书中游荡的胆战心惊的人，有什么理由非这样做不可？她为什么会遇见静安庄，又有什么必要在那里居住，探询它的各个细节？是她自己陈述了这方面的理由。在"第四月"、"第七月"和"第十二月"里，喊出"愤怒的声音"的母亲、"使生命变得粗糙的"异姓兄长、"人神一体"的祖母和

“群居的家族”，这些人界定了游荡者的性质，向她呈现家园和故乡的形态；刻着她出生日期的老榆树、结满她父亲年龄的旧草绳，这些先验的事物则企图提供进一步证据。这就是静安庄的意义，它以母体的名义召唤异乡之客，劝喻她回归，然后，用“永恒的脐带”把她“绞杀”。

这不正是关于种族本性的真切喻示么？一个属于它的子民，将面临严重的两难困境：在它的外面阅读并诘难它；或者，进入它并成为其中的角色。翟永明不可能克服这种存在的两重性，在《静安庄》里，她一方面被读着，一方面又读着自己。她成了一个精神分裂的人。

这种混乱和怪异的精神分裂气质，对她读解静安庄的方式作了心理学的规定，使那个败落的村庄看起来愈加凶险而颓坏。正如女诗人所自我表露的那样，她“发育成一种疾病”：当内在生命力蓬勃涌现的时刻，被死亡的境遇所惊骇。这时，死亡本能开始生长，呼应着黑暗的存在之所。巨大的死亡涌流在灵魂的外面和里面同时起伏，构成诗人的转述方式的破碎性和盲目性。《静安庄》拥有史诗的规模，却没有史诗的逻辑、连贯性和语句完备性。它是十二次噩梦经验的残忍片断，它们之间的唯一联系是静安庄这个地点。在所有依稀的梦境里，静安庄永恒兀立，像一座被历史废弃的古堡，向那些致病的飘游者开放。

所有这些都先验地决定了我们视界中的“静安庄”的容貌与气质。它首先是有罪的。它的每一个段落都充满罪行或犯罪的气味，到处是陷井与杀机、透明而不可经见的凶器、露出杀气的月亮、穷凶极恶的荒屋、练习杀人的男孩以及死鱼；已遂或未遂的谋杀在墙垣后发生，犹如影子在太阳下行走，并因不可知而变得神秘与恐怖起来。像《旧约》那样，它是种族溃解神话的一个导言，原始罪恶从这里推进成悲怆的历史。

“静安庄”是古老的，这构成了它罪行谱系的一个核心部分。

时间是无底的容器，隐匿了无数丑行和“盛朝年间的传说”。尽管古代诸侯的床第早“已被白蚁充满”，它的腐朽气息仍然感染了还未丧命的人，“脸上盖着树叶的人”、在“漆黑的日子”里分娩和生殖的人，以及各种人，使他们拥有一个颓废的神态。这正是我们从秦始皇陵的兵俑的嘴脸上所读到的表情，它像一架坏钟表的指针，使西安地面的行人失去进化的契机。这个现存的例子有助于我们读解《静安庄》所企图传播的旨意。

那么，一切被家族或者岁月所谋杀的人有难了，他们的死尸毒化了乡村景观、风俗和事务，并且用白骨的风标描绘了“静安庄”毫无指望的未来。新娘服毒、婴儿被溺杀，乌鸦在祠堂头顶上说出绝望的神谕。于是这个后来写诗的女人，这个守望着干涸的麦田的人，被死亡的经验压垮，看见了“根彻底消失”的毁灭性遭遇。

从这部启示录式的预言书里，可以搜索到两个最古老的意象或“词根”：太阳与水。它们是支配“静安庄”死亡和再生的秘匙。首先是炫耀火的太阳，它并未使“漆黑的日子”消解，相反，它的光线暴力使水井干枯、仰脸望天的人成为石头。干旱的风在物种生长的季节里飞旋、散布死亡。水是富于耐性的失败者，它隐匿在土里，隐匿在木的深处，甚至隐匿于金的缝隙之中，这样直到九月，它才云雨一番，使“静安庄”重新进入生的轮回。水提供了一个奇迹，它改写了“静安庄”这部存在之书的结局，使它以活着的形态死亡，或者，以死亡的形态活着。

有一个孩子站在树下，为“静安庄”命运的魔术而惊讶。他试图思考这些生生灭灭的事物的因果。这个出现于《静安庄》尾部的男孩是翟永明的化身，在经历了十二个月的精神历程之后，她的灵魂疲惫而又平静，迷狂的转述被引向一个沉思的态度，其中包孕着对种族之书中全部丑恶符码的缄默和让步。这就最终消解了我们最初发现的那个两难困境，书缓缓合拢，裂变的灵魂安详地走向睡眠……

何小竹:《人类最初用左手写字》

还原主义，倡导对事物的本始或本元形态的回归，把繁复的事象推回到它们共有的源头或根基上，然后，从那里握住世界的几条最基本的线索。这其实就是绘画领域中从具象简化为抽象的过程，无限众多的线条在其中消退，所剩的是世界最古老原始的元素、描绘世界存在的那个唯一和不可缺略的轮廓等。还原，就是切开世界诡异的皮肤，将它的灵魂纳入人的视野。

何小竹在这首诗里放弃了他的巫术气质，而变成了一个实证的还原主义者。他把世界的构成元素设想为沙、虫、风、树、鸟、云和鱼，然后按照东方还原主义模式，进而把它们分别投放到“动-静”二元组合的结构之中：虫（动）与沙（静）、风（动）与树（静），鸟（动）与树（静）、鱼（动）与云（静），等等。更重要的是，这一“动-静”结构是不断运转和变化的，犹如老子的操作态度。这样，我们就目睹了一种同时兼有静穆与生动两种气质的无意象的诞生。

沙与虫：两种都具有运动性的物体，像古老的计时器一样缓慢爬行流走，越过无数个白昼与黑夜，标定着时间的意义。这里隐含着一个方向性的命题、一个对运动属性的简单思考。沙虫、白昼以及人类书写的方向是同构的，诗人声称它们都是从左到右，并且作了人类最初用左手写字的推断。这没有什么理由，或者说，完全不需要什么理由，因为逻辑本身在这里也被还原了，变得像原始人类一样稚拙而固执：只需一个简单的信念，世界的特征就被洞悉无遗。

风与树：这组命题与上一组有着微妙差异。风是自动的事物，而树最初是静穆的，它仅仅在风的吹气下才摇动起来，响应风的激情。风的运动方向与虫也完全不同，它不是从左到右地作线性爬行，而是在树皮上亲切地缠绕，描述着一系列弧圈，这主要因为树是圆形的事物，并且座落于空间的核心位置。树的运动方向则是暧昧的，它把舞蹈的使命委托给了敏感的树叶。树叶离开树，发现了风，它就像风缠绕树一样缠绕住了风，又像声音缠绕树一样缠绕在了声音上。这构成了元素们互相搂抱的场面，它使世界保持了运动的优美形态。

鸟与树：这组命题是组诗中最复杂的段落，它既包含了过去的元素（比如“风”和“树”），又加入了新的因子。这就是鸟——一种最机敏活泼的事物。它使凝固的宇宙生机盎然起来。鸟群停栖在树上，具有异常的重量，使树枝垂向地面。鸟的沉重感预示了它的飞翔。果然，后来它利用树叶的反弹性离开了树，离开了它所依凭的事物，这同风对树的纠缠全然不同。鸟拒绝了家园对它们的央求和挽留。离树的瞬间的情态是两个互相存靠的事物发生分裂的情态，它的意义和情趣被凝定在一个由何小竹制造的象形字“⊻”里。这是非常个人化的处置方式，但它是适度和可以读解的，像某种微观的插图，或者，一个片断的句号和停顿。接着是树的态度。树与鸟相反。它是一种静谧的巢室，具备飞翔的动机，却不具备飞翔的可能性。它注定要受孤寂，然而它看起来对此十分害怕，并对鸟无限羡慕。于是它就“很注意鸟的去向，很注意鸟的动向”，这两个句子的语义是完全同一的，它们的重叠强调了树的依恋。树是功利主义者，它像鸟一样梦想获得羽毛和用羽毛来飞翔。其实树叶就是树的羽毛，但树叶不能托起沉重的树躯，它只能弃树而去，作为树的愿望的代表，去和天空会面。树深知这点，所以它在晚上叫喊，说出对风的恳求，让它带走树叶，“树离开树”句中的第一个“树”，指的正是这样的树叶。但风很沉默，于是树就只能想念鸟，并在对鸟的怀恋之中寄托对飞翔的向往。这其实就是静止对运动的向往，定物对活物的向往，以及大地对天空的向往，等等。

云与鱼：这是两个完全无关的事物，把它们放在一个结构里，与其说是因为它们都拥有“弯弯“的形态，不如说是由于它们拥有类似的习性：游动、在雨后显形、怯懦的性情、对气候有所选择，并且随机应变。这里出现了一系列很精妙的对比性事态：云的好高骛远和鱼的深入浅出，云的按部就班和鱼的静止不动，它们被钉在成语的框架上供人们观赏，语感在这里达到它的最良好的状态，宇宙物体间的差异性被描述得纤毫毕现。

这是何小竹写得最好的作品之一，拙朴而短促的句子，洗练的意象或事态，对隐喻的拒斥，形而上的风度，这些都在表明，适度的还原技巧完全可以建构出新的诗歌——宇宙空间。诗歌还原的终点不是词素，而正是上述单个的元意象。何小竹的另一首《太阳》，企图把诗还原到对词素“太”和“阳”的字义分析，便消解了诗，也最终消解了诗人自身，因为诗人只能靠语象（事态），而不是靠孤单的字活着，难道不是这样吗？

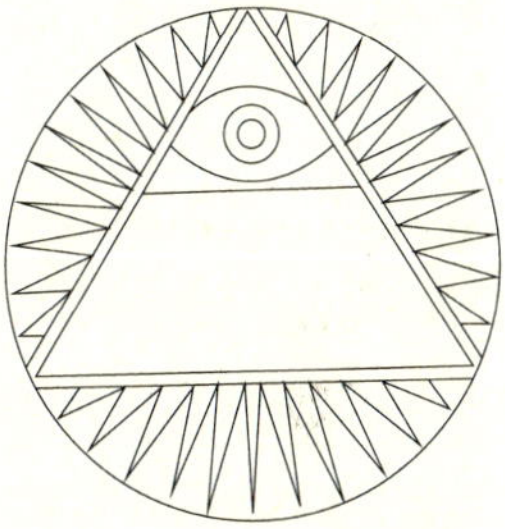

诗神的迷误

几乎所有的诗人都自称是天体运动的领袖或先锋，孱弱的诗篇戴上强悍的形而上面具向邻人发出恫吓，其“派”能否在诗坛鹤立，取决于那些骄傲而可爱的小鸟儿，能否找到羽翼的荫庇。

一项罪愆

诗人的大规模增殖是件相当古怪的事情，从闭锢的祖先子宫里忽然涌出许多个玄想的灵魂，熙熙攘攘拥塞于诗坛的阶梯之下，等着领受桂冠。各种社团纷然具结，在神秘的集会中说出深奥的巫语，刻印莫测的天书，显示奇特的礼仪。他们从公共生存文化主流中分离而出，冷凝成孤独的岛屿，其情形颇像是新人类的一次令人惊讶的诞生。这不仅引诱了剑与盾的机警视线，而且导致了文坛的普遍抱怨。

另一个与之相似而又十分不同的情境，是诗人自大妄想症的广泛蔓延，形形色色的理论宣言喷薄而出，宇宙的磁心、亚磁心以及子磁心可疑地存现，几乎所有的诗人都自称是天体运动的领袖或先锋，孱弱的诗篇戴上强悍的形而上面具向邻人发出恫吓，其“派”能否在诗坛鹤立，取决于那些骄傲而可爱的小鸟儿，能否找到羽翼的荫庇。

于是诗坛的增熵现象便十足地严重起来，或符码砂砾般无序地排列方阵向阅读者攻击，或江湖各派作无规则的群殴，批评对此几乎丧失了所有的尺度，它根本无力充任裁判或清理门户。它只是处于该死的饮弹状态。而诗人却还要无休止地抱怨批评的无能，以致批评家黯然神伤。

这委实是一种色调狂乱的罪愆，它包含着各种自欺、妄想、敌意和盲目的冲动，错乱的梦替代了理性的识读，谵语替代了陈述。但该罪愆又恰恰导源于对某种自我崇拜的生命宗教的皈依，那种好斗的公牛般的架势里，肯定深藏着对世界无名的惊惧。 符号操作替他重塑了一个仅仅能够容纳自身的新型宇宙，“自我”被注定要充当这种宇宙的中心，它以上帝的身份同环列周遭的意象对话和通信，从而对生命的价值有了一种想象意义的发现。

两类诗歌

写诗就这样在一种自娱运动中变成纯粹的个人事务，成了缓解焦虑和超越伤痛的自我符号疗法。 而诗歌则是某些从灵魂孔道里泄出的浊物，它们即便不臭气熏天，至少也毫无芬芳可言。可庆幸的是，有时诗人与其诗作之间建立了孤芳自赏结构，这无疑替批评家省去许多清道夫式的麻烦。

但更多的诗人仍然保留了他们的贪婪和野心，他们坚持通过传播媒介将自娱诗强加给可怜的公众，以致读者被迫面对一种苦刑，在身受大堆语言符号的投掷之后神智昏迷。 此时，诗人便成为一些天真而独断的暴君，当他们的符号侵略遇到顽强抵抗时，便气咻咻地失去了必要的耐心。

确实，容忍或鼓励在自娱的生命领域扩张自我影像的做法具有重大意义，但我将有权拒绝一切强迫他人消费的不平等契约，因为它在再造虚妄的诗坛英雄的同时，也雕塑了大量阅读的奴隶。

把这一点向写诗的朋友们交割清楚之后，我们就能够开始一种新对话，以微笑的方式肯定自娱诗所蕴含的若许广泛价值系统，例如，人们骂骂咧咧或津津乐道的所谓平民主义倾向。 毫无疑问，正是那些街头俚言和大众口语，击碎了彬彬有礼、优雅光滑、无比伪善的贵族语言世界，展示了中下层边缘人物最真实的情绪。只要设想一下在道德神父黑色而凄凉的衣袍里偷偷撒尿的快感，人对此便会生出无限的同情。

尽管如此，那些平庸低劣的诗作还是诗人自行了断的好。诗歌爱好者协会宜推销一种诗歌粉碎器，以帮助它的成员销毁价值为零的符号垃圾。这种粉碎器还有一个作用，就是它能够像焚炙佛陀的骨殖一样显示隐含于诗中的舍利子。那些五光十色、灿烂透明的舍利子是无法消灭的，它虽然散入大千世界，却仍能为崇拜者所惊喜地发现与吟诵，它们成了跳跃于诗人与读者之间的灵巧的珠，或是超度众生众苦的经文，或是升现在紊乱的高熵世界里的有限秩序。

这就是内在生命更强大地涌动着的精英之诗，从自赎到拯救，狭窄的功能圈打开了自己，向外膨大和脉动，一直抵达遥远的读者群的深部，在那些昏昧的生命里唤起一种欲望的潮汐、一个梦的漩涡、一种关于生存意义的尖锐的感应和悸动。

写到这里，我便陷入了对精英之诗的创造者们的无限敬意之中，我甚至不知应当如何建构一个模型，去容纳他们的功果课业。这个停顿使我感到形而上的无力。我只能约略而模糊地窥见，强大的自我端坐于由生命情感、生命智慧与生命意志三项原素组合的莲花座上，轻拈妙指，播洒意象之瓣，后者形态与质地的变化，取决于前三项生命元素的构成比例。这使我极侥幸地进入一条有效的观察之径。

三种生命

其实只消打开文件记忆库，许多人都会发现下列简单的事实，即被诬指为朦胧而又毫无朦胧可言的感伤主义诗潮，是大量生命情感郁积与涌动的结果。呼喊“万岁”的虚妄激情衰变为“我是谁”、“我从哪里来”和“我到哪里去”的生命疑虑，自我内省达到这样的深度，以致它足以引发一种使整个宇宙战栗的叹息或恸哭。人格的差异丰富了恸哭的调性。这时，顾城便成了一个忧郁善感的童话少年，舒婷便成了一个眼神恍惚、呢喃自语的纯情少女，唯有北岛在他的诗作中吐出愤怒的、启示录式的黑色梦呓，当旁人都在一个“喧嚣的中心”向世界索取柔情时，他缄默如铁，生命情感被纳入冷峻的理性之轨。但它们无疑都包含着对生命意义的赤裸裸的感动。这种感动最初像混沌之光一样流逸，此后就随机地找到了可以寄居的意象和蜗壳，它们的结构同生命情感的边界是重合的。意象紧张地描述着情感的轮廓，像光勾勒形体。这导致了个体意象的大量弥漫。

正是个体意象显示了生命情感经验的特性：它既纤细深远又窄紧闭锢，茧化效应普遍发生。只有杨炼这头机智的蛹首先咬破茧套。生命智慧在硕大的头颅中苏醒，智力操作取代了情感操作，诗歌符码只是对先验的文化原型之感悟力的证明，它凛然超越了个人经验的范畴。于是杨炼就把自己修炼成一个古怪的蜘蛛精，它踞守于黄褐之土，口吐神秘的隐喻代码，编织种族意象体系。各种巫术面具、图腾柱、碎瓷古陶和猛犸化石，构筑成阔大无边的神话图像，那些时空交织的线索像迷宫的道路一样奇异，对智力博弈游戏的喜悦从错综的符号八卦阵中洋溢而出。杨炼的毛病仅在于低估了文化迷局的魔力。他显示不是个大觉大悟者，他为自己营造的世界虚像所迷惑，无法穿越种族理解力的边界而抵达人类真理之源。结果，他便不幸成为自己设置的迷津的猎物：自我被庞大的种族符号所异化，演成一枚渴望回归子宫的卵，各种祖先意识、母亲意识和归属意识庄严地碾过灵魂，像是对个体生命衰弱状态的一次定义。

可以肯定，对杨炼、江河及其追随者们缺乏佛陀智慧与悟性的指责是不公正的。他们在诗篇中显示了足够高的智商。他们缺乏的只是生命意志而已。而这应归咎于文化母体自身的基因缺陷。

迥异于上述生命形态的诗品很早就无言地存在了，但它被感知却是近两年的事。某些更年轻的生命质地更坚硬的个体，在诗的容器里填注了更多的生命意志。情感变得粗暴，智慧变得怪戾。语言在战栗中呈现野性，意象边缘急剧收缩，区域意象（城市、边塞、校园……）不很自信地长出，摆脱符号的焦渴日益严重，这些征兆都暗示了生命白洞喷射的不可遏制，能量在短瞬里蓄积和释放，像寂灭前的一次猛烈挣动。疯疯癫癫、放浪形骸、寻欢作乐、情欲旺盛、自我嘲弄、语无伦次，但那盛气凌人的面具下却大都深藏着焦虑、恐惧、怯懦和无力，诗歌竟然成为进行人格掩蔽的符号屏障，伪生命意志四下泛滥，它使诗歌的功能退回到了最初的纯粹自娱的级位。或许只有极少数诗人，能够更真诚而自由地表达自我生命状态和强大意志，他们进入我的梦与我低沉地对话。

这看起来很像是诗歌生命要素的一次平行展开，从生命情感到生命智慧再到生命意志，从个体意象到种族意象又到区域意象，真的或假的，秩序的和紊乱的，无罪的与有罪的，法轮运转一个周天。诗歌现在被定位于零的刻度，它不知道在下个轮回中该选择什么方向。在一片浅薄的喧闹中，危机已悲恸地出现。如果诗人朋友愿意谛听，那么我会给出一个形而上的劝告：不妨在生命的情感、智慧与意志的三角区内寻找一个接近均衡的力点，但又使它保持着对其中某项元素的邻近性。然而这种劝告已逾越了批评的功能阈限，它本身就足以构成一项新的罪愆：它暴露了干预世界进程的幼稚动机，其结果许是只能徒增诗坛的混乱。对此我深怀歉意。

破坏仪式的诗歌

诗歌，一种意识形态的幽灵，游荡在汉语的广阔荒原上，发出令人心悸的叫喊。 在现今的时代，面对演艺化的大众狂欢，没有任何家园能够收容这种“细小而柔弱”的事物。

有些人坐得如此笔直
仿佛坐着根本没有必要

——吕约

诗歌，一种意识形态的幽灵，游荡在汉语的广阔荒原上，发出令人心悸的叫喊。在现今的时代，面对演艺化的大众狂欢，没有任何家园能够收容这种“细小而柔弱”的事物。这是21世纪的语词悲剧。到处是诗人的坟茔，诺贝尔文学奖追赶他们的背影，犹如考古学家追赶法老的亡灵。

在远东的汉语腹地，残剩的职业诗人正在为最后的尊严而战。要么流氓，要么自杀，这是非此即彼的抉择。诗歌不仅与主流文学对峙，而且向整个世界宣战，判处它堕落和死亡。自杀者的事迹在四处传扬，就像一种严厉的诅咒。尽管文学自身早已走投无路，但诗歌“这只苍蝇”却依然顽强地“站在救世主面前，一点也不让步。”(吕约诗歌:《参观一个自杀的朋友的房子》)

那些20世纪80年代的成功诗人，在90年代初期背弃了诗歌，转向喧嚣的市场，成为腰缠万贯的书商，继而又在21世纪“0年代”重返诗歌故乡，热切地打造精神家园，以重温青春年代的鸳梦。这是一种严重破裂的风景：一方面是诗人尊严的日益失重，一方面是诗集和诗会的大量涌现。这彼此矛盾的景象重塑了诗人的属性。他们被告知，必须首先拥有世俗身份，而后才能为诗歌打开新的存在空间。

于是，社会身份的多重化，改写了“70年代”及其之后出生的个体，令其成为诗歌生长的温床。这些人大多是编辑、记者、公务员和写字间白领，收入稳定，心理健康，完全不同于那些穷困潦倒和走投无路的职业诗人。就其本质而言，这就是关于身份修复的范例。职业是身份的证明，也是一种生活投保，它部分地解除了存在的危机，令汉语守望者重新介入诗歌，自由处理语词事务，并享用书写游戏的快乐。而更为重要的是，它要以一种更加形而上的立场，去“缓解生存的本质性焦虑”，以及重续社会批判和汉语诗学的事业。

在经历了身份和信念的断裂阵痛之后，诗人学会了分离职业和诗业这两种截然不同的事务。荷马和李白式的乡村游吟诗人早已辞世，20 世纪 80 年代走红的浪漫主义女诗人也已谢幕，而当代都市诗人正在成为诗歌的主体。这是一种革命性进化，在诗歌无法直接换回生活资源的背景下，它转身成为一种课后语词运动，为新一代诗人提供精神家园。众所周知，它的风格通常是反讽和挑衅的，充满了身体化的词语暴力。此外，就文体而言，当代诗歌稀少、简洁、短促、结构自由，足以为诗歌运动提供书写的便利。

具有讽刺意义的是，就在这种男性化的词语书写语境里，女诗人吕约为我们提供了某种与众不同的样本。在这部杰出的诗集里，第一首《坐着》就是关于人类身体姿态、生命经验与微观权利关系的试探。“写诗需要坐着/谈判需要坐着/签署命令坐着”，这是毫无疑问的。吕约说：“坐着说‘对’或‘错’，比站着说更有力量”，因为“坐着虽然行动不便，但足以让别人呼吸困难”。在这里，词语以一种自由嬉戏的方式逐步逼近事物和生命经验的核心，揭示那惯常的身体姿态对人的控制，以及对人际关系的影响——

坐着就是一种权力/坐着就是力量/坐着坐着/突然站起来/也能产生一种力量/但还是不如坐着有力量

——《坐着》

是的，诗人正在获得一种有限的反讽权利，得以在“仰望天空，赞美电信公司的信号”之余，从事职业外的诗学书写。但这写作似乎从一开始就陷入了逻辑的悖论。写诗就是营救诗歌，但她的诗句似乎总在嘲笑和伤害传统“诗意”，或者说得更准确些，是在伤害那种包括朦胧诗在内的虚假“浪漫主义”话语方式。而这恰恰就是当代诗学的使命，它必须在清算撒娇的历史后才能获得重新起飞的动力——

诗歌不知道自己已经死了/在一千个洞的高尔夫球场上为它举行了国葬/眼皮上撒上花瓣,花瓣上洒上几滴眼泪…… 葬礼上,一个孩子发现它的眼睛还在眼皮下转动/但它捐出了自己的眼角膜/所以它将永远看不见自己的死亡

——《诗歌不知道自己已经死了》

关于诗歌死亡的谈论，如同文学死亡的命题，总是充满喜剧的效果。它也是一种典型的隐喻式叙事，包含着大量用以勾连事件的“事象”：高尔夫球场、国葬、眼泪、花瓣、草履虫、恐龙、教皇、机器人。这些事物出现在“诗歌死亡”的现场，成为诗歌葬礼上的嘉宾，然而，一个孩子发现诗歌并没有死，它的眼睛还在眼皮下转动。“诗歌死了”是一条新闻，而诗歌的眼睛还在转动，这是一桩生死之间的秘密。诗人和诗歌一起守护着这个秘密。虚拟的新闻事件不仅是一种素材，也是构成诗学结构的逻辑因子。“事象”的出现，不仅是为了陈述一件事实，更是为了借此推着语词向前滚动。

地铁上,一个五六岁的丫头/领着断了一条腿的老太婆/向一排穿着名牌牛仔裤的膝盖/弯腰讨要/有的膝盖哼了一声/有的膝

盖闭上眼睛/有的不怒自威，有的犹豫不决/铃声响了，时限已到/最坚硬的一只膝盖/伤感地独白/它说了什么/只有离它最近的膝盖才能听见

——《老太婆的小姑娘》

那些作为借喻的“膝盖”，坚硬地站在诗歌的前线，为当代口语注入诗学的灵魂。不仅如此，我们还可以毫无困难地发现，破碎的“事象”不仅是叙事的元素和动力，而且已经成为话语审判的依据。各种事物卷入诗歌进程，令诗句成为社会判词。它跃出浪漫抒情的限度，变得更加自由和犀利。它也超出了寻常叙事的框架，推动一种叫作“议象”的元素，与“事象”结合起来，大量闪现在吕约诗作的现场，俨然是后现代的“诗体政论”。

诗人抓住危机事件和日常生活的积木，恣意拼贴和组装，时而对诸如“爱情”、“救世主”、“老爸”和“外婆”之类的正谕价值展开反讽，义正辞严、犀利戏谑，同时又充满词语再生的机能。自我缠绕的语句，逾越了日常逻辑的层面，在国家主义、世界主义和绿色和平主义和女性主义的立场中交缠，产生各种讽喻性歧义。它们语义复杂，伦理飘摇，犹如老虎背上的不规则条纹，令阅读者愉快地困惑起来。而这正是一个生于20世纪70年代女诗人的特征。她双手纤纤，玩弄正谕和反讽的玻璃珠，在汉语的沙滩上嬉戏，以一种貌似轻快的方式，说出了世界的严酷真相。

这颗炸弹比它的祖先们更纯洁/它要做一件严肃的事情，不伤及无辜/也不为自己谋求利益/炸弹温柔地盯着每个可爱的人/表示对他们的宽恕

——《炸弹漫游》

那是关于恐怖主义事件的新闻评述，也是关于诗歌自身“威

胁性”的隐喻。在吕约的手里，诗歌就是一枚拒绝爆炸并无限温柔的“反炸弹”，落在语词的村庄里，挑战威权主义的权力核心。威权的死穴就是追问，因为它总是建立在谎语沙滩之上。于是人们看见，那枚苏格拉底或哈姆雷特式的巡航炸弹，被体面的陌生人所携带，飞行在动乱的世界，“向遇见的每个人提问”。它跟以往所有炸弹不同，意外地具备了真相探查者的人格。这是诗歌使命的严重外溢。它越出浪漫时代的抒情、撒娇和“含泪劝告”的陋习，转向了犀利和非暴力的挑战，借此动摇各种意识形态的坚硬根基。但诗歌并未提供答案。答案并不重要，重要的是屹立在答案面前的反叛。

此即资讯时代的良性诗学写作，它兼具诗歌、新闻和政论的多种风格，在口语和书语之间随风摆动，完全抹去文体的血缘线索。它对被污染的语言保持高度警惕，又以崭新的语言切入事物和生命经验的核心。到处散布着解构式妙语、似是而非的警句、大义凛然的反讽、表情暧昧的戏仿，各种状态层出不穷，在最具颠覆性的叙事中，涌现出言说的无限快感。

吕约向我们严正指出：“这涉及与语言斗争，测量语言的尺寸，有时裁剪语言，有时折叠语言。”它甚至超越了性别美学的框架。但我们几乎无法从中看清她的女性主义立场。“我们比你（某个女人）更强悍，比剥我们皮的人更耐心。”其中的主词“我们”是暧昧的，规避性别权利的明澈陈述。吕约以一个观察者的立场隐藏了自己的性征。她似笑非笑，面容冷峻，站在中性诗歌的门板后，给怀有性别阴谋的读者以当头痛击。

此举不仅破坏了与读者和批评家的约定，而且也破坏了与传统诗意的约定。“吕约”即履约，也就是一种以履约为借口的反讽，它旨在解除一切跟旧语法的契约。正如某首诗所暗示的那样，她是“一个企图破坏仪式的女人”。她用语词这把刀子，切碎了大量“未经设计的土豆”。吕约说：“我承认，我一直把诗歌当作垃圾桶使用，往里面倾倒身体的药渣，思想的死鸡，信仰的讨米碗，上吊的绳子，算命的铜钱，狂喜的黑念头，嗒拉嗒拉。”（吕约诗歌：《四个婚礼三个葬礼》）这些坚硬的零件汇成了诗句的洪流。

绿色的黑暗，明亮而温暖/衬着她如一片叶子/衬着一朵玫瑰。玫瑰/被一个升起的呵欠托起

——《鼠年》

绿色而明亮的黑暗，被哈欠托起的玫瑰，这些属性对抗乃至毫不相干的事物，总是被意外地召集起来，完成语词重组的精妙游戏。但另一方面，契约和仪式，那些庄严的事物仍然内在地保卫着诗歌，令其散发出恒久的光泽。吕约在摧毁传统浪漫主义语法的同时，显示出对重新打开的语言的高度敏感：“黑夜打扫干净的地方，语言落下皮屑，有洁癖的事物，最先受到伤害，一张白纸挺身而出……火红的士兵在纸上急行军，去年越狱的词语，至今没有到家”（《着魔》）。而这就是诗歌的悖论：它总是以“自责的语调”开始聒噪，“试图用语言来抑制语言，用语言对语言本身发起攻击，使用语言来表达沉默。”（吕约诗歌：《激进的沉默》）

这裂变就是诗歌的本质。吕约发现：“诗歌的立场是未成年人的立场。”它是儿童的语词游戏，不受日常逻辑的支配。在诗集尾端的诗学评论中，吕约阐述了自己的诗学信条。她要从词的小凳子起跳，向语言的内核飞跃，去抓握书写技艺的秘密。因为她深知，“技艺是所有行业的良知”。而在这场探险的终点，她透彻地看到：“爱情的最大奇迹，就是消除了调情；诗歌的最大奇迹，就是消除了陈词滥调。”这是当代诗学所能企及的高度，它逾越了古典诗人的传统梦想。吕约援引曼德尔斯塔姆的见解

说：“今天，人们已分化成了词的朋友和词的敌人。”她进而宣称：“诗人就是为了词的敌人而写作的。”

这是千真万确的事实。面对“词”、“话语”和“文学”的死敌，诗人在语词里孤寂地危坐，以近乎洁癖的方式，看守被互联网口水和各种话语泡沫所包围的语言。这本诗集可以证明，在变化跌宕和文学衰败的语境中，诗歌仍然在不屈地行进，探寻着汉语微观权力的黑暗边界，以及诗意和诗艺的双重高度。在吕约那里，诗歌不仅破坏了传统的浪漫仪式，诗歌也在重建通往文学乌托邦的语言之途。

跋

承蒙东方出版社组织编辑班子，耗费人力和精力来研究我的作品，将新作和旧作重新加以整合，形成一个新的图书系列——“朱大可守望书系”。对于许多作者而言，这似乎意味着自己正在被“总结”和“清算”。

自从1985年进入公共写作状态以来，除了《流氓的盛宴》、尚未完稿的《中国上古神系》，以及刚上手的《中国文化史精要》三部专著，这些文字几乎就是我的全部家当。我的书写历程较长，但作品甚少，跟那些著作等身之辈，相距甚为遥远。这是由于近三十年来，我始终处于沉默和言说、谛听与絮语的交界面上，犹如一个持续运动的钟摆。话语是一种魔咒，它制造狂欢，也引发忧郁和苦痛。我无法摆脱这种周期式的涨落。

即将出版的几部文集（《神话》、《审判》、《时光》……），其素材选自两个方面，其一为已经出版过的旧作，如《燃烧的迷津》、《聒噪的时代》（《话语的闪电》）、《守望者的文化月历》、《记忆的红皮书》等；其二是一些从未结集出版的文章，分为建筑、器物和历史传奇等三种母题。它可能会面对更为广泛的读者群落。东方出版社以打散重编的方式重出这些旧作，是因为大多数文集印数甚少，传播的范围极为有限，其中《话语的闪电》又被书商盗版盗印，状况甚为糟糕。我之有幸被出版人选中，并非因为我的言说有什么特别之处，而是在中国文化复苏思潮涌现之前，需要有更多反思性文献的铺垫。

在自省的框架里反观自身，我此前的书写，经历了三个时期：狂飙时期（青春期）、神学写作时期和文化批评时期。其中30~40岁有着最良好的状态，此后便是一个缓慢的衰退和下降过程。我跟一个不可阻挡的法则发生了对撞。我唯一能做的是减缓这种衰退的进度。如果这衰退令许多人失望，我要在此向你们致歉。但在思想、文学和影像全面衰退的语境中，如果这种“恐龙式”书写还能维系住汉语文化的底线，那么它就仍有被阅读或质疑的可能性。

好友高华不久前在邻城南京溘然去世。他的辞世令我悲伤地想到，在这变化跌宕的岁月，有尊严地活着，就是最高的福祉。2012，玛雅人宣称的历史终结之年，犹如一条乌洛波洛斯蛇（Ouroboros），头部衔住尾部，形成自我缠绕的圈环。这是时间循环的连续体，接续着死与生、绝望与希望、终结与开端的两极。它描述了世界自我更新周期的刻度。今天，我们正站在这个伟大的刻度之上。历史就这样垂顾了我们，令我们成为转折点的守望者，并握有转述真相的细小权利。还有什么比这更令人欣慰的呢？是为跋。

朱大可

2012年9月18日

写于上海莘庄

朱大可守望书系

朱大可守望着文化最后一片自由的领地，
朱大可正在为文化的修复而呐喊，
中华民族的文化复苏之路沉重而艰难。
文化复苏，应当从每个人独立的反思开始！

《神话》

朱大可带我们
探寻五千年中华文明源头
解答我们的终极困惑

《审判》

朱大可
在狂欢年代中的焦虑与思考

《乌托邦》

朱大可眼中
有着我们未曾体会到的建筑与城市

《先知》

朱大可带我们重温
那个文学与文学批评的巅峰

《时光》

朱大可回望岁月的留影
为我们解读其中文化的密码